BIBLIOTHÈQUE SCIENTIFIQUE CONTEMPORAINE

LES PROBLÈMES

DE LA GÉOLOGIE

ET DE LA PALÉONTOLOGIE

LIBRAIRIE J.-B. BAILLIÈRE ET FILS

BIBLIOTHÈQUE SCIENTIFIQUE CONTEMPORAINE
A 3 FR. 50 LE VOLUME

Nouvelle collection de volumes in-16, comprenant 300 à 400 pages, imprimés en caractères elzéviriens et illust. de fig. intercalées dans le texte.

100 Volumes sont publiés

Tours, Imp. Deslis Frères, rue Gambetta, 6.

À conserver

LES PROBLÈMES

DE

LA GÉOLOGIE

ET DE

LA PALÉONTOLOGIE

PAR

TH. HUXLEY

Membre de la Société royale de Londres
Correspondant de l'Institut de France

AVEC UNE PRÉFACE DE L'AUTEUR
POUR L'ÉDITION FRANÇAISE

34 FIGURES INTERCALÉES DANS LE TEXTE

PARIS

LIBRAIRIE J.-B. BAILLIÈRE ET FILS
19, RUE HAUTEFEUILLE, près du boulevard Saint-Germain
1892

LES PROBLÈMES

DE

LA GÉOLOGIE

ET DE

LA PALÉONTOLOGIE

PAR

TH. HUXLEY

Membre de la Société royale de Londres
Correspondant de l'Institut de France

AVEC UNE PRÉFACE DE L'AUTEUR
POUR L'ÉDITION FRANÇAISE

34 FIGURES INTERCALÉES DANS LE TEXTE

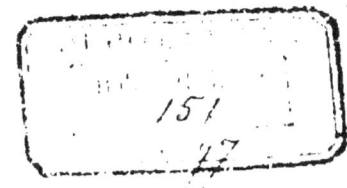

PARIS

LIBRAIRIE J.-B. BAILLIÈRE ET FILS

19, RUE HAUTEFEUILLE, près du boulevard Saint-Germain

1892

PRÉFACE DE L'AUTEUR

Il me faut prier les lecteurs de ces Essais de vouloir bien se rappeler que la plupart d'entre eux sont déjà d'âge respectable, et si l'on espère que les principes qu'ils représentent et cherchent à renforcer sont irréprochables, les progrès rapides de la science m'obligeraient — si j'avais à les écrire à nouveau — à introduire nombre de modifications de détail.

Dans un seul cas, cependant, dans le cas de l'*Essai sur les Récifs de corail*, les additions, omissions et modifications à faire me semblent assez importantes pour que j'appelle spécialement l'attention du lecteur. Depuis 1870, les travaux des deux Agassiz, de Semper et des naturalistes du *Challenger*, M. Murray, en particulier, et M. Guppy, ont mis au premier plan la question de l'efficacité d'agents autres que ceux qu'a invoqués Darwin en établissant sa théorie. Les principaux d'entre ces agents sont : 1° l'exhaussement général du fond de la mer sans mouvement de la terre exerce un changement sur le niveau général de l'Océan

par l'accumulation des débris des organismes, péla-
giques et autres; 2° l'action dissolvante de l'eau de
mer sur les débris calcaires accumulés dans les récifs.

Grâce au premier facteur, il est évident que le fond
des mers profondes où se font des dépôts de ce genre
doit, avec le temps, arriver au-deçà des limites où
prospèrent les Madrépores, et, grâce au second, on
comprend que les matériaux calcaires des récifs ainsi
formés soient enlevés de façon à former des lagunes
ou chenaux profonds. Et de la sorte, l'hypothèse
d'après laquelle les récifs-barrière et les atolls peuvent
être formés sans l'aide de mouvements d'affaissement
(à même dans des régions en voie d'exhaussement),
comme le postule la théorie de Darwin, devient un
problème des plus importants et des plus intéressants.
La question des limites dans lesquelles ces vues nouvelles sont légitimement applicables a été récemment
discutée avec beaucoup de soin par le Dr Langenbeck
dans *Die Theorien ueber die Entstehung der Koral-
leninseln und Korallenriffe*.

Th. HUXLEY.

Londres, 12 août 1891.

TABLE DES MATIÈRES

LES PROBLÈMES
DE LA GÉOLOGIE
ET DE LA PALÉONTOLOGIE

I

LA CONTEMPORANÉITÉ GÉOLOGIQUE
ET LES TYPES PERSISTANTS DE LA VIE

De temps en temps, le négociant doit faire son inventaire, besogne utile, mais laborieuse et qui n'est pas toujours bien satisfaisante. Après les entraînements de la spéculation, les plaisirs du gain et les chagrins des pertes, il se décide à envisager les faits et à se rendre compte de la quantité et de la qualité précise de son avoir réel.

L'homme de science a lieu, parfois, d'en faire autant et, négligeant alors la valeur de ses petits *acquêts*, il doit examiner à nouveau tout ce qu'il y a sur le marché, de façon à s'assurer que le *stock* de numéraire en cave, sur la foi duquel on fait circuler tant de papier, se compose bien réellement de l'or solide de la vérité.

La réunion anniversaire de la Société géologique me semble une occasion des plus opportunes pour une entreprise de ce genre, c'est-à-dire, pour chercher à nous rendre compte de la nature et de la valeur des résultats actuels des recherches paléontologiques, d'autant plus que tous ceux qui ont suivi de près toutes les discussions récentes dans lesquelles la paléontologie s'est trouvée impliquée doivent avoir reconnu l'urgente nécessité d'un semblable examen.

Il faut indiquer tout d'abord l'impulsion et la grande extension données à la botanique, à la zoologie et à l'anatomie comparée, par l'étude des restes fossiles, de tous les résultats de la paléontologie le mieux défini et le moins discutable. La masse des faits biologiques s'est accrue en effet de telle sorte, la portée des interprétations biologiques s'est tellement étendue par les recherches du géologue et du paléontologiste que les naturalistes du jour vont considérer la géologie, il y a lieu de le craindre, comme Brindley comprenait les rivières. Les rivières, disait le grand ingénieur, ont été faites pour alimenter les canaux ; et certains savants ont l'air de penser que la géologie a pour seul but les progrès de l'anatomie comparée.

S'il était possible de justifier une semblable pensée, ce n'est pas dans cette assemblée qu'elle pourrait être reçue favorablement ; mais elle ne peut se justifier. La science que vous cultivez a un grand but, indépendant de celui des autres sciences. Ses fervents disciples, en lui consacrant leurs efforts, ont en vue ses seuls progrès il est vrai, mais si dans leur moisson ils trouvent de quoi répandre des dons magnifiques parmi les sciences voisines, il faut se rappeler que cette charité est du genre de celles qui n'appauvrissent pas, mais retombent en bénédictions sur celui qui donne et sur celui qui reçoit.

Quoi qu'il en soit, cependant, les faits subsistent. Les recherches paléontologiques ont ajouté près de quarante mille espèces d'animaux et de plantes au système de la nature. C'est une population vivante équivalente en nombre à celle d'un nouveau continent, à celle d'un nouvel hémisphère, si nous tenons compte du petit nombre d'insectes fossiles reconnus jusqu'ici, des grandes dimensions et de l'organisation toute spéciale d'un bon nombre de vertébrés.

Mais à part cela, je n'exagère pas en disant que si les nécessités de l'interprétation des faits paléontologiques ne s'étaient pas présentées, les lois de la distribution n'eussent sans doute pas été étudiées avec les mêmes soins; et, d'autre part, parmi les hommes qui s'occupent d'anatomie comparée, peu d'entre eux, et des moins marquants, eussent été poussés par l'amour du détail à étudier les minuties ostéologiques, si ces minuties ne nous donnaient la clef des énigmes les plus intéressantes du monde animal éteint.

Voilà assurément de grands résultats. Si on peut faire remonter la paléontologie à une époque antérieure à celle de Cuvier, c'est à partir de ce grand homme seulement qu'elle prend son rang légitime et si cette branche, jusque-là secondaire, de la biologie a doublé en un demi-siècle la valeur et l'intérêt du groupe scientifique auquel elle appartient, nous avons lieu de nous en féliciter grandement.

Mais ce n'est pas tout. Unie à la géologie, la paléontologie a établi deux lois d'une importance capitale. La première, c'est qu'une même superficie de la surface terrestre a été successivement occupée par des espèces vivantes fort différentes ; la seconde, c'est que l'ordre de succession établi pour une localité est approximativement valable pour toutes.

La première de ces lois est universelle et absolue ; la seconde est une induction que confirment des observations en grand nombre, mais elle peut présenter et présentera même probablement des exceptions. De cette seconde loi il résulte qu'il y a souvent une relation spéciale entre des séries de couches fossilifères, dans les différentes localités. Ce n'est pas seulement en vertu de la ressemblance générale des restes organiques reconnus dans deux séries, qu'elles se ressemblent ; c'est aussi en vertu d'une similarité dans l'ordre et dans le caractère de la succession sérielle de ces couches. L'arrangement est semblable ; aussi la correspondance se dénote dans les termes séparés de chaque série, comme dans les séries entières.

La succession implique le temps. Les couches inférieures d'une série de roches sédimentaires sont certainement plus vieilles que les couches supérieures ; et, quand on a fait intervenir l'idée de l'âge comme équivalant à l'idée de succession, il est tout naturel de considérer une correspondance de succession comme une correspondance d'âge, ou contemporanéité. Et en vérité, il ne s'agit que de l'âge relatif, une correspondance de succession revient effectivement à une correspondance d'âge ; c'est une contemporanéité relative.

Mais il eût été bien préférable d'exclure de la terminologie géologique cette expression vague et ambiguë de *contemporain*. Il eût fallu la remplacer par un terme exprimant la similarité de relation sérielle ; ce terme, négligeant la notion du temps, n'eût été employé que pour indiquer une correspondance de position dans deux ou dans un plus grand nombre de séries de couches.

En anatomie, il faut indiquer à chaque instant une semblable correspondance de position ; elle s'exprime par le mot *homologie* et ses dérivés. En géologie, science qui n'est après tout que l'anatomie et la physiologie de la terre, il y aurait lieu d'inventer un mot simple de ce genre, *homotaxis* (similarité d'ordre), par exemple, pour exprimer une idée essentiellement semblable. On ne l'a pas fait cependant, et l'on va me demander sans doute : Pourquoi surcharger la science d'un mot nouveau et étranger, quand nous avons déjà un vieux mot familier faisant partie de notre langage usuel ?

Cette utilité se manifestera de plus en plus à mesure que nous pousserons plus loin l'examen des résultats de la paléontologie.

En effet, ceux qui s'occupent spécialement de l'étude des œuvres des paléontologistes savent très bien que si l'on voulait borner cette partie de la biologie dont ils s'occupent à l'énoncé des résultats indiqués ci-dessus, la plupart des paléontologistes le trouveraient insuffisant.

Nos grands traités classiques de paléontologie font profession de nous enseigner des choses bien plus élevées, Ils prétendent nous découvrir toute la succession des formes qui ont vécu sur la surface du globe ;

ils veulent nous faire connaître une distribution totalement différente des conditions climatériques aux
temps anciens, nous révéler les caractères des premières manifestations de la vie et nous tracer la loi
du progrès effectué depuis ces premiers êtres vivants
jusqu'à nous.

Si c'est là ce que prétend nous enseigner la paléontologie, il sera fort utile, peut-être, de soumettre ce
qu'elle fait profession de nous apprendre à un examen plus sévère qu'on ne l'a fait jusqu'ici, pour reconnaître si ces enseignements reposent sur une base
bien établie, ou si, après tout, les paléontologistes ne
feraient pas bien d'apprendre et de cultiver l'*ars
artium* scientifique, l'art de dire : Je ne sais pas.

Dans ce but, définissons d'une façon plus exacte la
portée de ces prétentions de la paléontologie.

Chacun sait que le livre du professeur Bronn[1] et le
Traité de Paléontologie du professeur Pictet[2] sont des
œuvres capitales, de première autorité, et que consulte journellement tout paléontologiste militant. Il
faut parler de ces ouvrages excellents et de leurs
auteurs distingués, avec le plus grand respect, en
s'écartant le plus possible du ton de la critique tran-
chante, et vraiment, si j'en parle ici, c'est simplement
pour justifier l'assertion que les propositions suivantes,
implicitement ou explicitement contenues dans ces

---

[1] Bronn, *Untersuchungen uber die Gestaltungs Gesetze der Natur-
korper.* Stuttgart, 1858. *Lois de la distribution des corps organisés
fossiles dans les différents terrains sédimentaires, suivant l'ordre de
leur superposition.* Paris, 1861, in-4°.

[2] Pictet, *Traité de paléontologie.* Paris, 1853-1857.

ouvrages, expriment pour la plupart des paléontologistes et des géologues anglais ou étrangers, quelques-
uns des résultats les plus certains de la paléontologie.
Ainsi donc, on dira :

Les animaux et les plantes ont commencé à vivre
en même temps, peu après le commencement du
dépôt des premières roches sédimentaires. Puis ils se
sont succédé, de telle sorte que des faunes et des
flores totalement différentes occupèrent toute la surface de la terre, l'une après l'autre, et pendant des
époques distinctes.

Une formation géologique est l'ensemble de toutes
les couches déposées sur toute la surface de la terre
pendant une de ces époques. Une faune ou une flore
géologique est l'ensemble de toutes les espèces d'animaux ou de plantes qui occupèrent toute la surface
du globe pendant une de ces époques.

A l'origine, toute la population de la surface terrestre était à peu près la même partout ; c'est seulement à partir du milieu de l'époque tertiaire qu'elle
commença à se distribuer en zones distinctes.

La constitution de la population originelle et les proportions numériques de ses représentants indiquent
un climat plus chaud que le nôtre, un climat tropi-
cal en tous lieux, et à température assez constante
pendant tout le cours de l'année. La distribution ultérieure des êtres vivants en zones provient d'un abaissement graduel de la température générale, qui s'est
d'abord fait sentir aux pôles.

Je n'ai pas l'intention de rechercher en ce moment
si ces doctrines sont vraies ou fausses, mais je veux

appeler votre attention sur une question préliminaire bien plus simple et fort essentielle cependant. Quelle est leur base logique ? Quelles sont les axiomes postulés dont ils dépendent logiquement ? Sur quelle évidence ces propositions fondamentales ont-elles droit à notre assentiment.

Ces axiomes sont au nombre de deux. Le premier, c'est que dès ses premières manifestations sur la terre, la vie y a laissé ses traces. Le second, que la contemporanéité géologique est constituée par un synchronisme réel. Sans le premier postulat, il n'y a rien à affirmer par rapport à l'origine de la vie ; sans le second, toutes les autres affirmations citées plus haut, impliquant toutes une connaissance de différentes parties de la terre à un même moment donné, ne seront pas non plus susceptibles de démonstrations.

Il est vrai que le premier axiome repose entièrement sur des preuves négatives. C'est nécessairement le seul genre d'évidence dont on puisse se servir pour établir le commencement d'une série de phénomènes ; mais en même temps il ne faut pas perdre de vue que la valeur d'une preuve négative dépend entièrement de l'ensemble des faits positifs qui viennent la corroborer. Quand un homme veut prouver son absence d'un lieu quelconque, il lui est inutile d'amener mille témoins prêts à jurer qu'ils ne l'ont pas vu en cet endroit, si ces témoins ne peuvent prouver qu'ils auraient nécessairement constaté sa présence dans le cas où il s'y serait trouvé. Quand on veut établir que la vie animale commence avec les roches stratifiées, dites *couches à lingules*, on se trouve précisément en

présence de preuves négatives de ce genre, insuffisantes et sans confirmation positive. Les terrains Cam-
briens appelés en témoignage disent sous serment :
Nous n'avons vu personne ; et aussitôt l'avocat de la
partie adverse présente trois ou quatre mille mètres
de grès Dévoniens prêts à jurer qu'ils n'ont jamais vu
un poisson ou un mollusque, quand chacun sait parfaitement qu'il y en avait abondamment à leur époque.

Mais alors on allègue que si les roches Dévoniennes
d'une partie du monde sont sans fossiles, elles en contiennent ailleurs, tandis que les roches Cambriennes
inférieures n'ont de fossiles nulle part ; d'où l'on peut
conclure qu'aucun être vivant n'existait à leur
époque.

A ceci il y a deux réponses à faire : D'abord les observations permettant d'affirmer que les roches inférieures
ne présentent de fossiles nulle part, sont bien restreintes, car on n'a encore étudié à fond qu'une bien
petite partie de la terre ; puis il faut dire, en second
lieu, que l'argument est sans valeur si ces roches sans
fossiles ne sont pas seulement *contemporaines* au sens
géologique, mais réellement *synchrones*. Pour reprendre
un exemple analogue au précédent, si un homme veut
prouver qu'il n'était ni en A ni en B un jour donné,
ses témoins pour chacun des deux endroits doivent
pouvoir répondre du jour entier. S'ils peuvent prouver seulement qu'il n'était pas en A au matin ni en B
au soir, la preuve de son absence est nulle, car il aurait
pu être en B au matin et en A au soir.

Ainsi donc tout dépend de la valeur du second
postulat, et nous devons maintenant rechercher le

sens réel du mot *contemporain,* comme l'emploient les géologues. Prenons pour cela un fait concret.

Le Lias d'Angleterre et le Lias d'Allemagne, les roches crétacées de la Grande-Bretagne et les roches crétacées des Indes méridionales sont appelées par les géologues des *formations contemporaines;* mais demandez à un géologue réfléchi s'il entend dire par là que ces terrains furent déposés simultanément, il vous répondra : Non, j'entends dire seulement qu'ils se sont déposés dans le cours d'une même grande époque. Et si, poursuivant vos questions, vous lui demandez la valeur de temps approximative d'une grande époque, si cela signifie cent ans ou mille ans, un million ou dix millions d'années, il vous répondra : Je n'en sais rien.

Quand on recherche en outre si la géologie physique possède une méthode pour reconnaître que deux dépôts éloignés se sont déposés simultanément, ou au contraire à des moments fort séparés, on ne trouve rien de ce genre. Les autorités les plus compétentes admettent, en effet, que la similitude de composition minérale ou de caractère physique, ou même la continuité directe de couches ne sont pas des preuves absolues de synchronisme pour des couches sédimentaires même très rapprochées, et, quand il s'agit de dépôts éloignés, il ne semble pas qu'il soit possible d'atteindre à une évidence physique propre à démontrer que ces dépôts ont été formés simultanément, ou qu'il y a entre eux une différence d'antiquité évaluable. En nous reportant à notre dernier exemple, tous les hommes compétents reconnaîtront probablement que la géologie physique ne nous permet pas de répondre à la question suivante : Les roches crétacées d'Angleterre se déposaient-elles au même moment que celles de l'Inde ; leur sont-elles antérieures ou postérieures d'un million d'années?

La géographie physique nous faisant ici défaut, la paléontologie est-elle capable de résoudre ces questions? Les paléontologistes qui font autorité le prétendent, comme nous l'avons vu. Pour eux, il serait certain que des dépôts contenant des restes organiques semblables sont synchrones, si l'on ne prend pas du moins ce mot dans un sens trop restreint. Pourtant ceux qui voudront étudier le bel ouvrage de sir Henry de la Beche [1], et suivront dans toutes leurs conséquences logiques les arguments qui y sont exposés d'une façon si lucide, arriveront facilement à se convaincre que l'identité la plus absolue des contenus organiques des dépôts n'est pas une preuve de leur synchronisme, tandis que d'autre part la diversité la plus absolue de ces fossiles ne prouve pas une différence de date des dépôts où on les trouve. Sir Henry de la Beche va même plus loin et nous donne de bonnes preuves pour démontrer que les différentes parties d'une seule et même couche, présentant partout la même composition, les mêmes restes organiques, les mêmes couches au-dessus et au-dessous d'elle, peuvent s'être formées cependant à des époques indéfiniment éloignées l'une de l'autre.

[1] Henry de la Beche, *Researches in theoretical Geology*. London, 1834. Chapitres XI et XII. — Traduit en français par H. de Collegno. Paris, 1838.

Edward Forbes avait l'habitude d'affirmer que la similitude des contenus organiques de formations éloignées, prouvait, à première vue, non une similitude, mais une différence d'âge de ces couches. Il soutenait la doctrine des centres uniques de formation des espèces, et, cette théorie étant admise, sa conclusion était tout aussi légitime qu'une autre, car, des deux points examinés, l'un avait été occupé par migration provenant de l'autre, ou bien leur population provenait d'un point intermédiaire, et dans ce dernier cas toutes les chances sont contraires à une migration et à un ensevelissement simultanés.

Quoi qu'il en soit, et que l'on admette ou non l'hypothèse des centres spécifiques uniques ou multiples, il est de fait que la similitude des contenus organiques ne peut prouver en rien le synchronisme des dépôts où on les trouve. Tout au contraire, on peut démontrer que cette similitude est compatible avec des différences d'âge infinies et l'interposition de changements énormes des mondes organique et inorganique, dans l'intervalle des époques de formation de ces dépôts.

Quel est le degré de similitude des faunes sur lequel on a établi la doctrine de la contemporanéité des terrains Siluriens Européens avec eux de l'Amérique septentrionale ? Sir Charles Lyell [1] affirme, sur l'autorité d'un ancien président de cette société, Daniel Sharpe, que sur cent espèces de mollusques Siluriens, trente ou quarante espèces sont com-

[1] Lyell, *Géologie élémentaire*.

munes aux deux côtés de l'Atlantique. Pour tenir
compte des découvertes que l'on pourra faire encore,
doublons le chiffre moindre, et supposons que
soixante pour cent des espèces soient communes aux
terrains Siluriens de l'Amérique du Nord et de la
Grande-Bretagne. Soixante espèces en commun, sur
cent, suffiraient alors à établir la contemporanéité de
deux terrains.

Or, supposons que, dans un ou deux millions d'années, quand l'Angleterre, après s'être encore une fois
engloutie au fond des mers, aura surgi de nouveau,
un géologue applique cette doctrine en comparant
les couches mises à sec par le soulèvement du fond
du canal de Saint-George, par exemple, avec ce qui
restera du Crag de Suffolk. En raisonnant ainsi, il
pourra affirmer tout d'abord que le Crag de Suffolk
et les couches du canal de Saint-George sont des
formations contemporaines, et nous savons cependant qu'il y a entre elles une période de temps
énorme, même au sens géologique et des changements physiques pour ainsi dire sans précédents par
leur étendue.

Mais si l'on peut démontrer que des couches relativement voisines et contenant un pour cent de plus
de soixante ou soixante-dix espèces de mollusques en
commun, peuvent cependant être séparées par une
étendue de temps géologique assez grande pour permettre les plus grands changements physiques dont le
monde ait été témoin, que devient alors ce genre de
contemporanéité qui se montre seulement par une
similitude d'aspect ou par l'identité d'une demi-dou-

zaine d'espèces, ou encore par celle d'un plus grand nombre de genres.

Et pourtant, tous ceux qui adoptent les hypothèses d'une faune et d'une flore universelles, d'un climat général uniforme et d'un refroidissement sensible du globe ne peuvent établir sur de meilleures preuves la contemporanéité qu'ils postulent.

On est donc réduit, semble-t-il, à admettre que ni la géologie physique, ni la paléontologie ne possèdent une méthode à l'aide de laquelle on puisse démontrer le synchronisme absolu de deux couches. Tout ce que la géologie peut démontrer, c'est l'ordre local de la succession. Il est mathématiquement certain qu'en observant, sur une ligne verticale, la section d'une série de dépôts sédimentaires qui n'ont pas encore été remués, les couches inférieures sont les plus anciennes. Dans une autre section verticale de la même série, des couches correspondantes se présenteront nécessairement dans le même ordre de haut en bas, mais, malgré toutes les probabilités favorables, personne ne peut dire avec une certitude absolue que les couches de ces deux sections se sont déposées simultanément. S'il s'agit de petites étendues, il ne peut résulter assurément rien de fâcheux en pratique, quand on affirme que des couches correspondantes sont synchrones ou strictement contemporaines; il y a de plus une foule de considérations accessoires pour justifier amplement l'hypothèse de ce synchronisme. Mais, dès que le géologue s'occupe de grandes étendues, de dépôts complètement séparés, s'il confond, sous le même nom de *contemporanéité*, l'*homotaxis*, cette similarité d'arrangement dont on peut donner les preuves, avec le *synchronisme* ou identité de date que l'on ne peut étayer d'aucune raison valable, il en résulte les conséquences les plus fâcheuses, et cette confusion sera l'origine constante d'interprétations toutes gratuites.

La géologie, la paléontologie ne sauraient établir qu'une faune et une flore Dévoniennes ne coïncidaient pas dans les Iles-Britanniques avec la vie Silurienne dans l'Amérique du Nord, avec la faune et la flore de l'époque carbonifère en Afrique. A l'époque paléozoïque, il y avait peut-être des provinces et des zones géographiques aussi tranchées qu'elles le sont actuellement, et ces productions, soudaines en apparence, d'espèces et de genres nouveaux que nous rapportons à de nouvelles créations, peuvent être tout simplement le résultat de migrations.

Il peut en être ainsi, il peut en être autrement. Dans l'état actuel de nos connaissances et de nos méthodes, nous devons opposer à toutes les hypothèses grandioses qu'établit le paléontologiste pour expliquer la succession des manifestations vitales sur la terre, une conclusion constante : Tout cela n'est pas démontré, tout cela n'est pas démontrable L'ordre et la nature de la vie sur la terre sont, dans leur ensemble, des questions pendantes. Au point de vue topographique, la géologie nous fournit aujourd'hui des renseignements de la plus grande valeur, mais elle ne peut les synthétiser pour en faire l'histoire universelle du globe. Cette histoire universelle est-elle donc impossible ? Les problèmes majeurs, et

les plus intéressants qui puissent se présenter au géologue sont-ils donc insolubles par leur nature même,
et, comme Tantale, sommes-nous condamnés à ne
pouvoir atteindre l'objet de nos désirs? Espérons le
contraire, car il n'est peut-être pas impossible d'indiquer d'où nous viendra le secours.

En débutant, je vous ai signalé les grands services
rendus au naturaliste, par le paléontologiste et le
géologue. Il viendra un temps assurément où ces
services seront payés au centuple. Le naturaliste nous
fournira le fil conducteur qui nous sauvera de ce
dédale de l'histoire ancienne du monde, où sont
actuellement perdus le géologue et le paléontologiste qui n'ont d'autre guide pour s'en tirer que leur
science pure.

Tous ceux qui ont autorité pour se prononcer sur
ce sujet s'accordent aujourd'hui à reconnaitre que les
nombreuses variétés des formes animales et végétales
ne sont pas le résultat du hasard, ni des effets capri-
cieux d'un pouvoir créateur, mais qu'ils se sont produits selon un ordre défini ; les hommes de science
appellent *loi naturelle* la formule qui exprime cet
ordre. Que cette loi soit l'expression du mode d'opération des forces naturelles, ou une simple manière
d'indiquer de quelle façon une puissance surnaturelle
a cru devoir agir, c'est là une question secondaire,
pourvu que l'on admette l'existence de la loi et la
possibilité de sa découverte par l'intelligence humaine.
Mais, ce serait un philosophe de peu de cœur que
celui qui croirait à cette possibilité, et, après avoir
observé les progrès gigantesques des sciences physio-

logiques pendant les vingt dernières années, douterait que la science ne parvint tôt ou tard à faire ce dernier pas, qui la mettra en possession de la loi d'évolution des formes organiques, de l'ordre invariable de ce grand enchaînement de causes et d'effets, dont toutes les formes organiques anciennes et modernes sont les chaînons. Et si jamais nous devons être à même de discuter avec profit les questions relatives aux origines de la vie et à la nature des populations successives du globe, que quelques-uns considèrent déjà comme résolues, c'est alors que nous pourrons commencer de le faire utilement.

Je ne prétends pas que les arguments précédents soient absolument nouveaux; en effet, depuis trente ans, ils ont été présents à l'esprit des géologues d'une façon plus ou moins distincte, et si j'ai cru devoir leur donner aujourd'hui une forme plus précise et plus systématique, c'est que la paléontologie prend chaque jour une plus grande importance et doit reposer maintenant sur une base bien établie. Parmi ces conceptions fondamentales, elle ne doit pas confondre ce qui est certain et ce qui est plus ou moins probable [1]. Mais, en attendant l'établissement de fondations plus solides que celles sur lesquelles repose en ce moment la paléontologie, il peut être instructif, en admettant même pour l'occasion que l'hypothèse de la contemporanéité géologique, telle qu'on la comprend généralement, soit vraie dans son ensemble, de rechercher

---

[1] « Le plus grand service qu'on puisse rendre à la science est d'y faire place nette avant d'y rien construire. » Cuvier.

si les conclusions habituellement déduites de l'ensemble des faits paléontologiques sont justifiables.

L'évidence sur laquelle ces conclusions reposent, est négative, ou d'autre part elle est positive. Je laisse de côté ce qui a trait à l'évidence négative, pour m'étendre de préférence sur celle que nous fournissent les faits positifs de la paléontologie. Voyons donc ce que ces faits nous enseignent.

Nous avons tous l'habitude de parler du grand nombre et de l'étendue des changements opérés dans la population vivante du globe, pendant les temps géologiques, comme d'une chose énorme. Ces changements sont énormes, en effet, si nous envisageons les différences négatives qui séparent les roches les plus anciennes des roches modernes, et si nous considérons comme de grands changements ceux qui se produisent dans le genre et dans l'espèce. Ces derniers sont considérables à un certain point de vue assuré ment, mais si on laisse de côté les différences négatives pour ne tenir compte que des données positives fournies par le monde fossile, alors, à un point de vue plus élevé, celui de l'anatomie comparée, l'étude des modifications majeures de la forme animale, une surprise d'un autre genre vient se présenter à l'esprit, et sous cet aspect nouveau la petitesse du changement total devient aussi étonnante que ce changement était d'abord frappant par sa grandeur.

Les ordres connus des plantes sont au nombre de deux cents, et pas un de ces ordres n'existe, que l'on sache, exclusivement à l'état fossile. Toute l'étendue des temps géologiques n'a pas encore fourni au monde végétal un seul type d'ordre nouveau [1].

Quand on compare le monde animal récent à l'ancien, on se trouve en présence d'un changement réel plus grand, mais singulièrement restreint cependant. Aucun animal fossile ne se différencie des animaux actuels au point de nécessiter pour lui une classe différente de celles qui suffisent à grouper les formes existantes. Il faut descendre aux ordres que l'on peut évaluer approximativement au chiffre de 130, avant de rencontrer des animaux fossiles assez différents de ceux qui existent maintenant pour qu'il y ait lieu de faire pour eux des ordres distincts, et au plus, il n'y a pas lieu d'en établir plus de treize ou quatorze.

Parmi les Protozoaires, on ne saurait montrer la disparition d'aucun ordre ; .

Parmi les Cœlentérés (*Cœlenterata*), un ordre a disparu : celui des coraux rugueux [2];

Il n'en manque pas parmi les Mollusques ;

Parmi les Échinodernes, il en manque trois : les Cystydés, les Blastoïdés et les Edrioastérides, et deux, chez les Crustacés, les Trilobites et les Euryptères, soit cinq en tout pour le grand embranchement des Annelés.

Dans l'embranchement des Vertébrés aucun Poisson fossile ne nécessite l'établissement d'un ordre nouveau ; un seul ordre d'amphibies a disparu, celui des Labyrinthodontes.

[1] Voyez Hooker, *Introductory Essay to the Flora of Tasmania*, p. 23.

[2] Voy. note p. 33.

Mais parmi les Reptiles il en manque au moins quatre : les Icthyosaures, les Plésiosaures, les Ptéro-dactyles, les Dinosaures et peut-être un ou deux autres ordres.

Chez les Oiseaux, aucun ordre n'a disparu, et l'on ne peut établir qu'il en soit autrement pour les Mammifères, car il est douteux que l'ordre des Toxodontes présente des différences de caractère qui suffisent à en faire un ordre à part.

Il se présente ici une objection évidente : on dira qu'en somme des affirmations si générales reposent en majeure partie sur des preuves négatives, mais cette objection a moins de valeur qu'on ne serait porté à le supposer à première vue. En effet, comme on pouvait s'y attendre d'après les circonstances spéciales, nous retrouvons les mollusques marins et les poissons en plus grande abondance que toutes les autres formes de la vie animale; ils ne nous offrent cependant, dans toute l'étendue des temps géologiques, aucune espèce nécessitant l'établissement d'un ordre distinct de ceux qui réunissent les espèces actuelles, et cependant la classe bien moins nombreuse des Echinodermes nous en présente trois, les crustacés deux, bien qu'aucun de ces ordres ne subsiste après l'époque paléozoïque. En dernier lieu les reptiles nous présentent ce fait exceptionnel et extraordinaire : si l'on compare les ordres disparus aux ordres subsistant actuellement, on trouve que le nombre des premiers est égal à celui des seconds, s'il ne lui est pas supérieur, les ordres éteints indiqués précédemment ayant existé depuis le Lias jusqu'à la Craie inclusivement.

Il y a quelques années, un de vos secrétaires indiquait un autre genre d'évidence paléontologique positive tendant à la même conclusion, en ce qu'il appelait les *types persistants* de la vie animale et végétale [1]. En s'appuyant sur l'autorité de J. Dalton-Hooker, il disait que certaines plantes de l'époque de la houille semblent être du même genre que certaines plantes actuelles. Ainsi il ne serait guère possible de distinguer le cône de l'*Araucaria* oolithique de celui d'une espèce actuelle ; on trouve dans les terrains de Purbeck un véritable pin, un noyer dans la craie, et dans les sables de Bagshot une Banksie, dont le bois ne peut se différencier de celui d'une espèce existant actuellement en Australie.

Envisageant le monde animal, il affirmait que les Madréporaires tabulés [2] des roches siluriennes ressemblaient singulièrement à ceux de notre époque, tandis que les familles des Madréporaires apores [3] étaient toutes représentées dans les roches mésozoïques.

De semblables faits étaient indiqués dans la classe des mollusques Remarquez que les genres *Avicula, Mytilus, Chiton, Natica, Patella, Trochus, Discina, Orbicula, Lingula, Rhynchonella* et *Nautile*, qui

---

[1] Voir les extraits d'une conférence : *sur les types persistants de la vie animale*, in *Notices of the Meetings of the Royal Institution of Great Britain*, june 3, 1859, vol. III, p. 151.

[2] Voyez Milne-Edwards et Haime, *Hist. naturelle des coralliaires,* t. III, p. 223.

[2] Voyez Milne-Edwards et Haime, t. II, p. 5.

existent tous actuellement, sont tous donnés comme genres siluriens avérés par sir R. Murchison [1], tandis que les formes les plus développées des Céphalopodes supérieurs sont représentées dans le Lias par le genre *Belemnoteuthis*, extrêmement voisin des Calmars actuels.

Les deux groupes supérieurs des annelés, les insectes et les arachnides sont représentés dans les houilles, soit par des genres actuels, soit par des formes ne différant de ceux-ci qu'en des particularités de fort minime importance.

Chez les vertébrés, le seul poisson Elasmobranche paléozoïque, dont nous ayons une connaissance complète, est le *Pleuracanthus* des terrains Dévoniens et Houillers, qui ne diffère pas plus de nos requins que ceux-ci ne diffèrent entre eux.

De même, bien que le nombre des poissons fossiles certainement Ganoïdes soit fort grand et qu'ils aient duré pendant un temps énorme, on a réuni récemment des preuves nombreuses pour faire voir que tous ceux que nous connaissons suffisamment appartiennent aux mêmes groupes sous-ordinaux que le Lepidosteus, le Polypterus et l'Esturgeon actuels ; en outre, il y a une relation singulière entre les poissons plus anciens et les plus récents : les premiers, les Ganoïdes Dévoniens, appartenant presque tous au même sous-ordre que le Polypterus, et les seconds, les Ganoïdes Mésozoïques, étant pour la plupart alliés de même au Lepidosteus [2].

[1] Murchison, *Siluria*. London.
[2] *Memoirs of the Geological Survey of the United Kingdom* Decade X. *Preliminary Essay upon the Systematic Arrangement of the Devonian Epoch.*

En outre, rien n'est plus remarquable que cette constance singulière de structure qui se maintient si longtemps dans la famille des Pycnodontes et dans celles des Cœlacanthes vrais; la première dure depuis les terrains houillers jusqu'aux roches tertiaires inclusivement et ne présente que des modifications insignifiantes; la seconde persiste avec des changements encore moindres depuis les roches carbonifères jusqu'à la craie inclusivement encore.

Parmi les reptiles, le groupe le plus élevé que nous ayons, celui des crocodiles, est représenté au début de l'époque Mésozoïque par des espèces dont les caractères organiques essentiels sont identiques à ceux des espèces actuelles; de telle sorte que les espèces anciennes et les espèces modernes ne diffèrent qu'en des points de détail, tels que la forme des faces articulaires des corps vertébraux, l'étendue de la voûte palatine osseuse, les proportions des membres.

Et même, en ce qui concerne les mammifères, les restes rares des espèces triasiques et oolithiques ne permettent pas de supposer que l'organisation des formes les plus anciennes différait de quelques-unes de celles qui existent actuellement, à beaucoup près autant que celles-ci diffèrent entre elles.

Il est inutile d'accumuler ces exemples; j'en ai dit assez pour justifier mon affirmation que si l'on tient compte de l'immense diversité des formes animales et végétales connues, de l'énorme laps de temps indiqué par l'accumulation des couches fossilifères, la seule chose dont il y ait lieu de s'étonner n'est pas l'étendue, mais bien au contraire le peu d'importance des changements des formes de la vie, changements que nous révèle l'évidence directe.

Mais, quoi qu'il en soit, grands ou petits, il serait bon de chercher à les évaluer. Pour cela, prenons l'une après l'autre toutes les grandes divisions du monde animal et, quand nous pourrons démontrer qu'une famille ou qu'un ordre a subsisté longtemps, cherchons à reconnaitre jusqu'à quel point les derniers représentants de ces groupes diffèrent des plus anciens. Si ces derniers représentants nous offrent toujours, ou même dans la plupart des cas, des modifications notables, ce fait prouvera d'autant en faveur d'une loi générale de changement, et la rapidité de ce changement pourra s'évaluer approximativement par la somme des modifications reconnues. D'autre part, il ne faut pas oublier que si l'absence de modifications laisse sans preuves positives la doctrine d'une loi de changement, cela ne renverse pas toutes les formes de cette doctrine, tout en fournissant des éléments suffisants à la réfutation de quelques-unes d'entre elles.

Protozoaires. — Les protozoaires sont représentés dans toute l'étendue des séries géologiques, depuis les formations Siluriennes inférieures jusqu'à l'époque actuelle. Les formes les plus anciennes qu'Ehrenberg a décrites ressemblent extrêmement aux formes actuelles. Personne n'a jamais prétendu que les différences des foraminifères anciens et modernes fussent autres que des différences de genre. Les foraminifères les plus anciens ne sont pas plus simples, plus embryonnaires et mieux différenciés que les nôtres.

Cœlentérés. — Les Madréporaires tabulés ont existé

depuis l'époque Silurienne jusqu'au jour présent, mais les Héliolithes anciens ne présentent en rien, que je sache, la marque d'un état plus embryonnaire et moins différencié, ou d'une organisation moins parfaite que les Héliopores modernes. Quant aux Madréporaires apores, en quoi le Palœocyclus Silurien est-il moins bien organisé et plus embryonnaire que la Fongie moderne ? et la même remarque s'applique aux Madréporaires apores du Lias, comparés aux membres actuels de la même famille [1].

Mollusques. — En quel sens la *Waldheimia* actuelle est-elle moins embryonnaire ou douée de caractères spécifiques plus tranchés que les spirifères paléozoïques ; ou les genres actuels *Rhynchonella, Crania, Discina, Lingula,* que les espèces Siluriennes des mêmes genres ? En quoi les genres *Loligo* ou *Spirula* sont-ils mieux spécialisés, moins embryonnaires que les Bélemnites ; les espèces modernes des Lamellibranches ou des différents genres de Gastéropodes, que les espèces Siluriennes des mêmes genres ?

Annelés. — Les insectes et les arachnides de la houille ne sont pas moins spécialisés ni plus embryonnaires que les espèces vivantes ; on peut en dire autant des Cirripèdes du Lias et des Macroures ; en même temps, plusieurs Brachyoures qui se montrent dans la Craie appartiennent à des genres actuels, et aucun d'eux ne présente des caractères intermédiaires ou embryonnaires.

Vertébrés. — Parmi les poissons, j'ai indiqué les

[1] Voy. note p. 33.

Cœlacanthinés (comprenant les genres *Cœlacanthus,
Holophagus, Undina* et *Macropoma*) comme exemple
de types persistants ; et le peu d'importance des modifications qu'ils présentent, portant au plus sur les proportions du corps et des nageoires, les caractères et la
forme des écailles, pendant une énorme étendue de
temps, est un fait bien remarquable. Dans toutes les
particularités essentielles de sa structure si singulière,
le *Macropoma* de la Craie est semblable au *Cœlacanthus* de la Houille. Remarquez encore le genre *Lepi-
dotus* qui persiste sans modification notable depuis le
Lias jusqu'aux terrains Eocènes inclusivement.

Et parmi les Téléostés [1], en quoi le *Beryx* de la Craie
serait-il plus embryonnaire ou moins différencié que
le *Beryx lineatus,* que l'on trouve à l'ouest de l'Australie, dans le détroit du Roi-George ?

Ou, pour parler des vertébrés supérieurs, en quoi
les Chéloniens du Lias sont-ils inférieurs à ceux qui
existent maintenant ? Les Ichthyosaures, les Plésiosaures, les Ptérodactyles de l'époque crétacée appar-
tiennent-ils à des espèces moins embryonnaires et
mieux différenciées que ceux du Lias ?

Et enfin sur quoi se fondera-t-on pour dire que le
Phascolotherium est plus embryonnaire, d'un type
plus généralisé que la sarigue moderne, ou un *Lophio-
don,* un *Palæotherium* que le Tapir ou le Daman de
notre époque ?.

---

[1] Teleostei (de τέλειος, parfait, ὄστεον, os), nom donné par Müller
aux poissons dont le squelette est complètement ossifié. — Les
Téléostés comprennent les *Osséoptérygiens* de Cuvier avec les deux
petits ordres des *Lophobranches* et des *Plectognathes,* ou, suivant
la nomenclature d'Agassiz, les Cténoïdes et les Cycloïdes.

On pourrait multiplier ces exemples pour ainsi dire indéfiniment, mais ils suffiront sans doute à démontrer que les preuves positives, seul témoignage certain et indiscutable sur lequel nous puissions compter, sont insuffisantes à établir une modification progressive quelconque des animaux vers un type moins embryonnaire, moins généralisé, dans un grand nombre de groupes d'une longue durée géologique.

Dans ces groupes, de nombreuses variations se manifestent d'une façon fort évidente, la progression, comme on l'entend généralement, ne se révèle nulle part, et si ce que la géologie nous enseigne du passé de ce monde doit être considéré comme un fragment fort considérable de son histoire, on ne conçoit pas qu'il soit possible d'établir une théorie d'un développement progressif nécessaire, car les familles et les ordres nombreux que je viens d'indiquer n'en présentent pas la moindre trace.

Mais voici un fait fort remarquable. Tandis que les groupes dont je vous ai parlé, et ce ne sont pas les seuls d'ailleurs, ne nous montrent pas les signes d'une modification progressive, il y en a d'autres qui ont coexisté avec les premiers, et dans les mêmes conditions que ceux-ci, chez lesquels on découvre des indications plus ou moins distinctes d'un semblable changement. Comme indication de ce genre je vous rappellerai que les Gastéropodes Holostomes prédominent dans les roches les plus anciennes, tandis que les Gastéropodes Siphonostomes se montrent surtout dans les roches plus récentes. Mais, si l'on peut dire ici que la preuve est négative, je vous citerai les Céphalopodes Tétrabranchiaux, dont les coquilles présentent dans leurs formes générales, comme dans les sutures de leurs cloisons, une complication qui va en augmentant des genres anciens aux genres nouveaux. Et cependant, voilà qu'aux deux extrémités de la série nous rencontrons d'une part, les Orthoceras, et de l'autre les Baculites ; de plus, un des genres les plus simples de Céphalopodes est le Nautile qui existe actuellement.

Les Crinoïdes semblent nous offrir un bon exemple de transition d'un état plus embryonnaire vers un état plus parfait, par l'abondance des formes pédicellées communes dans les terrains anciens, tandis qu'elles sont relativement rares aujourd'hui. Mais, en examinant plus soigneusement les faits, une objection se présente : le pédicule, le calice et les tentacules d'une Crinoïde paléozoïque diffèrent énormément des organes correspondants chez une larve de Comatule, et l'on serait parfaitement en droit de dire que l'*Actinocrinus* et l'*Eucalyptocrinus,* par exemple, s'écartent tout autant, en un sens, de l'embryon pédicellé d'une Comatule, que celle-ci s'en écarte elle-même dans l'autre.

De même, on cite bien souvent les Echinides comme présentant la transformation graduelle d'un type plus généralisé, en un état où tout tend à se spécialiser davantage, car les *Spatangoïdes* allongés ou ovalaires se montrent après les *Cidarides* de forme sphéroïdale. Mais ici on pourrait opposer que les Cidarides arrondis s'écartent plus en réalité du plan général et des formes embryonnaires que ne le font les Spatangoïdes allongés, et que l'appareil masticatoire spécial et les piquants des premiers sont des marques de différenciation pour le moins aussi grandes que les ambulacres pétaloïdes et les bandes mamelonnées qui portent des épines spéciales, des derniers.

Ou encore, dans ce même ordre des Crustacés, les Podophthalmes Macroures l'emportent tout d'abord sur les Brachyoures, et cette prédominance semble prouver en faveur d'une modification progressive. Cependant l'étude attentive des faits est ici contraire à l'hypothèse, car les Macroures s'écartent autant, en un sens, du type commun des Podophthalmes, ou d'un état embryonnaire quelconque des Brachyoures, que ces Brachyoures s'en écartent eux-mêmes dans un autre sens ; et en outre les Anomoures, qui établissent le passage entre les Macroures et les Brachyoures, ne sont guère mieux représentés dans les roches mesozoïques les plus anciennes que ne le sont les Brachyoures.

Tous les autres cas de modification progressive que l'on cite parmi les Invertébrés me semblent aussi discutables que les précédents, et s'il en est ainsi, aucun penseur prudent ne voudra baser ses opinions sur des faits aussi douteux. Pourtant, chez les Vertébrés, on trouve quelques exemples qui n'offrent pas la même prise aux objections.

En effet, chez plusieurs groupes de Vertébrés qui ont persisté pendant un espace de temps fort considérable, l'endosquelette, ou plus particulièrement la colonne vertébrale, des genres les plus anciens est moins ossifié et par cela même présente des caractères différentiels moins tranchés que ceux des genres plus récents.

Ainsi les Ganoïdes Dévoniens, bien qu'ils appartiennent pour la plupart au même sous-ordre que le *Polypterus*, et présentent de nombreuses ressemblances importantes avec le genre actuel qui a des vertèbres bi-concaves, sont eux-mêmes, pour la plupart, entièrement privés de centres vertébraux ossifiés. De même, les Lépidostés mésozoïques ont au plus des vertèbres bi-concaves, tandis que le *Lepidosteus* actuel a des vertèbres analogues à celles de la Salamandre présentant une concavité postérieure et une convexité antérieure. Ainsi aucun des requins paléozoïques ne présente de vertèbres ossifiées, et celles de la plupart des requins modernes le sont, au contraire. Ou encore, les Crocodiliens et les Lacertiens les plus anciens ont des vertèbres, dont les corps vertébraux présentent des faces articulaires aplaties ou bi-concaves, tandis que chez les espèces modernes on trouve une concavité antérieure et une convexité postérieure. Mais les exemples les plus frappants de modification progressive de la colonne vertébrale, suivant l'âge géologique, nous sont fournis par les Pycnodontes parmi les Poissons et par les Labyrinthodontes parmi les Amphibies.

Heckel, ichthyologiste de mérite, a fait voir que les Pycnodontes, qui n'ont jamais un corps vertébral réel, diffèrent entre eux par les dimensions et la portée des extrémités des arcs osseux de leurs vertèbres sur l'enveloppe de la notocorde; chez les espèces de la houille, cette expansion osseuse est rudimentaire;

dans les genres mésozoïques, elle se développe de plus en plus; et enfin, dans les formes trouvées dans les terrains tertiaires, les extrémités allongées de l'arc se rejoignent, s'engrènent par une suture et forment une espèce de fausse vertèbre. Et encore, Hermann von Meyer, aux belles recherches duquel nous devons de connaître si bien l'organisation des plus anciens Labyrinthodontes, a prouvé que l'*Archegosaurus* de la houille a des centres vertébraux très imparfaitement développés, tandis que ces parties sont complètement ossifiées chez le *Mastodonsaurus* des terrains triasiques [1].

On a encore cité, comme preuve à l'appui d'une loi de développement progressif, la régularité et le niveau uniforme du système dentaire chez l'*Anoplotherium*, comparativement à celui des artiodactyles actuels, et l'on a dit que par ce côté certains carnivores anciens se rapprochent davantage du type hypothétique de l'arrangement des dents, mais d'ailleurs je ne vois pas d'autres preuves fondées sur des faits positifs, qui méritent d'être citées.

Que prouve donc l'examen impartial des vérités paléontologiques positivement reconnues, relativement aux doctrines généralement admises, d'après lesquelles on suppose que cette modification s'est produite par le passage nécessaire d'un état embryonnaire à un état de développement plus complet, d'un

---

[1] On m'a transmis, depuis, des preuves de l'existence d'un nouveau Labyrinthodonte (*Pholidogaster*) provenant des terrains houillers d'Édimbourg, et cependant ses centres vertébraux sont bien ossifiés.

type généralisé à un type qui se spécialise de plus en plus, passage effectué pendant la période que représentent les roches fossilifères.

L'examen est contraire à ces doctrines, car il ne nous fournit pas les preuves de modifications de ce genre, ou nous démontre qu'elles ont été bien légères ; et par rapport à leur nature, cet examen ne prouve nullement que les premiers représentants d'un groupe de longue durée présentent les indices d'une structure plus généralisée que celle des derniers. Jusqu'à un certain point on est fondé à dire, il est vrai, que l'ossification incomplète de la colonne vertébrale est un caractère embryonnaire, mais, d'autre part, on se tromperait grandement en supposant que la colonne vertébrale des plus anciens vertébrés est aucunement embryonnaire par l'ensemble de sa structure.

Il est évident que si le moment du dépôt des roches fossilifères les plus anciennes a coïncidé avec les premières manifestations de la vie, et si le contenu de ces roches nous donne une connaissance précise de la nature et de l'étendue des faunes et des flores primitives, le peu d'importance des modifications que l'on peut établir dans un groupe quelconque d'animaux ou de plantes est absolument incompatible avec l'hypothèse d'après laquelle toutes les formes vivantes seraient le résultat d'un processus nécessaire de développement progressif entièrement compris dans le temps que représentent les roches fossilifères.

D'autre part, pour qu'une hypothèse de modification progressive puisse être admise, il faut qu'elle soit compatible avec la persistance possible d'un type qui ne progresserait pas pendant des périodes indéfinies. Et si l'on arrive jamais à prouver la vérité d'une hypothèse de ce genre, de la seule façon qu'il soit possible de la démontrer, c'est-à-dire par des observations, des expérimentations portant sur des formes existantes de la vie, on reconnaîtra comme conclusion inévitable que les faunes et les flores paléozoïques, mésozoïques et caïnozoïques réunies sont en quelque sorte, pour l'ensemble des êtres vivants qui ont occupé le globe, ce que sont pour elles la faune et la flore actuelles.

C'est ainsi que je comprends, et cela depuis plusieurs années, les résultats de la paléontologie. Cette étude n'est qu'une des applications des grandes sciences biologiques, et il est bon de chercher à lui donner des fondements aussi solides que ceux de toutes les autres branches des connaissances physiques. Si mes arguments sont valables, vous croirez, en tenant compte de l'état présent de l'opinion, qu'il y avait lieu de les développer.

NOTE SUR LES CŒLENTÉRÉS [1]

Frey et Leuckart ont établi dans l'embranchement des *Rayonnés* de Cuvier un embranchement spécial, auquel ils ont donné le nom de *Cœlentérés*. Cet embranchement se compose de deux classes : *Hydrozoaires* et *Actinozoaires*.

Les *Hydrozoaires* sont des animaux aquatiques présentant un tégument externe, un tégument interne

[1] Voyez pages 19 et 25.

et une structure histologique appréciable. Le corps représente un sac à une seule ouverture avec des appendices creux ou pleins. Ces derniers sont des tentacules diversement disposés, organes de mouvement, avec lesquels ils saisissent leur proie et qui sont pourvus de *nématocystes*, filaments dentelés, venimeux, enroulés dans un sac, et que l'animal projette pour en blesser sa proie. D'autres points du corps peuvent présenter également des *Nématocystes*. Les appendices creux sont la cavité digestive, distincte de la cavité générale du corps, mais en communication avec cette dernière par une large ouverture, et les organes de reproduction (capsules) sont ouverts extérieurement.

Ex. : hydre, sertulaire, certaines méduses.

Les *Actinozoaires* sont des animaux marins généralement fixés au moins à l'âge adulte, souvent agrégés sur un pied commun diversement disposé, rameux ou en plateaux, et ressemblant parfois à des fleurs par leurs formes et leurs belles couleurs. Ils sont aussi comparables à un sac à une seule ouverture autour de laquelle sont disposés les tentacules mus par des faisceaux musculaires appréciables chez les plus élevés d'entre eux. Ils présentent une cavité digestive spéciale comprise dans la cavité générale du corps avec laquelle elle communique du côté opposé à la bouche, cette cavité digestive est séparée des parois par la cavité périviscérale faisant partie de la cavité générale. La cavité périviscérale est divisée par des mésentères qui relient la cavité digestive aux parois et assurent la fixité de leurs rapports. Les chambres formées par les cloisons mésentériques s'étendent en remontant jusqu'à la base des tentacules. Les organes de reproduction sont logés intérieurement dans l'épaisseur des mésentères.

Ex. : actinies, coraux.

Ces deux classes, *Actinozoaires* et *Hydrozoaires,* constituent une des divisions les plus naturelles du règne animal. Chez eux le corps est composé d'éléments histologiques primitivement disposés en deux couches : le tégument interne et le tégument externe, et, seuls parmi les animaux qui présentent ce caractère, ils ont une cavité digestive communiquant librement avec la cavité générale du corps par une extrémité inférieure ouverte. Ils ne sont pas pourvus d'un système circulatoire distinct, et chez les Cténophores, qui présentent seuls un système nerveux, le ganglion central occupe le côté du corps diamétralement opposé à la bouche. Chez la plupart des Actinozoaires et des Hydrozoaires les organes de préhension sont des tentacules creux entourant circulairement la bouche, et ils sont armés, sauf peut-être les Cténophores, de *nématocystes* dont on retrouve l'analogue chez quelques mollusques et peut-être même chez les Turbellariés.

II

HISTOIRE D'UN MORCEAU DE CRAIE

CONFÉRENCE FAITE A DES OUVRIERS

Si l'on creusait un puits à nos pieds, ici même, au milieu de la ville de Norwich, les travailleurs rencontreraient bientôt cette substance blanche, si tendre qu'on ne peut guère l'appeler une roche, et que nous connaissons tous sous le nom de *craie*.

Sur toute l'étendue du comté de Norfolk, tout aussi bien qu'ici, le puisatier pourrait forer à des centaines de mètres de profondeur sans rencontrer la fin de la craie ; et sur la côte où les vagues ont rongé les rivages qui leur sont opposés, les faces escarpées des hautes falaises sont souvent entièrement constituées par de la craie. Au nord, on peut suivre la craie jusqu'au comté d'York ; sur la côte du sud de l'Angleterre, elle se montre tout à coup dans les baies occidentales si pittoresques du comté de Dorset ; puis elle se disloque pour former les aiguilles de l'île de Wight, tandis que sur les côtes de Kent elle forme cette longue ligne de falaises blanches, qui ont valu à l'Angleterre son nom d'*Albion*.

Si l'on pouvait enlever la couche peu épaisse du

sol qui la recouvre, on verrait une bande incurvée de craie blanche, ici plus large, plus étroite ailleurs, s'étendre en diagonale à travers l'Angleterre, depuis Lulworth en Dorset, jusqu'au cap Flamborough dans le pays d'York, sur une distance d'une centaine de lieues à vol d'oiseau.

Depuis cette bande jusqu'à la mer du Nord à l'est, et la Manche au sud, la craie est profondément cachée sous d'autres dépôts ; mais, si ce n'est dans les les terrains wealdiens de Kent et de Sussex, elle fait partie des fondations de tous les comtés du sud-est.

En certains endroits, la craie anglaise est profonde de trois à quatre cents mètres ; c'est donc là une masse énorme, et pourtant elle ne recouvre qu'une bien petite partie de la surface que représente sur le globe la formation de la craie, dont les caractères généraux sont partout les mêmes, et que l'on rencontre en îlots détachés, parfois plus grands, parfois plus petits que celui de la craie anglaise.

On trouve de la craie au nord-ouest de l'Irlande ; elle s'étend sur une grande partie de la superficie de la France ; celle que l'on trouve au-dessous de Paris n'est qu'un prolongement direct de la craie du bassin de Londres ; elle traverse le Danemark et l'Europe centrale ; au sud, elle s'étend jusqu'à l'Afrique septentrionale, à l'est elle se montre en Crimée et en Syrie, et on peut la suivre jusqu'aux rivages de la mer d'Aral dans l'Asie centrale.

Si l'on circonscrivait tous ces points où l'on trouve la craie véritable, on tracerait sur le globe un ovale irrégulier dont le grand diamètre aurait onze à douze cents lieues de longueur ; sa superficie serait aussi grande que celle de l'Europe et excéderait de beaucoup celle de la Méditerranée, la plus grande des mers intérieures.

Ainsi donc la craie est un des éléments importants de la croûte terrestre, et elle donne aux paysages des contrées où elle se présente un cachet particulier, variant selon les conditions auxquelles elle est exposée. Les pâturages onduleux, les combes arrondies des pays crayeux à l'intérieur de l'Angleterre, tout recouverts de gras herbages, ont un charme paisible et domestique, et nous font penser aux beaux troupeaux, à leurs viandes succulentes ; mais par lui-même ce pays n'est pas beau à proprement parler, du moins est-il sans grandeur. Sur les côtes du sud, cependant, les falaises abruptes, qui ont parfois une centaine de mètres de hauteur et projettent sur la mer leurs aiguilles et leurs pitons dont les escarpements solitaires et inhospitaliers servent de perchoirs aux cormorans craintifs, confèrent à nos rivages crayeux une grandeur, une beauté merveilleuses. Et en Orient la craie prend part à la formation de quelques chaînes de montagnes des plus vénérables, le Liban, par exemple.

Qu'est-ce donc que cette substance constituant une si grande partie de la surface de la terre, et d'où provient-elle ?

Vous croirez peut-être que nos recherches ne peuvent guère fournir une réponse bien satisfaisante à ces questions, et qu'en cherchant à résoudre de semblables problèmes, le seul résultat auquel on puisse

pierres à chaux se composent de carbonate de chaux plus ou moins pur. En filtrant à travers des roches calcaires, les eaux déposent souvent des encroûtements de formes particulières et appelées *stalagmites* et *stalactites*, et qui sont du carbonate de chaux. Ou, pour prendre un exemple plus familier, le dépôt formé à l'intérieur d'une bouilloire est du carbonate de chaux, et la chimie est impuissante à démontrer que la craie n'est pas un dépôt du même genre, qui se serait formé de la même façon sur le fond de l'immense bouilloire représentée par la terre, recevant effectivement par sa partie profonde une quantité de chaleur assez notable.

Cherchons un autre moyen de nous faire dire par la craie sa propre histoire.

A l'œil nu, la craie fait l'effet d'une espèce de pierre tendre et poreuse. Mais il est possible d'user à la meule, ou autrement, une tranche de craie jusqu'à ce qu'elle soit assez fine pour être translucide, et nous permettre alors de l'examiner au microscope avec tel grossissement que l'on jugera convenable. On pourrait amincir de la même façon une petite tranche de la croûte d'une bouilloire, et en l'examinant au microscope. on y verrait seulement qu'elle se compose d'une substance minérale en stratification plus ou moins distincte.

Mais la tranche de craie, examinée au microscope, présente un aspect totalement différent. Toute la masse se compose en général de granulations très petites ; puis, enterrés dans cette gangue, on voit des corps innombrables, les uns plus grands, les autres plus petits, et ne présentant guère plus de deux à trois dixièmes de millimètre de diamètre en moyenne. La forme et la structure de ces petits corps sont bien définies, et certains échantillons de craie peuvent en contenir dix mille et plus par centimètre cube, agglomerés avec de nombreux millions de granulations.

En examinant ainsi une tranche transparente de craie, on se fait une bonne idée des proportions relatives de tous ces corps et de leur dispositions les uns par rapport aux autres.

Mais si l'on frotte sous l'eau un peu de craie avec une brosse, et que l'on décante le liquide laiteux, on pourra se procurer des sédiments à différents degrés de finesse, et séparer assez bien les uns des autres les corps arrondis et les granulations pour les soumettre à l'examen microscopique, soit comme objets opaques, soit comme objets transparents.

En réunissant le résultat de toutes les observations faites par ces méthodes différentes, on peut démontrer que tous les corps arrondis sont d'admirables constructions calcaires, se composant de loges nombreuses communiquant librement les unes avec les autres. Ces corps cloisonnés affectent des formes variées. Une des plus communes rappelle une framboise irrégulièrement développée ; elle se compose de loges à peu près globulaires, de dimensions irrégulières et réunies ensemble en assez grand nombre. C'est ce qu'on appelle la *globigérine*, et quelques échantillons de craie sont constitués presque exclusivement par des globigérines et des granulations (fig. 1).

Examinons attentivement la globigérine ; c'est la

clef de l'énigme que nous cherchons à déchiffrer. Si
nous pouvons apprendre ce que c'est, et quelles sont
les conditions de son existence, nous arriverons par

FIG. 1. — La Craie, vue au microscope.

ce moyen à connaitre l'origine et l'histoire du passé
de la craie.

On pourrait croire tout naturellement que ces corps
si curieux résultent de l'agrégation naturelle du carbonate de chaux; ainsi, pendant l'hiver, le givre

simule sur les vitres les feuillages les plus délicats et les plus élégants. Si ce minéral, l'eau, peut, dans de certaines conditions, prendre l'aspect extérieur des corps organiques. pourquoi cet autre minéral, le carbonate de chaux, caché dans les entrailles de la terre, ne prendrait-il pas cette forme de corps cloisonnés ? Je n'élève pas ici une objection imaginaire et sans réalité. Autrefois, des hommes fort savants ont cru qu'il en était ainsi de tous ces objets dénotant les formes de la vie, et que l'on trouve dans les roches, et si l'on n'accorde plus aujourd'hui la moindre valeur à cette idée, cela provient de ce qu'une expérience longue et variée nous a fait reconnaître que la matière minérale ne prend jamais la forme et la structure que l'on reconnaît dans les fossiles. Si l'on voulait vous persuader qu'une écaille d'huître, aussi composée presque exclusivement de carbonate de chaux, est une cristallisation provenant de l'eau de mer, cette absurdité vous ferait rire assurément. Vous auriez raison de rire en effet, car toute notre expérience tend à prouver que cette écaille provient de l'huître et ne se forme jamais autrement. Et si nous n'avions pas de meilleures preuves, nous serions en droit de croire, en nous fondant sur de semblables raisons, que la globigérine provient de la seule activité vitale.

Mais, par bonheur, nous allons voir surgir de plus pressantes raisons que l'analogie, pour nous démontrer la nature organique des globigérines. De tout petits êtres vivants forment en effet, actuellement, des squelettes calcaires, en tout semblables à ceux des globigérines de la craie, et littéralement plus nombreux que les grains de sable du bord de la mer, ils foisonnent sur une grande étendue de la surface de la terre recouverte par l'Océan.

L'histoire de la découverte de ces globigérines vivantes, et de leur rôle dans la construction des roches, est bien singulière. Comme tant d'autres découvertes d'aussi grande importance scientifique, celle-ci provient incidemment de recherches destinées à satisfaire des intérêts fort différents et des plus pratiques.

Quand les hommes commencèrent à naviguer en mer, ils apprirent bientôt à s'inquiéter des récifs et des rochers, et plus augmentait la charge des navires, plus la nécessité de reconnaître avec précision la profondeur des eaux où l'on naviguait s'imposait aux matelots. Cette nécessité produisit l'emploi de la ligne de sonde et de son plomb, et fut plus tard l'origine de la géographie marine, consistant à noter sur des cartes la forme des côtes et la profondeur de l'eau, reconnues au moyen de la sonde.

En même temps on reconnut la nécessité de s'assurer de la nature du fond de la mer et de l'indiquer, car c'est là surtout ce qui fait que l'ancre tient ou non. Un matelot ingénieux, dont le nom méritait mieux que l'oubli où il est tombé, réussit à atteindre ce but, en armant le bas du plomb de sonde d'un morceau de graisse. Selon le cas, du sable, des coquilles brisées adhéraient à la graisse, et étaient ainsi amenés à la surface.

Mais si un semblable appareil suffisait aux premiers besoins de la navigation, le plomb armé ne pouvait satisfaire à la précision des besoins scientifiques, et pour en corriger les défauts, quand il s'agit surtout du sondage des grandes profondeurs, le lieutenant Brooke de la marine américaine inventa, il y a quelques années, un instrument des plus ingénieux, à l'aide duquel on peut ramasser une quantité considérable de la couche superficielle du fond, et l'amener à la surface de l'eau, quelle que soit la profondeur à laquelle descende le plomb de sonde.

En 1853, le lieutenant Brooke se procura de la boue prise au fond de l'Atlantique septentrional, entre Terre-Neuve et les Açores, à plus de 3,000 mètres de profondeur, au moyen de son appareil. Les échantillons furent envoyés à Ehrenberg, de Berlin, et à Bailey, de West-Point, et, après les avoir examinés, ces habiles micrographes reconnurent que la boue des mers profondes était composée à peu près exclusivement de squelettes d'organismes vivants, ressemblant tout à fait pour la plupart aux globigérines dont la présence était déjà connue dans la craie.

Jusque-là on n'avait travaillé que dans l'intérêt de la science, mais quand on entreprit de poser un câble télégraphique entre l'Angleterre et les États-Unis, les moyens de sondage du lieutenant Brooke acquirent une grande valeur financière Il fut dès lors fort important de connaître la profondeur de la mer sur toute la ligne où l'on voulait poser le câble, et, de plus, il fallut connaître la nature exacte de fond, pour chercher à éviter que cette corde de grand prix ne se coupât ou que le revêtement n'en fût déchiré. L'Amirauté donna donc l'ordre à mon ami et ancien camarade de bord, le capitaine Dayman, de reconnaître la profondeur sur toute la ligne du câble, et de rapporter des échantillons du fond. Au temps passé, un ordre de ce genre aurait fait l'effet des impossibilités que doit accomplir le jeune prince des contes de fées pour obtenir la main d'une belle princesse. Mon ami n'a pas été récompensé de cette façon, que je sache, mais cependant, dans les mois de juin et de juillet 1857, il put accomplir rapidement et avec grande précision la tâche qui lui avait été imposée. Les échantillons de boue qu'il rapporta du fond de l'Atlantique me furent envoyés, et je fus chargé de les examiner et de faire un rapport sur ce sujet.

A la suite de toutes ces recherches nous sommes arrivés à connaître les contours et la nature de la surface du sol que recouvre l'Atlantique septentrional, sur une distance de près de 700 lieues de l'est à l'ouest, aussi bien que nous connaissons aucune partie de la terre ferme.

C'est une plaine immense, une des plus larges et des plus unies du monde. Si la mer se desséchait, on pourrait conduire un chariot de Valentia, sur la côte occidentale d'Irlande, au golfe de la Trinité, dans l'île de Terre-Neuve, et si ce n'est sur une pente rapide à moins de 100 lieues de Valentia, je ne crois pas qu'il serait jamais nécessaire de mettre les sabots aux roues de la voiture, tant sont douces lés montées et les descentes sur cette longue route. En partant de Valentia, il y aurait une descente de 80 lieues environ qui nous mènerait au point où la profondeur est de 1,900 brasses. Puis viendrait la plaine centrale, large de plus de

400 lieues, dont on reconnaîtrait à peine les inégalités en surface, bien que la profondeur des eaux qui la recouvrent maintenant varie entre 4,000 et 5,000 mètres, de sorte qu'en certains points le mont Blanc y disparaîtrait sans montrer son sommet au-dessus des flots. Puis la montée du côté américain, longue de 120 à 150 lieues, commence et aboutit enfin aux rivages de Terre-Neuve.

Presque tout le fond de cette plaine centrale, qui s'étend à plusieurs centaines de lieues, nord et sud, de la ligne du câble, est recouvert d'une boue fine qui se dessèche quand on l'expose à l'air libre, et

FIG. 2. — Microzoaires et microphytes de la boue à globigérine.

forme une substance friable d'un blanc grisâtre, avec laquelle on pourrait marquer sur le tableau noir. A l'œil, cette substance ainsi desséchée ressemble à de la craie un peu grise ; quand on l'examine chimiquement, on reconnaît qu'elle est presque entièrement composée de carbonate de chaux, et quand on en façonne des tranches transparentes comme on l'avait fait pour la craie, elle présente à l'examen microscopique d'innombrables globigérines ensevelies dans une gangue granuleuse (fig. 2).

Ainsi donc, cette boue des mers profondes est essentiellement de la craie ; je dis essentiellement, car elle présente bon nombre de différences secondaires, mais comme ces différences sont sans importance relativement à la question qui nous occupe, à savoir : la nature des globigérines de la craie, il n'est pas nécessaire d'en parler.

On trouve réunies dans la boue de l'Atlantique des globigérines de toutes dimensions, depuis les plus petites jusqu'aux plus grosses, et les loges de ces globigérines sont souvent occupées par une matière animale molle. Cette matière molle provient du petit être auquel la coquille, ou mieux le squelette de la globigérine, doit l'existence, et c'est un animal aussi simple que possible. C'est en effet une simple particule de gelée vivante, sans parties définies d'aucune sorte, sans bouche, sans nerfs, sans muscles, sans organes distincts, et qui ne manifeste sa vitalité à l'observation simple qu'en faisant sortir de tous les points de sa surface ou en retractant de longs appendices filamenteux qui lui servent de membres. Pourtant cette particule amorphe, dépourvue de tout ce que nous appelons *organes* chez les animaux supérieurs, est capable de se nourrir, de s'accroître et de se reproduire ; elle sait tirer de l'Océan la petite quantité de carbonate de chaux dissoute dans l'eau de mer, et s'en fabriquer un squelette, selon un modèle que ne saurait imiter aucun agent connu.

Les idées que nous nous faisons habituellement par rapport aux conditions de la vie animale ne s'accordent pas fort bien avec cette notion que des animaux peuvent vivre et prospérer dans la mer, aux grandes profondeurs d'où semblent avoir été tirées des globi-

gérines vivantes ; d'ailleurs il n'est pas absolument
impossible, comme on pourrait le croire à première
vue, que les globigérines du fond de l'Atlantique ne
vivent et ne meurent pas où on les trouve.

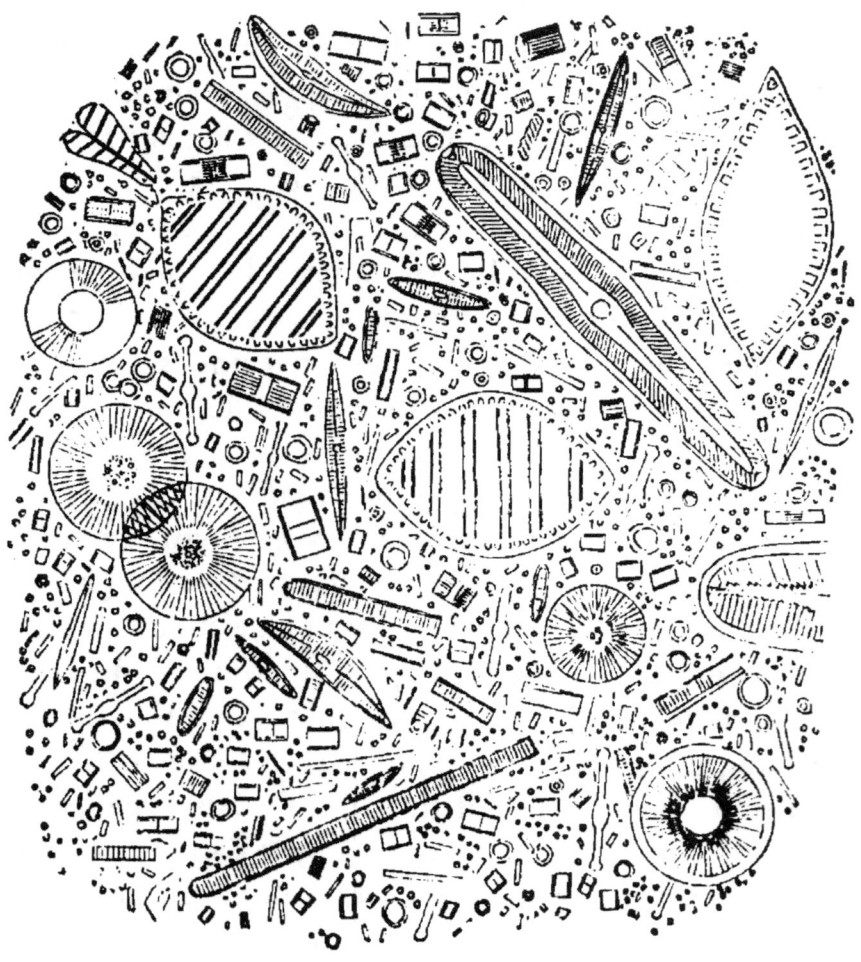

Fig. 3. — Diatomacées.

Comme je l'ai dit, les sondages effectués sur la
grande plaine atlantique ne donnent guère que des
globigérines avec les granulations indiquées ci-dessus,
et quelques autres coquilles calcaires ; mais une petite

portion de cette boue crayeuse, soit au plus cinq pour cent de la masse totale, est d'une nature différente et consiste en coquillages et en squelettes d'une nature purement siliceuse. Ces corps siliceux appartiennent en grande partie aux organismes inférieurs que l'on appelle *Diatomacées* (fig. 3), et aussi à ces petits animaux extrèmement simples, les *Radiolaires*

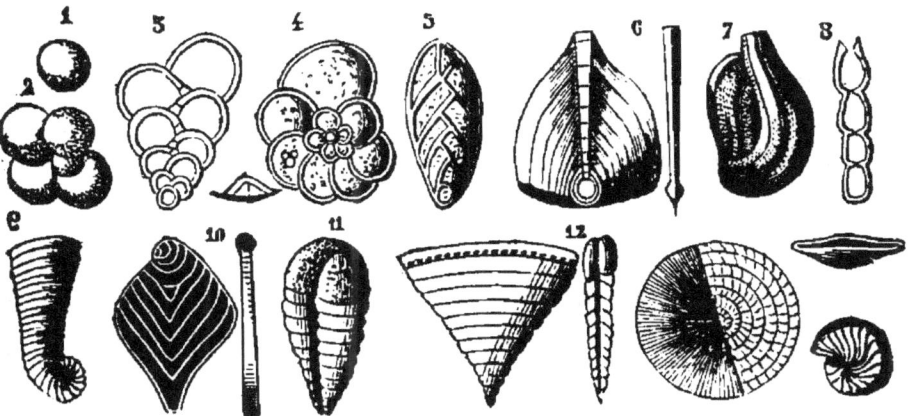

FIG. 4. — Foraminifères et microzoaires.

1, Orbulina universa. — 2, Globigerina rubra. — 3, Textillaria globulosa. — 4, Rotalia globulosa. — 5, Grammostomum phyllodes. — 6, Frondicularia annularis. — 7, Triloculina Josephina. — 8, Nodosaria vulgaris. — 9, Lituola nautiloides. — 10, Flabellina rugosa. — 11, Chrysalidina gradata. — 12, Cuneolina pavona. — 13, Nummulites nummularia. — 14, Fusulina cylindrica.

(fig. 4). Il est bien certain que ces êtres ne vivent pas au fond de l'Océan, mais à sa surface, où l'on peut se les procurer en nombre prodigieux au moyen d'un filet construit pour cela. Il en résulte que ces organismes siliceux, bien qu'ils ne soient pas plus lourds que la poussière la plus légère, sont tombés à travers 5,000 mètres d'eau avant de parvenir jusqu'au fond de l'Océan, leur dernière demeure. Et si l'on tient

compte de l'étendue de la surface de ces corps relativement à leur poids, ils doivent mettre un temps
énorme à accomplir leur trajet funèbre du niveau de
l'Atlantique jusqu'au fond.

Mais si des couches superficielles de l'eau où ils
passent leur vie, les Radiolaires et les Diatomacées
pleuvent ainsi sur le fond de la mer, il est certainement possible qu'il en soit de même pour les globigérines, et l'on peut alors comprendre bien mieux
comment ces animalcules se procurent la nourriture
qui leur est nécessaire. Pourtant toute l'évidence des
raisons positives ou négatives est en faveur de l'hypothèse contraire. Les squelettes entièrement développés des grandes globigérines tirés des mers profondes, sont si solides, si lourds relativement à leur
surface, qu'il ne semble guère possible que ces animaux puissent flotter, et de plus, il est de fait qu'on
ne les trouve pas avec les Diatomacées et les Radiolaires dans les couches superficielles de la haute mer[1].

On a encore remarqué que la quantité des globigérines, par rapport aux autres organismes de semblable
nature, augmente avec la profondeur de la mer, et
que les globigérines des eaux profondes sont plus
grosses que celles qui vivent dans les eaux de moindre
profondeur, et de semblables faits sont contraires à la
supposition d'après laquelle ces organismes seraient
entraînés par les courants des parties hautes, vers les
parties basses du fond de l'Atlantique.

[1] Les recherches des naturalistes de l'expédition du *Challenger*
ont prouvé qu'il y a, à la surface des mers, d'énormes quantités de
globigérines vivantes; mais il est néanmoins possible que ces êtres
vivent aussi dans les grandes profondeurs (janvier 1876).

Il n'est donc guère possible de douter que la vie et la mort de ces êtres étranges s'effectuent à l'endroit même où on les trouve dans les profondeurs marines[1].

Quoi qu'il en soit, ce qui nous importe, c'est que les globigérines vivantes sont exclusivement des animaux marins dont les squelettes abondent au fond des mers profondes, et que nous n'avons pas la moindre raison de croire que les habitudes des globigérines de la craie différaient en rien de celles des espèces existant actuellement. Mais si cela est vrai, il en résulte une conclusion inévitable : la craie ne serait autre chose que la boue desséchée d'une ancienne mer profonde.

En étudiant les échantillons du fond de la mer recueillis par le capitaine Dayman, je fus bien étonné de reconnaître qu'un bon nombre de ces petits corps, dont je viens de vous parler sous le nom de *granulations*, n'étaient pas, comme on serait porté à le croire tout d'abord, le simple détritus des globigérines,

---

[1] En 1860, pendant l'expédition du navire de la marine royale anglaise le *Bull-Dog* commandé par sir Leopold Mc Clintock, on amena à bord des étoiles de mer attachées à la partie inférieure de la sonde, d'une profondeur de 1,400 brasses, à moitié chemin entre le cap Farewell au Groënland et les bancs de Rockall. Le Dr Wallich reconnut qu'en ce point le fond de la mer était composé de la boue ordinaire de globigérines, et que l'estomac des étoiles de mer était plein de ces animalcules. Cette découverte répond aux objections faites pour nier la présence des globigérines vivantes au fond des mers profondes, si ces objections se fondent sur la difficulté supposée du maintien de la vie animale dans de semblables conditions ; et dès lors, c'est à ceux qui nient que les globigérines vivent et meurent dans les points même où on les trouve, qu'il appartient de fournir leurs preuves.

mais que ces granulations avaient des formes et des dimensions définies. Je leur donnerai le nom de *coccolithes*, révoquant en doute leur nature organique. Le Dr Wallich vérifia mon observation et fit une autre découverte intéressante; il reconnut que, bien souvent, des corps semblables à ces coccolithes s'agrègent et forment des sphéroïdes, auxquels il donna le nom de *coccosphères*. Ces corps, dont la nature est extrêmement embarrassante et problématique, étaient, d'après les résultats de toutes nos recherches, propres aux sondages de l'Atlantique.

Mais il y a quelques années, M. Sorby, examinant soigneusement de la craie en tranches minces et autrement, reconnut, comme Ehrenberg l'avait fait avant lui, qu'une proportion considérable de sa base granulaire présente une forme définie. Comparant ces particules de formes spéciales avec celles qui provenaient du fond de l'Atlantique, il reconnut leur identité, et prouva que la craie, comme la boue marine, contient ces coccolithes et ces coccosphères mystérieux[1].

Nous avions ainsi une nouvelle confirmation des plus intéressantes de l'idée essentielle de la craie et de cette boue qu'on trouve actuellement dans les profondeurs de la mer, fournie directement par la composition même de ces substances. On reconnaît donc que les globigérines, les coccolithes et les coccosphères sont les principaux éléments de l'une et de l'autre, et ces corps prouvent que la boue et la craie ont été formées dans les mêmes conditions générales.

[1] Voyez aussi De Folin, *Sous les mers, Campagnes d'explorations du Travailleur et du Talisman*. Paris, 1887.

Si la façon, la disposition, la superposition des pierres des Pyramides prouvent que ces édifices ont été bâtis par les hommes, cette évidence n'a pas plus de poids que celle qui nous porte à croire que la craie a été bâtie par les globigérines, et la croyance que les anciens constructeurs des Pyramides étaient des êtres terrestres et respirant l'air comme nous, n'est pas mieux fondée que la conviction d'après laquelle nous affirmons que les constructeurs de la craie vivaient dans la mer.

Mais comme notre croyance que les Pyramides ont été construites par des hommes ne se fonde pas seulement sur l'évidence tirée directement des parties de ces édifices, et acquiert plus de valeur par de nombreuses preuves collatérales; comme le défaut absolu de toute raison pour croire le contraire vient encore la corroborer, de même, l'évidence fournie par les globigérines pour nous faire croire que la craie est un ancien fond de mer se renforce par de nombreuses séries de preuves indépendantes les unes des autres. Enfin ce fait qu'aucune autre hypothèse n'a le moindre fondement, est en quelque sorte la justification négative de celle-ci, et confirme une conclusion à laquelle nous avaient amenés déjà tous les témoignages positifs.

Il sera utile d'examiner quelques-unes de ces preuves collatérales qui nous permettent de croire que la craie a été déposée au fond de la mer.

Comme nous l'avons vu, la masse crétacée se compose surtout de squelettes de globigérines et d'autres organismes simples, ensevelis dans une matière granuleuse. Ça et là, pourtant, cette boue desséchée des mers anciennes nous montre les restes d'animaux supérieurs, qui, à leur mort, ont laissé leurs parties dures dans la boue ; comme les huîtres meurent et laissent leurs coquilles dans la boue des mers actuelles.

Il existe en ce moment certains groupes d'animaux que l'on n'a jamais rencontrés dans les eaux douces, et qui ne peuvent vivre nulle part ailleurs que dans l'eau de mer. Tels sont les coraux, les bryozoaires, les mollusques à coquilles, les térébratules, la Nautile perlée et tous les animaux qui lui sont alliés, et de plus toutes les formes d'oursins et d'étoiles de mer.

Tous ces êtres vivent aujourd'hui exclusivement dans l'eau salée, et d'ailleurs, tout ce que nous pouvons savoir du passé nous prouve que les conditions de leur existence ont toujours été les mêmes ; il en résulte donc que, quand on les trouve dans un dépôt, c'est la meilleure preuve qu'il nous soit possible d'acquérir pour démontrer que ce dépôt s'est formé dans la mer. Or, les restes des animaux de toutes sortes, énumérés ci-dessus, se rencontrent dans la craie en plus ou moins grande abondance, et en même temps on n'y a jamais rencontré aucune des coquilles caractéristiques des eaux douces.

Quand on considère que l'on a découvert parmi les fossiles de la craie plus de trois mille espèces distinctes d'animaux aquatiques, en grande majorité semblables par les formes aux espèces exclusivement marines aujourd'hui, et qu'aucune raison ne nous permet de penser qu'aucune de ces espèces ait jamais vécu dans l'eau douce, cette preuve collatérale d'après laquelle nous pouvons affirmer que la craie représente un ancien fond de mer, acquiert une force aussi grande que celle qui résulte de la nature même de la craie.

Je n'exagérais donc pas, vous me l'accorderez je l'espère, en affirmant que nous sommes aussi bien fondés à voir dans cette vaste étendue de terre ferme occupée actuellement par la craie un ancien fond de mer, que nous sommes autorisés à croire à aucun autre fait historique, tandis que rien n'autorise une croyance contraire.

Il n'est pas moins certain que la période de temps pendant laquelle les pays constituant en ce moment le sud-est de l'Angleterre, la France, l'Allemagne, la Pologne, la Russie, l'Égypte, l'Arabie, la Syrie, étaient plus ou moins recouverts par la mer, a eu une durée fort longue.

Nous avons vu déjà qu'en certains points la craie a 3 ou 4 cents mètres d'épaisseur. Si des squelettes d'animalcules mesurant deux à trois dixièmes de millimètre en diamètre ont produit une semblable accumulation, vous me croirez sans doute si j'avance qu'il a fallu pour cela bien du temps.

Je vous ai dit encore qu'on trouve dans toute l'épaisseur de la craie les restes disséminés de différents animaux. Ces restes présentent souvent l'état de conservation le plus parfait. Les valves des animaux à coquilles sont communément adhérentes, les longues épines de certains oursins, que détacherait le moindre choc, restent souvent en place. En un mot, il est certain que ces animaux vivaient et sont morts au moment où la place qu'ils occupent maintenant était à la surface de ce qui avait été déposé de craie jusqu'alors, et qu'ils ont tous été recouverts par les couches de boue de globigérine sur lesquelles les animaux ensevelis plus haut vivaient et sont morts de même. Mais quelques-uns de ces restes démontrent la présence d'énormes reptiles dans les mers crétacées. Ceux-ci ont vécu leur temps, ils avaient des ancêtres, ils ont eu des descendants, ce qui implique de la durée, car les reptiles grandissent lentement.

Il y a même de plus curieuses preuves encore pour démontrer que cet ensevelissement par dépôt de squelettes de globigérines ne marchait pas très vite. On peut faire voir que le squelette d'un animal de la mer crétacée a pu, après sa mort, rester à découvert sur le fond de la mer, assez longtemps pour perdre par putréfaction toutes ses enveloppes extérieures et ses appendices, et qu'après cela un autre animal a pu s'attacher à ce squelette dénudé, s'accroitre, se développer complètement et mourir à son tour, avant que la boue calcaire n'ait enseveli le tout.

Sir Charles Lyell a décrit admirablement certains cas de ce genre. Il nous dit que les géologues rencontrent fort souvent dans la craie un oursin fossile auquel est attachée la valve inférieure d'une *Cranie*. La Cranie est une espèce de mollusque à coquille bivalve comme l'huitre, une des valves se fixant et l'autre restant libre.

« La valve supérieure fait presque toujours défaut, mais on la trouve assez souvent à peu de distance, et parfaitement conservée, dans la craie blanche environnante. En ce cas nous voyons clairement que l'oursin, après avoir vécu, s'être développé et être mort, a perdu ses épines qui ont été dispersées. Puis la jeune Cranie s'est fixée sur le test dénudé, elle a grandi, elle a péri à son tour, après quoi la valve supérieure s'est détachée de l'inférieure avant que l'Echinoderme ait été enveloppé de boue crétacée[1]. »

Un échantillon du Musée de géologie pratique à Londres prolonge encore davantage la période écoulée entre la mort d'un oursin et son ensevelissement par les globigérines. La face supérieure d'une valve de Cranie, fixée sur un oursin (*Micraster*), est elle-même recouverte par un bryozoaire qui l'encroûte et s'étend ensuite plus ou moins sur la surface de l'oursin. Il en résulte qu'après la chute de la valve supérieure de la Cranie, la surface de la valve attachée est restée exposée pendant un temps nécessairement suffisant pour que ce bryozoaire ait pu se développer, car les bryozoaires ne vivent pas sous la boue.

Les progrès des connaissances nous permettront peut-être un jour de déduire de faits de ce genre la rapidité maximum de l'accumulation de la craie, et d'arriver ainsi à la durée minimum de cette période géologique. Supposez la valve de Cranie, sur laquelle s'est fixé, comme je viens de vous l'indiquer, un bryozoaire, attaché sur l'oursin, de telle sorte qu'aucune de ses parties ne dépasse de 3 centimètres la surface sur laquelle repose l'oursin. Comme le bryozoaire n'aurait pu se fixer si la Cranie avait été recouverte

[1] Sir Charles Lyell, *Elements of Geology*, p. 23.

de boue crétacée, et n'aurait pu vivre lui-même s'il
en avait été recouvert, il s'ensuit que trois centimètres
de boue crétacée ne peuvent s'accumuler pendant le
temps qui s'écoule entre la mort et la décomposition
des parties molles de l'oursin et le complet développement auquel le bryozoaire a atteint. Si la décomposition des parties molles de l'oursin, la fixation, le
complet développement et la décomposition de la
Cranie, la fixation postérieure et le développement
bryozoaire mettent un an à s'effectuer (et c'est là assurément une évaluation bien modérée), il a fallu plus
d'un an à l'accumulation de 3 centimètres de craie, et
le dépôt de 360 mètres de cette substance aurait duré
plus de douze mille ans.

Ce calcul se fonde nécessairement sur la connaissance du temps que mettent la Cranie et le bryozoaire
à atteindre leur complet développement, et cette
connaissance précise nous manque actuellement. Mais,
d'autre part, certaines circonstances tendent à prouver
que 3 centimètres de craie en hauteur sont loin de
s'accumuler pendant la vie d'une Cranie, et, quelle
que soit la durée probable de sa vie, la période de la
craie doit avoir une durée bien plus longue que celle
qui lui a été ainsi assignée approximativement.

Il est donc bien certain que la craie représente la
boue du fond d'une ancienne mer, et il n'est pas
moins certain que la mer crétacée a duré pendant
une période de temps extrêmement longue, bien que
nous ne soyons pas à même d'évaluer exactement en
années la durée de cette période. La durée relative est
bien claire, c'est la durée absolue qu'il n'est pas pos-

sible de délimiter.. Quand on cherche à fixer la date précise du moment où la mer de craie a commencé ou a cessé d'exister, on se trouve en présence de difficultés du même genre. Mais l'âge relatif de l'époque crétacée peut être déterminé aussi facilement et avec autant de certitude que sa longue durée.

Vous avez sans doute entendu parler de l'intéressante découverte, faite en différentes parties de l'Europe occidentale, d'instruments de silex évidemment travaillés et façonnés avec intention par des hommes ; de plus, on les a trouvés dans des circonstances montrant incontestablement que l'homme est un fort ancien habitant de ces régions [1].

On a prouvé que les anciennes populations de l'Europe, dont l'existence nous a été ainsi révélée, se composaient de sauvages fort comparables aux Esquimaux actuels. Dans ce pays qui est actuellement la France, ces hommes chassaient le renne, et ils connaissaient les allures du mammouth et du bison. La géographie physique de la France différait bien à cette époque de ce qu'elle est aujourd'hui ; la Somme, par exemple, a creusé son lit à un niveau plus profond de 35 mètres environ que celui qu'elle occupait alors, et le climat du pays devait ressembler plutôt à celui du Canada ou de la Sibérie qu'à celui de l'Europe occidentale.

---

[1] Lyell, l'Ancienneté de l'Homme prouvée par la géologie, 3e édition. Paris, 1890 — Quatrefages, Hommes fossiles et hommes sauvages. Paris, 1884. — Debierre, l'Homme avant l'histoire. Paris, 1888. — Verneau, Les Races humaines (Brehm, Merveilles de la Nature). Paris, 1891. — Voyez aussi Huxley, La Place de l'homme dans la Nature. Paris, 1891.

Les traditions des nations historiques les plus anciennes ont oublié l'existence de ces peuples. Leurs
noms, leurs hauts faits avaient disparu ; il y a peu
d'années seulement que leur existence nous a été
révélée, et les changements physiques qui se sont
produits depuis leur époque sont tels, que si les
siècles écoulés reculent dans un lointain vénérable
quelques-unes des nations historiques, les anciens
tailleurs de silex d'Hoxne et d'Amiens étaient éloignés des premiers peuples historiquement connus,
comme ceux-ci sont éloignés de nous.

Mais si nous assignons à ces anciennes reliques de
générations humaines depuis longtemps disparues la
plus grande antiquité qu'il soit possible de leur attribuer, elles ne sont pas aussi vieilles que le drift ou
que l'argile des blocs erratiques, dépôts tout récents
cependant relativement à la craie. Pour vous en convaincre, il ne vous sera pas nécessaire de dépasser les
confins de nos rivages. Sur un des points les plus
charmants de la côte de Norfolk, à Cromer, vous verrez l'argile des blocs erratiques former une masse
énorme qui repose sur la craie, et qui s'est donc produite postérieurement à celle-ci. D'énormes blocs
erratiques de craie sont en effet renfermés dans l'argile,
et de toute évidence ont été amenés aux positions
qu'ils occupent par l'action des mêmes causes qui
ont entraîné jusqu'à côté d'eux des blocs de siénite
venus de la Norwège.

La craie est donc certainement plus ancienne que
l'argile des blocs erratiques.

Si vous me demandez de combien elle est plus

ancienne, je vous ramènerai au même point de nos côtes pour y trouver une réponse certaine. Je vous ai dit que l'argile des blocs erratiques et toutes les alluvions anciennes y reposent sur la craie. Ceci n'est pas précisément exact, car entre la craie et le drift on trouve une couche relativement insignifiante qui contient de la matière végétale. Mais cette couche nous raconte des merveilles. Elle est pleine de troncs d'arbres occupant encore la position dans laquelle ils ont poussé. Il y a là des pins avec leurs cônes, des buissons de coudriers avec leurs noisettes, on y trouve des pieds de chênes, d'ifs, de hêtres et d'aunes. C'est pour cela que cette couche a été appelée la couche forestière (*forest bed*).

Évidemment il a fallu que la craie fût soulevée et transformée en terre sèche avant que des arbres de haute futaie aient pu y pousser. Comme certains troncs de ces arbres mesurent jusqu'à 1 mètre de diamètre, il n'est pas moins clair que la terre sèche ainsi formée est restée longtemps au-dessus du niveau de l'eau. Ce ne sont pas seulement les belles dimensions des chênes et des pins qui nous indiquent la durée de cet état de choses ; les restes abondants d'éléphants, de rhinocéros, d'hippopotames et d'autres grands animaux sauvages, retrouvés grâce aux recherches du Révérend M. Gunn et de savants géologues aussi zélés que lui, nous apportent une nouvelle preuve de cette durée.

En examinant ces collections, il suffit de se rappeler que ce sont bien là des ossements réels qui ont vécu, que ces molaires énormes ont réellement broyé la verdure dans les bois sombres dont cette couche est aujourd'hui le seul vestige, pour y reconnaître la preuve de cette durée, preuve aussi évidente que celle des couches ligneuses annuelles encore lisibles sur la section des troncs d'arbres.

Un chapitre de l'histoire du globe est donc écrit aux flancs des falaises de Cromer, et y est exposé aux regards du passant. Cette inscription, dont l'autorité ne peut être attaquée, nous raconte que l'ancien fond de la mer crétacée a été soulevé et a été terre sèche assez longtemps pour se couvrir de forêts pleines de ces grands animaux dont les dépouilles font la joie de nos géologues. Combien de temps cela a-t-il duré ? Personne n'en sait rien ; mais les tourbillons du temps amènent des revanches certaines, et les mutations du sort se sont produites alors, comme nous le voyons encore se produire. Cette terre sèche, contenant les os et les dents de bien des générations d'éléphants, dont la vie est longue cependant, ensevelis sous les racines noueuses et les feuillages desséchés de ces arbres antiques, s'est enfoncée peu à peu sous la mer glaciaire qui l'a recouverte d'énormes masses, de drift, d'argile et de blocs erratiques.

Des animaux marins, le morse par exemple, qui ne s'écartent pas aujourd'hui de l'extrême Nord, pataugèrent où les oiseaux avaient sautillé sur les hautes branches des pins. Cela dura-t-il longtemps ? Nous n'en savons rien encore, mais cet état de choses arriva cependant à prendre fin. La boue glacée se souleva, durcit et forma le sol actuel du pays de Norfolk. De nouvelles forêts surgirent, le loup et le castor remplacèrent la renne et l'éléphant, puis commença à poindre ce que nous appelons l'histoire de l'Angleterre.

Vous avez ainsi, dans les limites de votre propre pays, des preuves pour démontrer que l'antiquité de la craie l'emporte de beaucoup sur les traces physiques les plus anciennes du genre humain. Mais nous pouvons aller plus loin, et démontrer, en nous appuyant sur cette autorité qui témoigne de l'existence du père des hommes que la craie est bien plus vieille qu'Adam lui-même.

Le livre de la Genèse nous apprend qu'après la création d'Adam et avant celle d'Ève, le premier homme fut immédiatement placé dans le jardin d'Éden, le paradis terrestre. La disposition géographique de cet Éden est un problème, qui a fait le tourment des savants en ces matières, mais il est un point sur lequel aucun commentateur, que je sache, n'a jamais élevé de doutes. Des quatre rivières qui sortaient du paradis terrestre, l'Euphrate et l'Hiddekel sont certainement les rivières connues actuellement sous le nom d'Euphrate et de Tigre.

Mais tous le pays dans lequel ces grandes rivières prennent leur source, ou celui qu'elles arrosent, se composent de roches du même âge que la craie, ou plus récentes encore. Ainsi donc avant que le plus petit des ruisseaux qui alimentent le courant rapide du grand fleuve de Babylone n'ait commencé à couler, non seulement la craie était déjà formée, mais de plus il s'était passé, après sa formation, le temps nécessaire au dépôt de ces roches postérieures et à leur soulèvement pour former une terre sèche.

Il n'est pas besoin d'insister davantage, mais si j'en avais le temps je pourrais vous faire connaitre bien d'autres faits pour appuyer mon dire. Quoi qu'il en soit, on ne peut renverser les arguments qui vous forcent de croire que, depuis l'époque crétacée jusqu'au moment présent, la terre a été le théâtre de changements aussi vastes en étendue que lents à s'effectuer. Ce point où nous sommes à présent a d'abord été sous Feau, puis il est devenu terre ferme ; quatre fois son état a ainsi varié, et chaque fois il est resté dans les mêmes conditions pendant un temps fort considérable.

Ce n'est pas sur un seul coin de l'Angleterre que se sont produites ces merveilleuses transformations de mer en terre et de terre en mer. Pendant la période de la craie, ou époque crétacée, aucun des grands traits physiques que nous voyons aujourd'hui sur le globe, n'existait encore. Nos grandes chaînes de montagnes, les Pyrénées, les Alpes, l'Himalaya, les Andes, ont toutes été soulevées depuis que la craie s'est déposée, et la mer crétacée recouvrait les sites du Sinaï et de l'Ararat.

Tout cela est certain, car des roches crétacées, et même des roches postérieures à celles-ci ont participé aux mouvements d'élévation qui ont donné naissance à ces chaînes de montagnes, et on les trouve parfois perchées à plus d'un millier de mètres sur les flancs de ces monts. Des raisons tout aussi probantes démontrent que si, en Norfolk, la couche forestière repose directement sur la craie, cela ne provient pas de ce que l'époque pendant laquelle poussait la forêt a suivi immédiatement celle de la formation de la craie, mais de ce qu'une immense étendue de temps, représentée ailleurs par des roches d'un millier de mètres de profondeur et plus encore, n'est pas représentée à Cromer.

Nous avons des preuves tout aussi concluantes, vous pouvez m'en croire sur parole, pour affirmer qu'une succession encore plus prolongée de changements semblables a précédé le dépôt de la craie. De plus, aucun fait ne nous permet d'affirmer que le premier terme de cette série de changements nous soit connu. Les fonds de mer les plus anciens que nous puissions reconnaître se composent de sable, de boue, de cailloux roulés, résultant de la dislocation et de l'usure des roches formées dans de plus anciens océans.

Mais, quelque grands que soient ces changements physiques du monde, ils ont été accompagnés d'une série de modifications non moins frappantes dans ses habitants vivants.

Toutes les grandes classes d'animaux terrestres et marins florissaient sur le globe depuis bien des siècles quand la craie se déposa. Il n'en est guère cependant, parmi ces formes anciennes de la vie animale, qui furent identiques à celles de notre époque ; nous pourrions même dire qu'il n'y en a pas. Les espèces des animaux supérieurs étaient certainement différentes de toutes les nôtres. Les *bêtes des champs*, aux époques antérieures à la craie, n'étaient pas celles que nous connaissons, et *les oiseaux de l'air* n'étaient pas de ceux que l'homme a jamais vus voler, à moins que son antiquité ne remonte infiniment plus haut que nous n'avons lieu de le croire.

Si nous pouvions être transportés à ces temps reculés, nous serions comme un homme que l'on aurait
soudainement déposé en Australie avant la colonisa-
tion de ce pays. Nous verrions des mammifères, des
oiseaux, des reptiles, des poissons, des insectes, des
limaçons, d'autres bêtes encore, toutes reconnaissables
en leur genre, et pourtant tous ces animaux ne seraient
pas précisément ceux que nous connaissons, et beaucoup d'entre eux seraient extrêmement différents des
nôtres.

. Depuis cette époque jusqu'à ce jour, la population
du monde a subi des changements lents et graduels,
mais incessants. Il n'y a pas eu de catastrophe gran-
diose, un destructeur n'a pas balayé les formes
vivantes d'une période pour les remplacer par une
création totalement différente, mais une espèce a
disparu, une autre l'a remplacée, des êtres présentant
un certain type de structure ont diminué, d'autres
présentant un type différent ont augmenté avec le
cours du temps. Aussi, si nous confrontons les êtres
vivants de l'époque antérieure à la craie et ceux du
moment présent, leurs différences nous paraissent étonnantes, tandis que, si nous suivons le cours de la
nature dans toute la série du résidu de ses opérations
que nous retrouvons aujourd'hui, nous sommes conduits d'une forme à une autre par une progression
graduelle des plus manifestes.

C'est en effet par la population des mers crétacées
que se relient le mieux les anciens habitants du
monde aux animaux actuels. On voit à cette époque
fleurir côte à côte les groupes qui s'éteignent et ceux

qui constituent aujourd'hui les formes dominantes de la vie.

Ainsi la craie contient les restes de ces étranges reptiles volants ou nageurs, le ptérodactyle, l'ichthyosaure et le plésiosaure, que l'on ne rencontre plus dans les dépôts plus récents, mais qui abondaient aux époques précédentes. Les coquillages cloisonnés que l'on appelle *ammonites* et *bélemnites*, si caractéristiques de l'époque antérieure à la craie, disparaissent aussi avec elle.

Mais parmi ces témoins ultimes d'un état de choses antérieur, on rencontre certaines formes vitales toutes modernes qui nous font là l'effet d'intrus. On voit paraitre des crocodiles de type moderne ; des poissons osseux, ressemblant beaucoup, dans bien des cas, aux espèces actuelles, tendent à supplanter les formes de poissons qui prédominaient dans les anciennes mers, et de nombreux mollusques vivant aujourd'hui se montrent pour la première fois dans la craie. La végétation prend un aspect moderne. Certains animaux actuellement vivants ne peuvent même pas se reconnaître comme espèces distinctes de ceux qui existaient à cette époque éloignée. La globigérine du temps présent ne diffère pas spécifiquement de celle de la craie, et l'on peut en dire autant de bon nombre d'autres foraminifères. Un examen critique exempt de préjugés, fera voir, je pense, que bien d'autres espèces d'animaux supérieurs ont eu une semblable longévité, mais en ce moment je ne puis vous en citer avec certitude qu'un seul exemple, c'est une térébratule (*Terebratulina caput serpentis*) qui abonde dans la craie et qui vit aujourd'hui dans les mers de l'Angleterre (*Terebratulina striata* des auteurs).

La généalogie humaine la plus orgueilleuse de son antiquité doit s'incliner humblement devant celle de ce coquillage insignifiant. Nous autres Anglais sommes fiers d'avoir eu un ancêtre présent à la bataille de Hastings. Les ancêtres de cette térébratule ont assisté sans doute à une bataille d'Ichthyosaures qui s'est livrée en ce point, lorsque la mer crétacée recouvrait encore les champs de *Hastings*. Tout a changé autour d'elle, mais, de générations en générations, cette térébratule propageait paisiblement son espèce, et aujourd'hui elle s'offre à nos yeux pour témoigner la continuité de l'histoire actuelle du globe avec son histoire passée.

Jusqu'à cette heure, je crois ne vous avoir dit que des faits bien certains et les conclusions qu'ils imposent à l'esprit.

Mais l'esprit est constitué de telle sorte qu'il ne s'en tient pas volontiers aux faits et à leurs causes prochaines, et cherche toujours à remonter dans l'enchaînement causal.

Étant donnés comme certains les nombreux changements d'un point quelconque de la surface terrestre, tantôt à nu, tantôt recouvert par les eaux, nous ne pouvons nous empêcher de demander d'où proviennent ces changements. Et quand nous les avons expliqués, comme ils doivent l'être, par des mouvements d'élévation et d'affaissement alternant lentement pour modifier la croûte terrestre, nous allons plus loin, et demandons : Pourquoi ces mouvements ?

Je ne sais si quelqu'un est capable de donner à cette question une réponse satisfaisante. Quant à moi, cela m'est impossible. La seule chose certaine que je puisse vous dire, c'est que des mouvements de ce genre font partie du cours ordinaire de la nature, car ils se produisent en ce moment. Certaines parties des terres de l'hémisphère septentrional se soulèvent insensiblement aujourd'hui d'autres s'affaissent d'une façon toute aussi sensible on peut en donner des preuves directes, et nous avons des preuves indirectes, des plus concluantes cependant, pour démontrer que sur une énorme étendue le fond de l'océan Pacifique s'est déprimé d'un millier de mètres peut-être, depuis l'apparition du monde vivant qui le peuple actuellement.

Ainsi, il n'y a pas la moindre raison de croire que les changements du globe effectués dans le passé proviennent de causes différant en rien des causes naturelles.

Avons-nous lieu de croire que les modifications concomitantes, qui se sont produites dans les formes des habitants vivants de la terre, ont été déterminés d'une façon différente ? Avant de chercher à résoudre cette question, essayons de nous représenter bien clairement ce qui est arrivé dans un cas spécial.

Les crocodiles sont, comme groupe, des animaux d'une très grande antiquité. Ils abondaient bien des siècles avant le dépôt de la craie, aujourd'hui ils pullulent dans les rivières des pays chauds. Entre les crocodiles actuels et les crocodiles antérieurs à la craie, il y a une différence dans la forme des articulations de l'épine dorsale, il y en a encore d'autres de moindre

importance, mais, comme je l'ai dit déjà, à l'époque
de la craie les crocodiles avaient pris le type moderne
de leur structure. Cependant les crocodiles de la craie
ne sont pas identiques à ceux qui vivaient pendant
la formation des terrains tertiaires les plus anciens,
immédiatement postérieurs aux terrains crétacés ; les
crocodiles des terrains tertiaires anciens ne sont pas
identiques à ceux des tertiaires récents, et ces derniers
ne sont pas identiques aux crocodiles actuels. On peut
se demander si des espèces spéciales ont pu se continuer
d'époque en époque, mais je laisse cette question de
côté. Chaque époque a eu ses crocodiles spéciaux,
mais, depuis la craie, ils ont tous appartenu au type
moderne, et ne diffèrent entre eux que par leurs
dimensions ou par des particularités de structure qu'un
œil exercé peut seul reconnaître.

Comment rendre compte de l'existence de cette
longue succession de différentes espèces de crocodiles ?

Deux suppositions seulement me semblent possibles :
chaque espèce de crocodiles représente une création
spéciale, ou bien elle provient, par opération de
causes naturelles, d'une forme préexistante.

Choisissez l'hypothèse qui vous convient, j'ai choisi
la mienne. Je ne vois aucune raison de croire à la
création spéciale d'une vingtaine d'espèces de crocodiles qui se succèdent pendant le cours d'un nombre
incalculable de siècles. La science ne saurait admettre
de semblables billevesées, et le commentateur le plus
ingénieux ne saurait, malgré toute la mauvaise foi
dont il peut être capable, attribuer cette signification
aux paroles si simples dont se sert l'écrivain de la Genèse

pour raconter l'œuvre des cinquième et sixième jours de la création.

D'autre part, je ne vois pas sur quoi on peut s'appuyer pour douter de l'alternative nécessaire, que toutes ces espèces différentes proviennent d'une forme saurienne préexistante, évolution déterminée par l'action de causes qui font aussi absolument partie de l'ordre habituel de la nature, que celles qui ont déterminé les changements du monde inorganique.

Peu d'hommes osent affirmer aujourd'hui que le raisonnement applicable aux crocodiles est sans valeur, quand il s'agit d'autres animaux ou des plantes. Si une série d'espèces s'est produite par l'action de causes naturelles, il semble absurde de nier que toutes les autres aient pu se produire de même.

Un petit début nous a menés à de grandes conclusions. Si je mettais ce bout de craie, que je vous montrais en commençant, dans une flamme d'hydrogène, si brûlante malgré son obscurité, il resplendirait bientôt comme le soleil. Ce changement physique représente assez bien, je pense, le résultat de ce que nous avons fait en soumettant cette craie à l'ardeur d'une pensée dépourvue d'éclat cependant. La craie est devenue lumineuse, et sa clarté traversant l'abîme d'un lointain reculé nous a fait voir des passages successifs de l'évolution de la terre. De plus, en examinant les changements lents mais incessants de la terre et de la mer, comme l'infinie variation des formes que revêtent les êtres vivants, nous n'avons trouvé que le produit naturel des forces originelles propres à la substance de l'univers.

III

LA RÉFORME GÉOLOGIQUE

« Il semble nécessaire aujourd'hui d'opérer une grande réforme dans la spéculation géologique. »

« Il est bien certain qu'on a commis une grosse erreur : la géologie qui a cours actuellement en Angleterre est en opposition directe avec les principes de la philosophie naturelle. »

En prenant le fauteuil de président de la Société géologique de Londres, j'avais pour devoir de vous adresser un discours. J'ai donc passé en revue les idées nouvelles qui se sont produites pendant l'année écoulée, pour rechercher les sujets sur lesquels il pouvait être utile d'appeler votre attention. Les deux sentences assez inquiétantes que je viens de vous lire, et qui se trouvent dans un essai remarquable et des plus intéressants du grand physicien [1], se sont alors imposées à mon esprit avec tant de puissance qu'elles éclipsaient tout le reste.

Voici les géologues d'Angleterre, dont les œuvres ont cours assurément, en ce qui concerne quelques-uns d'entre eux, assemblés en grande séance annuelle,

[1] *On Geological Time.* By sir W. Thomson. LLD. *Transactions of the Geological Society of Glasgow*, vol. III.

et c'est pour eux une affaire des plus importantes de rechercher s'ils méritent réellement le jugement sévère que porte sur eux Sir W. Thomson, ou s'ils ne sont pas innocents, et en droit d'interjeter appel à la cour suprême de l'opinion scientifique, qui exerce sur nous tous sa haute juridiction.

Mes fonctions font de moi aujourd'hui votre avocat, et j'ai cru devoir étudier la cause pour vous éclairer de mes conseils. L'accusation, il est vrai, comporte des considérations qui s'écartent de l'objet de mes occupations ordinaires ; mais neuf fois sur dix l'avocat en est là, et il arrive cependant à gagner sa cause, à force d'esprit naturel et de bon sens auxquels l'éducation acquise par d'autres exercices intellectuels vient prêter son secours.

Ces précédents m'encouragent ; je vais donc vous exposer mon plaidoyer.

En premier lieu, je me propose de rechercher ce qu'entend Sir W. Thomson quand il parle de *spéculation géologique*, et de *la géologie qui a cours en Angleterre*.

Je rencontre trois systèmes spéculatifs d'interprétation géologique plus ou moins contradictoires, et que l'on peut tous considérer comme ayant cours en Angleterre. J'appellerai le premier le *système des catastrophes,* le second, celui de l'*uniformité*, le troisième, celui de l'*évolution*, et je vais chercher à vous résumer en peu de mots les caractères de chacun d'eux pour vous mettre à même d'apprécier si ma classification n'omet rien.

Par *système des catastrophes*, j'entends toutes les

formes d'interprétation géologique qui expliquent les phénomènes par l'opération hypothétique de forces différant soit par leur nature, soit par leur puissance incommensurablement plus grande, de toutes celles que nous voyons agir actuellement dans l'univers.

En ce sens, la cosmogonie Mosaïque se rattache au système des catastrophes, parce qu'elle suppose l'opération d'une puissance surnaturelle. La doctrine des soulèvements violents, des débâcles et des cataclysmes en général, fait partie du même système, car elle suppose aussi que ces grands mouvements ont été produits par des causes sans équivalents actuels. Ce système des catastrophes avait éminemment droit autrefois au titre de géologie ayant cours en Angleterre ; il est certain que bien des hommes l'acceptent encore aujourd'hui, et que plusieurs des membres les plus distingués de cette société en sont toujours partisans.

Par *système de l'uniformité* j'entends spécialement l'enseignement de Hutton et de Lyell.

Bien que la *théorie de la terre* de Hutton ne soit pas une œuvre complète, je n'en trouve pas de plus remarquable dans les annales de la science géologique. En ce qui concerne le monde inanimé, l'uniformité comme système géologique n'y est pas seulement indiquée, elle y est toute développée et complète.

Si l'on demande comment il se fait que Hutton ait pu se trouver tellement en avance sur les idées de son époque, à certains égards, tandis qu'à d'autres ses interprétations semblent des plus restreintes, la réponse me semble bien facile.

Hutton était en avance sur les interprétations géologiques de son temps, d'abord parce qu'il avait amassé une connaissance énorme des faits de la géologie, par ses observations personnelles dans des voyages considérables, et puis, en second lieu, parce qu'il connaissait parfaitement ce que l'on savait alors de physique et de chimie. Il possédait donc, autant qu'on pouvait la posséder à cette époque, la connaissance nécessaire pour bien interpréter les phénomènes géologiques, avec les habitudes mentales qui mettent l'homme à même de faire de bonnes recherches scientifiques.

Cette éducation scientifique complète est, à mon avis, la cause du refus ferme et constant de Hutton, de rechercher l'explication des phénomènes géologiques en des causes différant de celles qui agissent actuellement.

Ainsi il écrit :

« Je ne prétends pas décrire le commencement des choses, comme M. de Luc dans sa théorie. Je prends les choses comme je les trouve en ce moment, et je raisonne sur ce qui est, pour en déduire ce qui a dû être [1]. »

Et plus loin :

« Une théorie de la terre, qui a pour but la vérité, ne peut se reporter à ce qui a précédé l'ordre actuel.

[1] *The Theory of the Earth*, vol. I, p. 173.

En effet, nous n'avons à raisonner que sur l'ordre qui existe, et quand on veut raisonner sans données suffisantes, on ne peut aboutir qu'à l'erreur. Ainsi donc, une théorie qui se borne à la constitution actuelle de cette terre ne peut faire un pas au-delà de l'ordre de choses présent [1]. »

Et pour lui il est si clair qu'aucune autre cause que celles qui agissent maintenant n'est nécessaire pour expliquer les caractères et la disposition de la croûte terrestre, qu'il dit hardiment et sans ambages :

« Il n'y a pas une seule partie de la terre qui n'ait eu la même origine, en tant que cette origine consiste en ce que la terre s'est amassée au fond de la mer, et que, plus tard, par l'action des causes minérales, elle a été mise à nu, mélangée à des substances en fusion [2]. »

Mais à part l'influence qu'exerçaient sur Hutton la nature logique de son esprit et sa bonne éducation scientifique, d'autres causes agissaient encore sur lui, et si l'on ne tient compte de celles-ci, il ne me semble pas possible d'expliquer la tournure toute spéciale de ses interprétations géologiques. A la fin du siècle dernier, on tenait pour probants les arguments des astronomes et des mathématiciens français, pour démontrer l'existence d'une disposition compensatrice dans les corps célestes, par laquelle chacune des perturbations se réduisait dans le cas particulier à des oscillations de chaque côté d'une position moyenne,

[1] *The Theory of the Earth*, p. 371.
[2] *Ibid.*, p. 281.

assurant ainsi la stabilité du système solaire. Il est évident que ces arguments avaient fait grande impression sur l'esprit de Hutton.

Son style étrange a rebuté bien des lecteurs, mais si ses ouvrages manquent de charme, je trouve à Hutton cette éloquence qui provient de la parfaite connaissance qu'il avait de son sujet, quand il dit :

« Nous voici au bout de notre raisonnement ; nous n'avons plus de données ; ce qui existe actuellement ne nous permet plus de faire des conclusions immédiates. Mais, ceci nous suffit ; nous avons la satisfaction de voir que, dans la nature, il y a sagesse, système et concordance. En effet, dans l'histoire naturelle de cette terre, nous avons reconnu une succession de mondes, et ceci nous permet de conclure qu'il y a système dans la nature, de même qu'en reconnaissant les révolutions des planètes on a pu conclure qu'il existe un système, en vue duquel la continuation de leurs révolutions est prescrite. Mais si la succession des mondes est établie dans le système de la nature, il est vain de vouloir remonter au-delà pour rechercher l'origine de la terre. Par conséquent, comme résultat de notre recherche physique, nous ne trouvons pas de vestiges d'un commencement, ni d'indications d'une fin [1]. »

Une autre influence agissait puissamment sur Hutton. Comme la plupart des philosophes de son époque, il avait quelque tendresse pour les causes finales que l'on a appelées les vierges stériles de la philosophie, qui en seraient plutôt les hétaïres, car elles ont tou-

[1] *The Theory of the Earth*, vol. I, p. 200.

jours mené les hommes dans la fausse voie. La production de la vie et de l'intelligence est, pour Hutton, la cause finale de l'existence du monde.

« Nous venons de considérer ce globe terrestre comme une machine construite d'après certains principes, tant chimiques que mécaniqnes, par lesquels ses différentes parties, dans leur forme, dans leur quantité, sont toutes adaptées à un certain but ; ce but est atteint avec certitude ou réalité, et dans les moyens employés nous pouvons reconnaître la sagesse que ce but nous révèle.

« Mais faut-il voir en ce monde une simple machine dont la durée ne persistera qu'autant que ses parties conserveront leurs positions actuelles, leurs formes et leurs qualités propres ? Ou bien ne pouvons-nous le considérer comme un corps organisé dont la constitution est telle que l'usure nécessaire de la machine se trouve réparée naturellement par l'action même des forces productrices qui l'ont formée tout d'abord.

« C'est à ce point de vue maintenant que nous devons examiner le globe. Nous allons rechercher s'il y a dans la constitution de ce monde une opération de reproduction capable de réparer une constitution ruinée et d'assurer ainsi la durée ou la stabilité à la machine, considérée comme monde destiné à porter des plantes et des animaux [1]. »

Kirwan et d'autres faux savants de l'époque, aussi fats que méchants, accusaient Hutton d'enseigner implicitement par sa théorie que le monde n'avait jamais différé de l'état présent. C'était une injustice

[1] *The Theory of the Earth*, p. 16, 17.

flagrante, car notre auteur se met en garde précisément contre toute conclusion de ce genre, dans le passage suivant :

« Mais en suivant ainsi dans le passé les opérations naturelles qui se sont succédé et nous marquent le cours de ce qui a été, nous arrivons à un moment au-delà duquel nous ne pouvons plus voir. Ce n'est pas là pourtant le commencement des opérations qui se sont succédé dans le temps et selon la sage économie du monde ; nous n'établissons pas non plus de cette façon l'origine de ce qui n'a pas de commencement selon le cours du temps ; c'est seulement la limite de notre vue rétrospective cherchant à embrasser celles de ces opérations qui se sont produites dans le temps, et qu'une intelligence suprême a dirigées [1]. »

Je vous ai parlé de la doctrine de l'uniformité comme étant celle de Hutton et de Lyell. Si je vous ai cité l'auteur le plus ancien de préférence à l'autre, c'est parce que les œuvres du premier sont peu connues, que l'on oublie trop souvent ses droits à notre vénération, et non pour chercher à obscurcir la gloire de son éminent successeur. Peu des géologues de notre génération ont lu les *Illustrations* de Playfair, et ceux qui ont lu l'ouvrage original de Hutton, la *Théorie de la terre*, sont encore plus rares. C'est regrettable ; mais parmi nous qui n'a pas retourné chacune des pages des *Principes de Géologie* de Lyell ? Je crois que celui qui voudrait écrire l'histoire des progrès de sa pensée en géologie, en rendant aux

[1] *Id.*, p. 223.

maîtres ce qu'il leur doit, se trouverait dans l'impossibilité de distinguer ce dont il est redevable à Hutton et ce qu'il tient de Lyell, et l'histoire des progrès de chaque géologue est l'histoire même de la géologie.

Personne ne niera que la doctrine de l'uniformité ait exercé une influence considérable et des plus favorables, à tout prendre, sur les progrès de la saine géologie.

Il n'est pas moins certain que ce système peut s'appeler, encore mieux que celui des catastrophes, le système géologique admis parmi nous, ou, si vous voulez la géologie qui a cours en Angleterre. Cette doctrine, en effet, est éminemment anglaise et n'est pas acceptée sur le continent européen, comme elle l'est ici. Cependant il me semble qu'à un certain égard elle prête le flanc à une critique fort grave.

Je vous ai fait voir combien il était injuste d'insinuer que Hutton niait que le monde ait eu un commencement. Mais il ne serait pas injuste de dire qu'en pratique il s'est toujours refusé a prendre en considération l'existence de cet état de choses antérieur et différent qu'il admettait en théorie, et Lyell l'imite dans cette aversion à regarder derrière le voile des roches stratifiées.

Hutton et Lyell s'accordent à ne pas vouloir que leurs interprétations fassent un pas au-delà de la période marquée par les couches les plus anciennes qu'il nous soit possible d'observer par les sections dans la croûte terrestre. Pour Hutton, c'est « le « point au-delà duquel nous ne pouvons plus voir, » et, de son côté, Lyell nous dit :

« L'astronome peut trouver de bonnes raisons pour
attribuer la forme de la terre à la fluidité originelle
de sa masse, bien avant la première apparition des
êtres vivants sur la planète, mais le géologue doit
se contenter de considérer les monuments les plus
anciens, et qu'il lui incombe d'interpréter, comme
se rapportant à une époque où la croûte avait
acquis déjà une solidité et une épaisseur fort
notables, et probablement aussi grandes que celles
qu'elle possède aujourd'hui, alors que des roches
volcaniques, ne différant pas essentiellement des
roches de même nature qui se produisent maintenant, se formaient de temps en temps, et que l'intensité
dé la chaleur volcanique n'était ni plus grande ni
moindre qu'elle ne l'est en ce moment [1]. »

Et plus loin :

« La géologie nous enseigne que ce n'est pas seulement l'état actuel du globe qui ait été propre à
entretenir la vie d'une infinité d'êtres vivants,
mais que bien des états antérieurs ont pu satisfaire
à l'organisation et aux habitudes des races qui ont
vécu avant nous. La disposition des mers, des continents et des îles a changé comme les climats ; les
espèces aussi se sont modifiées, et pourtant elles
ont été façonnées sur des types analogues à ceux
des plantes et des animaux actuels, tellement que
nous reconnaissons dans tout cet ensemble une parfaite harmonie de dessein, une complète unité d'intention. Supposer que le commencement ou la fin
d'un plan si vaste puisse se dévoiler au moyen de
nos recherches philosophiques, ou même de nos
spéculations, me semble incompatible avec une

---

[1] *Principles of Geology*, vol. II, p. 211.

juste estimation des relations qui subsistent entre
les capacités limitées de l'homme et les attributs
d'un être infini-et éternel [1]. »

Les restrictions impliquées dans ces passages me
semblent constituer le point faible et le défaut logique
du système de l'uniformité. En présence de l'état bien
imparfait alors des sciences physiques, qui expliquent
seules les énigmes de la géologie, Hutton a cru qu'il
était pratiquement sage de s'en tenir, dans sa théorie,
à un essai d'interprétation de l'ordre actuel des
choses, et l'on aurait tort de lui reprocher cette
réserve ; mais pourquoi le géologue se contenterait-
il à tout jamais de considérer les roches fossilifères
les plus anciennes comme l'extrême limite de sa
science? Je n'en vois pas la raison. En quoi l'hypothèse, qu'il nous sera possible d'acquérir quelques données relativement au commencement ou à la fin du
point de l'espace que nous appelons la *terre*, est-elle
incompatible avec une juste estimation des relations
de l'esprit infini ? L'esprit fini est certainement
capable de reconnaître dans l'œuf le développement
de la poule ; et je ne vois pas sur quoi on se base
pour prétendre qu'il est plus difficile de débrouiller
le problème complexe du développement de la terre.
De fait, comme Kant le remarque si bien, le processus cosmique est réellement plus simple que le processus biologique.

« On ne s'étonnera donc pas si j'ose dire que
la formation de tous les corps célestes, la cause

[1] *Principles of Geology*, vol. II, p. 613.

de leur mouvement, bref, l'origine de tout l'état actuel du monde puisse être plus facilement entrevue que ne peut être clairement expliquée la création, par des moyens mécaniques, d'une seule plante, du moindre insecte [1]. »

C'est parce que la doctrine de l'uniformité a voulu limiter ainsi à un certain point la marche du raisonnement par induction et par déduction, procédant de ce qui est à ce qui a dû être, c'est parce que cette doctrine n'a pas eu foi en sa propre logique, qu'elle a perdu, selon moi, la place qu'elle aurait pu conserver comme forme permanente de la spéculation géologique.

Il me reste à vous exposer ce qui est pour moi la troisième phase de l'interprétation géologique, le *système de l'évolution*.

Pour être bien clair, permettez-moi de m'écarter un instant, en apparence du moins, du fil de mon discours, et de vous indiquer quelle est, à mon sens, la portée de la géologie. Pour moi, la géologie est l'histoire de la terre, dans le même sens absolument que la biologie est l'histoire des corps vivants, et si je découvre entre ces deux histoires une intime analogie, veuillez croire que je n'y suis pas entraîné par les études qui m'occupent principalement.

Quand j'étudie un être vivant, comment se classent les connaissances qu'il me procure ? Je puis apprendre sa structure, ce que nous appelons son *anatomie ;* j'étudie son *développement*, la série des changements

---

[1] Kant, *Œuvres complètes*, vol. I, p. 220.

qu'il traverse pour acquérir sa structure complète.
Puis je vois que l'être vivant possède certaines puis-
sances qui résultent de sa propre activité et des réactions qui s'établissent entre cette activité et celle des
autres choses, cette connaissance s'appelle la *physiologie*. Nous reconnaissons que l'être vivant occupe une
place dans l'espace et dans le temps, c'est sa *distribution*. Toutes ces études forment l'ensemble de faits véri-
fiables constituant l'état, le *statu quo*, de l'être vivant.
Mais tous ces faits ont leurs causes, et l'*étiologie* a pour
objet d'établir ces causes.

Si nous recherchons ce que nous pouvons savoir
à propos de la terre, nous verrons que cette connaissance de la terre, pour traduire le mot *géologie*, rentre
dans les mêmes catégories.

Ce que nous appelons la *géologie stratigraphique*
est simplement l'anatomie de la terre ; l'histoire de la
succession des formations est l'histoire d'une succession
d'anatomies semblables, ou correspond au développement en tant que distinct de la génération.

La chaleur centrale de la terre, l'élévation et l'affaissement de sa croûte, ses émissions de vapeurs, de
cendres, de laves, sont ses activités, en un sens aussi
strict que la chaleur, les mouvements, les produits
respiratoires sont les activités d'un animal. Les phénomènes des saisons, des vents alizés, du Gulf-stream,
sont tout autant le résultat des réactions qui s'établissent entre ces activités internes et les forces extérieures que le bourgeonnement des feuilles au prin-
temps, leur chute à l'automne, sont le résultat de l'action de la lumière et de la chaleur solaire sur l'organi-

sation de la plante. Et comme l'étude des activités de l'être vivant s'appelle la *physiologie*, ces phénomènes font l'objet d'une étude analogue, la physiologie tellurique, que nous appelons parfois *météorologie*, en d'autres circonstances *géographie physique*, d'autres fois encore *géologie*.

De même, la terre occupe une place dans l'espace et dans le temps, et, à ce double point de vue, elle est en rapport avec d'autres corps ; c'est sa distribution. Ce sujet est habituellement abandonné aux astronomes, mais la connaissance de ses grands traits me semble devoir faire essentiellement partie de l'ensemble des idées géologiques.

Tout ce que l'on peut reconnaître concernant la structure de la terre, ses conditions successives, ses actions et sa position dans l'espace, constitue la matière de son histoire naturelle. Mais, comme en biologie, il nous reste à remonter, par le raisonnement, de ces faits à leurs causes, dans les deux cas il y a science et ici peut-être plus qu'en biologie. Cette science est l'*étiologie géologique*.

En tenant compte de ce plan d'ensemble des connaissances et de la pensée géologiques, il est évident que la spéculation peut être anatomique, comme elle peut être une interprétation spéculative de développement, en tant qu'elle se rapporte à des points d'arrangement stratigraphique hors de la portée de l'observation directe ; ou bien ce sera une spéculation physiologique, si elle se rapporte à des problèmes indéterminés relatifs aux activités de la terre ; ou se sera une spéculation qui se rapportera à la distribution, si elle traite des modifications du lieu qu'occupe la terre dans l'espace, ou finalement cette spéculation sera étiologique, si elle cherche à déduire l'histoire du monde pris dans son ensemble, des propriétés connues de la matière terrestre dans les conditions où la terre a été placée.

Pour l'instant, qu'il me suffise de parler de la spéculation géologique prise exclusivement dans ce dernier sens.

Or, le système de l'uniformité, comme nous l'avons vu, semble vouloir ignorer la spéculation géologique ainsi comprise.

Quand cette société fut fondée, les partisans de ces deux systèmes s'entendirent sur un point, c'était de ne pas s'occuper de cette question. Et si vous faites quelques recherches dans nos annales, vous y verrez que nos prédécesseurs vénérés se targuaient beaucoup du bon sens et de la sagesse pratique dont ils croyaient avoir ainsi fait preuve. Comme mesure temporaire, elle était sage assurément, je suis loin de vouloir le nier, mais dans tous les corps organisés il arrive que des dispositions temporaires produisent des effets permanents ; et comme depuis lors le temps s'est écoulé, changeant toutes les conditions qui avaient rendu utile cette mortification disciplinaire de la science, je ne sais si l'effet de la douche d'eau froide, dont on a sans cesse aspergé la spéculation géologique dans cette enceinte, a eu des résultats bien favorables.

Le genre de spéculation géologique dont je parle, l'étiologie géologique en un mot, fut fondée comme science par ce grand philosophe Emmanuel Kant, lorsqu'il écrivit, en 1755, son livre intitulé : *Histoire*

*naturelle générale et théorie des corps célestes, ou Essai
d'explication de la constitution et de l'origine mécanique
de l'univers d'après les principes de Newton.*

Dans ce traité fort remarquable, mais qui semble
peu connu [1], Kant expose une cosmogonie complète
sous forme d'une théorie des causes qui ont amené
le développement de l'univers partant d'atomes maté-
riels répandus dans l'espace et doués de simples forces
d'attraction et de répulsion.

Donnez-moi la matière, dit Kant, et je bâtirai le
monde ; puis il déduit des simples données qu'il a
prises pour point de départ une théorie semblable par
tous les points essentiels à la doctrine bien connue
de Laplace, *l'hypothèse des nébuleuses.* Il explique le
rapport des masses et des densités des planètes à leurs
distances solaires, les excentricités de leurs orbites,
leurs rotations, leurs satellites, l'accord général de la
direction de la rotation parmi les corps célestes,
l'anneau de Saturne et la lumière du zodiaque. Dans
chaque système des mondes, il trouve des indications
pour faire voir que la force attractive de la masse
centrale finira par détruire son organisation, en con-
centrant sur elle-même la matière de tout le système ;
mais, comme résultat de cette concentration, il prétend
démontrer le développement d'une somme de chaleur
qui dissipera encore une fois la masse, et la fera
retourner au chaos moléculaire qui a été son point de
départ.

Kant se figure l'univers comme ayant été une fois

---

[1] Grant, dans son *Histoire d'astronomie physique,* ne parle de
Kant qu'en peu de mots et fort à la légère.

une expansion infinie de matière informe et diffuse. En un point, il suppose l'établissement d'un centre unique d'attraction, et par de rigoureuses déductions des principes dynamiques admis, il montre qu'il doit en résulter le développement d'un prodigieux corps central, entouré de systèmes de mondes solaires et planétaires à tous les états de développement. Il dépeint en un langage animé le grand tourbillon des mondes, élargissant l'orbite de son mouvement prodigieux durant la marche lente de siècles incalculables, empiétant graduellement et de plus en plus sur ce désert de molécules et convertissant *Chaos* en *Cosmos*. Mais ce qui est gagné à la circonférence est perdu au centre : les attractions des systèmes centraux rassemblent leurs constituants, et la chaleur que détermine leur réunion les transforme encore une fois en chaos moléculaire. Ainsi, les mondes qui sont, reposent entre les ruines des mondes qui ont été, et les matériaux indéterminés des mondes qui seront ; et, malgré toute usure, toute destruction, *Cosmos* étend son empire aux dépens de *Chaos*.

Les autres applications que Kant a faites de ses théories à la terre se trouvent dans son *Traité de géographie physique*, expression qui comprenait la science alors inconnue de la géologie. Il avait étudié son sujet fort soigneusement, et pendant plusieurs années, il fit un cours sur ces matières. La quatrième section de la première partie de ce traité est intitulée : *Histoire des grands changements que la terre a subis autrefois, et qu'elle subit encore*, et, de fait, c'est un court essai, gros de tous les principes de la géologie.

Kant rend compte d'abord des changements graduels qui se produisent actuellement, en les groupant en classes différentes autour de ceux que déterminent les tremblements de terre, la pluie et les rivières, la mer, les vents et la gelée, et finalement les opérations de l'homme.

La seconde partie traite des *Marques des changements que la terre a subis dans une antiquité reculée.* Il les énumère ainsi : A, *Preuves pour établir que la mer a couvert autrefois toute la terre.* B. *Preuves démontrant qu'un même lieu a été alternativement mer et terre ferme.* C, *Discussions des différentes théories de la terre proposées par Scheuchzer, Moro, Bonnet. Woodward, White, Leibnitz, Linnée et Buffon.*

La troisième partie contient un *Essai pour chercher à établir une explication valable de l'ancienne histoire de la terre.*

Il serait fort facile sans doute de trouver bien des erreurs de détail soit cosmologiques, soit spécialement telluriques, dans l'application que Kant a faite de ses pensées spéculatives. Mais, malgré cela, c'est lui qui le premier, à mon avis, a tracé un système complet d'interprétation géologique, en fondant la doctrine de l'évolution.

Kant pouvait dire avec autant de vérité que Hutton : « Je prends les choses comme je les trouve en « ce moment, et je raisonne sur ce que je vois pour « en déduire ce qui a dû être. » Comme Hutton, il ne cesse d'indiquer que dans la nature il y a sagesse, système et concordance. Comme il est le précurseur de Hutton relativement à ces grands principes, il l'est encore dans la croyance que le cosmos est doué d'une puissance active de reproduction capable de réparer une constitution ruinée ; et, d'autre part, Kant est toujours fidèle à la science. Pour lui, la spéculation géologique n'a d'autres bornes que les limites de l'intelligence. Sa raison le fait remonter à l'origine de l'état de choses actuel, et il admet la possibilité d'une fin.

Je vous l'ai dit déjà : on considère habituellement comme contradictoires les trois systèmes d'interprétation géologique que j'ai appelés systèmes des catastrophes, de l'uniformité, de l'évolution, et il sera sans doute bien clair pour vous maintenant, qu'à mon avis le système de l'évolution finira par supplanter les deux autres. Mais il est juste de remarquer que chacun de ces derniers a maintenu la tradition de vérités bien importantes.

Le système des catastrophes a soutenu qu'il existe une réserve de force pratiquement inépuisable à laquelle nous pouvons toujours nous adresser pour établir toutes nos théories. Ce système a cultivé avec amour l'idée que le point de départ du développement de la terre était un état dans lequel sa forme et les forces dont elle étaient douée étaient bien différentes de ce que nous connaissons actuellement. Que cette différence de forme et de puissance ait existé autrefois, c'est là une partie nécessaire de la doctrine de l'évolution.

D'un autre côté, le système de l'uniformité a insisté avec tout autant de raison sur une réserve de temps, aussi inépuisable que la première et capable de satisfaire à toutes les hypothèses qui y auraient recours. Ce système nous a empêché de perdre de vue le pouvoir qu'acquiert l'infiniment petit, quand on.lui accorde le temps, et nous force à épuiser les causes connues avant de recourir à l'inconnu.

Je ne vois pas qu'il y ait lieu d'établir un antagonisme nécessaire entre les théories des catastrophes et de l'uniformité. Au contraire, on conçoit parfaitement que les catastrophes fassent tout naturellement partie intégrante de l'autre système. Permettez-moi de m'expliquer par une comparaison. Le travail d'une horloge est un modèle d'action uniforme. Sa marche, précise et exempte de toute variation, n'est même autre chose que cette uniformité de mouvement. Mais la sonnerie des heures est essentiellement une catastrophe ; le marteau pourrait tout aussi bien faire éclater un tonneau de poudre ou donner libre cours à un déluge d'eau, et par une disposition convenable on pourrait faire que l'horloge, au lieu de marquer les heures, sonnât à toutes sortes de périodes irrégulières, ne reproduisant jamais les mêmes intervalles de temps, la même force ou le même nombre de coups. Pourtant toutes ces catastrophes, sans régularité ni loi apparentes, seraient le résultat d'une action absolument uniforme et l'on pourrait établir deux théories de l'horloge selon que l'on étudierait les mouvements du marteau ou ceux du pendule.

Il est encore bien moins nécessaire d'établir un antagonisme entre le système de l'évolution et chacun des deux autres. Le système de l'évolution accepte tout ce qu'il y a de bon dans le système des catas-

trophes, comme dans le système de l'uniformité, tout
en repoussant les hypothèses arbitraires du premier
et les restrictions non moins arbitraires du second. Il
ne faut pas d'ailleurs que la doctrine de l'évolution
perde de sa valeur aux yeux du͏ penseur philosophe,
parce qu'elle applique la même méthode au monde
vivant et au monde inanimé, et embrasse, dans une
analogie qui étonne tout d'abord, le développement
d'un système solaire partant du chaos moléculaire, la
formation de la terre qui traverse, après l'état nébu-
leux de sa jeunesse, des changements innombrables,
des siècles incalculables pour acquérir sa forme présente, et le développement d'un être vivant à partir
de la masse informe de protoplasme que nous appelons un germe.

La doctrine de l'évolution n'est pas assez généralement admise parmi nous pour pouvoir être appelée la
géologie qui a cours en Angleterre ; mais cependant
elle est assurément présente, d'une façon plus ou
moins vague, à l'esprit de la plupart des géologues.

Telles étant les trois phases de la spéculation géologique, nous sommes maintenant en position de
rechercher quel est celui de ces systèmes d'interprétation que Sir William Thomson voudrait voir réformer,
comme il nous le dit dans les passages que je viens
de citer.

Il s'agit évidemment du système de l'uniformité,
qui représente pour le savant physicien la spéculation
géologique en général. Ainsi une première issue nous
est ouverte, car bien des hommes, et parmi nos
jeunes géologues ce ne sont pas les moins distingués,

n'acceptent pas la doctrine uniformitaire dans toute sa rigueur, comme forme finale de l'interprétation géologique.

Si Hutton et Playfair ont déclaré que le cours du monde a toujours été le même, nous serons les premiers à demander que leur erreur soit exposée au plus tôt ; mais, en la dévoilant, il ne faut pas croire établir par cela même que la géologie moderne est en opposition avec la philosophie naturelle. Je ne pense pas qu'il y ait aujourd'hui un géologue prêt à soutenir l'uniformité absolue, et disposé à nier la diminution possible de la rapidité du mouvement de rotation terrestre, ou qu'il puisse se faire que le soleil perde peu à peu de ses feux, que la terre elle-même subisse un refroidissement lent. Mais, en général, nous sommes à cet égard fort indifférents et ne nous inquiétons guère de cela, pensant, qu'en tout cas, ces modifications possibles n'ont rien changé pratiquement sur la terre, pendant le laps de temps représenté par les dépôts stratifiés.

Quand on nous accuse de nous être mis en opposition avec les principes de la philosophie naturelle, cette imputation est donc mal fondée. La seule question qui puisse se poser est de savoir si nous avons fait tacitement des hypothèses contraires à certaines conclusions qui peuvent se déduire de ces principes. Et cette question se subdivise elle-même en deux autres : la première, avons-nous réellement contredit ces conclusions ? la seconde, si nous les avons niées, ces conclusions sont-elles si solidement établies qu'il ne soit pas possible de les repousser ?

Je réponds négativement à chacune de ces questions, et je vais vous en donner mes raisons. Sir William Thomson croit pouvoir prouver par des raisonnements tirés de la physique,

« ...Que l'état de choses existant sur la terre, la vie terrestre (toute l'histoire géologique démontrant la continuité de la vie) doit être comprise dans quelque période de temps, telle que cent millions d'années[1]. »

La première question qui se présente est évidemment celle-ci : A-t-on jamais nié que cette période de temps puisse satisfaire aux besoins de l'interprétation géologique ?

Quelque période de temps, telle que cent millions d'années..., voilà qui est bien vague, et une limite ainsi indiquée plutôt que définie, embarrasse beaucoup la discussion ! Qu'est-ce à dire ? Cette durée a-t-elle pu être de deux, trois ou quatre cent millions d'années, ce qui changerait beaucoup la question [2].

Si nous prenons 30,000 mètres comme épaisseur totale des roches stratifiées qui contiennent des traces de la vie, nous serons certainement plutôt au-dessus qu'au-dessous de la vérité ; 30,000 divisé par 100,000,000 = 0,0003. Ainsi donc, si 30,000 mètres de roches stratifiées se sont déposés en 100,000,000 d'années, c'est que le dépôt s'est accumulé à raison de 3 dixièmes de millimètre par an.

---

[1] Sir W. Thomson, *loc. cit.*, p. 25.
[2] Pour sir W. Thomson (*loc. cit.*, p. 16), la durée précise du temps est ici sans conséquence, « le principe est le même, » dit-il ; mais comme le principe est admis, toute la discussion retombe sur les résultats qu'il entraîne.

Eh bien, je ne pense pas que personne soit prêt à soutenir qu'en accordant même les conditions les plus favorables, les roches stratifiées n'ont pu se former en moyenne à raison de 3 dixièmes de millimètre par an. Si l'on pouvait prouver que c'est là le taux de croissance du monde, nous pourrions sans doute nous contenter de ce chiffre, sans avoir à constater une révolution dans nos spéculations. Mais en fin de compte, l'approximation indiquée si vaguement n'exige peut-être pas l'hypothèse d'un dépôt de 3 dixièmes de millimètre ; en doublant, triplant ou quadruplant le nombre d'années, l'épaisseur annuelle se réduit de moitié, du tiers, du quart, ce qui nous met encore bien mieux à l'aise.

Mais on pourra dire que c'est la biologie, et non la géologie, qui exige ces longs laps de temps, que la succession de la vie demande de grandes durées ; et ceci me fait l'effet d'un cercle vicieux. La biologie suit les indications de temps que lui fournit la géologie. La seule raison de croire à la lenteur des changements dans les formes vivantes provient de ce que ces formes persistent dans une série de dépôts, dont la formation a duré fort longtemps d'après ce que nous enseigne la géologie. Si les géologues se trompent dans leurs évaluations de temps, les naturalistes n'auront qu'à modifier leurs notions de la rapidité des changements, en raison des nouvelles évaluations qui leur seront fournies. De plus, je me permets de vous faire remarquer que, quand on nous dit qu'il faut réformer toutes nos interprétations géologiques parce qu'on a fixé à cent, deux cents, trois cents millions d'années le temps écoulé depuis l'apparition des êtres vivants sur cette planète, c'est à ceux qui proclament cette nécessité qu'il appartient de nous la démontrer, car jusqu'ici ils n'en ont pas donné la moindre preuve.

Ainsi donc, si nous acceptons les évaluations de temps qui nous sont proposées par Sir W. Thomson, il n'est nullement évident, tout d'abord, qu'il nous faudra changer ou réformer d'une façon appréciable notre manière d'interpréter les faits géologiques. Nous pouvons donc nous demander, pleins de calme et d'indifférence même quant au résultat, si les arguments mis en avant pour la défendre justifient cette évaluation.

Ces arguments sont au nombre de trois :

I. Le premier se fonde sur le fait avéré que les marées tendent à retarder la vitesse de rotation de la terre sur son axe. Ceci est évident, si l'on considère, *grosso modo*, que les marées résultent de l'attraction qu'exercent sur la mer le soleil et la lune, de sorte que la mer agit comme un frein sur le mouvement de rotation de la masse solide de la terre.

Kant, qui n'était pas seulement un grand métaphysicien, mais qui était aussi bon mathématicien et fort au courant des sciences physiques telles qu'on les connaissait de son temps, ne s'est pas borné à nous prouver cette cause de retard dans un essai d'une exquise clarté des plus faciles à comprendre et qui date de plus de cent ans [1] ; il en a encore déduit

---

[1] *Étude des changements possibles dans la vitesse de rotation de la terre autour de son axe, et de la production du jour et de la nuit. Œuvres complètes.*

quelques-unes des conséquences les plus importantes, celle-ci, par exemple, que c'est toujours la même face de la lune qui est tournée vers la terre.

Mais s'il est facile de démontrer une tendance, il y a encore bien du chemin à parcourir avant d'en avoir estimé la valeur pratique, la seule chose qui nous importe en ce moment. A cet égard je crois pouvoir résumer ainsi les faits :

C'est un fait d'observation, que depuis trois mille ans le mouvement moyen de la lune s'accélère relativement à la rotation terrestre. Ceci peut résulter évidemment d'une de ces deux causes : ou la lune se meut de plus en plus rapidement sur son orbite, ou bien la terre tourne de plus en plus lentement sur son axe.

Laplace croyait avoir expliqué ce phénomène, en démontrant que l'excentricité de l'orbite terrestre a diminué graduellement pendant le laps de trois mille ans. Ceci doit produire une diminution de l'attraction moyenne du soleil sur la lune, ou en d'autres termes une augmentation de l'attraction de la terre sur la lune, et par conséquent une rapidité plus grande dans le mouvement orbitaire de ce satellite. Laplace attribuait donc à la lune cette accélération, et, s'il a raison, la somme totale du retard par les marées doit être insignifiante ou contre-balancée par d'autres agents.

Il semble pourtant que notre grand astronome, Adams, a trouvé à redire aux calculs de Laplace, et qu'il a démontré que la moitié seulement du retard observé pouvait s'expliquer par les calculs de Laplace

Il reste donc à rendre compte de l'autre moitié de ce retard, et ici, en l'absence de toute connaissance positive, on a proposé trois formes différentes d'explications hypothétiques.

a) M. Delaunay propose d'attribuer la différence à la terre, en raison du retard dû à l'action des marées. MM. Adams, Thomson et Tait développent cette idée, et en établissant, d'après certaines hypothèses, le retard proportionnel qui est dû au soleil d'une part, à la lune de l'autre, ils trouvent que cette cause peut faire perdre à la terre 22 secondes par siècle [1].

b) Mais M. Dufour propose d'attribuer, soit en partie, soit en totalité, le retard de la terre, qui n'est établi en somme que sur des hypothèses, à l'augmentation du moment d'inertie de la terre par les météores qui tombent sur sa surface. Sir W. Thomson accepte entièrement cette idée, et démontre que le reste du retard s'expliquerait par l'accumulation de la poussière météorique à raison de 33 centimètres en 4,000 ans [2].

c) En troisième lieu Sir W. Thomson propose une hypothèse qui lui est propre, pour expliquer ce retard hypothétique de la rotation terrestre.

« Supposons, dit-il, que dans les régions polaires (à 20 degrés autour de chaque pôle, par exemple), une épaisseur de 33 centimètres de glace fonde de façon à se transformer en eau dont la profondeur serait sur le même espace de 33 centimètres 3 millimètres, ou de 2 centimètres, si cette eau était répan-

[1] Sir W. Thomson, *loc. cit.*, p. 14.
[2] Sir W. Thomson, *loc. cit.*, p. 27.

due sur toute la surface du globe, ce qui n'élèverait le niveau des mers que de 2 1/2 à 3 centimètres, quantité pratiquement inappréciable. Voilà ce qui pourrait arriver une année quelconque, croyons-nous, comme aussi le contraire pourrait se produire, et dans les deux cas on ne pourrait le reconnaître sans établir la hauteur moyenne du niveau de la mer, au moyen d'observations et de calculs bien plus précis que toutes les observations et tous les calculs faits jusqu'ici. Dans ces deux cas, la vitesse du mouvement de rotation terrestre serait diminuée ou augmentée relativement aux montres d'un dixième de seconde par an [1]. »

Je ne permettrais pas de révoquer en doute l'exactitude d'aucun des calculs qui proviennent de mathématiciens aussi distingués que ceux que je viens de citer. Pour mon argument, au contraire, il m'est nécessaire de supposer l'exactitude parfaite de ces calculs. Mais je voudrais vous faire comprendre que nous sommes ici, selon moi, en présence d'un de ces cas nombreux où la précision reconnue des procédés mathématiques nous fait accorder une autorité illusoire et inadmissible aux résultats qui en dérivent. On peut comparer les mathématiques à un moulin d'un travail admirable, capable de moudre à tous les degrés de finesse ; mais cependant ce qu'on en tire dépend de ce qu'on y a mis, et comme le plus parfait moulin du monde ne peut donner de la farine de froment si on n'y met que des cosses de pois, de même, des pages de formules ne tireront pas un résultat défini d'une donnée insuffisante.

[1] *Ibid.*

Dans le cas qui nous occupe, il est admis, paraît-il :

1° Qu'il n'est pas absolument certain, après tout, qu'il y ait accélération dans le mouvement moyen de la lune, ou retard dans la rotation terrestre [1]. Pourtant c'est ici le nœud de la question ;

2° Si la rapidité de rotation terrestre diminue, on ne peut établir avec certitude la part du retard qui appartient au frottement des marées, aux météores, à la production de glaces polaires en excès sur leur fonte, pendant la période d'observation qui remonte tout au plus à 2,600 ans ;

3° On ne semble pas avoir tenu compte de l'effet d'une distribution différente de la terre et de l'eau, pouvant modifier le retard occasionné par le frottement des marées, et le réduire en quelques cas à un minimum ;

4° Pendant l'époque miocène, la glace polaire était certainement moins épaisse de quelques mètres qu'elle ne l'a été pendant la période glaciaire, et depuis lors, Sir W. Thomson nous dit que l'accumulation de 30 ou 40 centimètres de glace autour des pôles, ce qui implique un abaissement de 3 ou 4 centimètres de toute la surface des mers, ferait tourner la terre plus vite d'un dixième de seconde par an. Il semblerait donc que pendant tout le temps qui s'est écoulé depuis le commencement de la période glaciaire jusqu'au moment présent, la rotation de la terre a pu être plus rapide d'une ou de plusieurs secondes par an, qu'elle ne l'était pendant l'époque miocène.

[1] Qu'il soit bien compris que je ne veux nullement nier la possibilité de ce retard.

Mais, selon les calculs de Sir W. Thomson, le retard provoqué par les marées ne rend compte que de 22″ de retard par siècle, soit 0″,22 ou, en chiffre rond, 1/5 de seconde par an.

Ainsi donc, en supposant que, depuis l'époque miocène, les glaces accumulées autour des pôles n'ont pu produire que dix fois l'effet d'une couche de glace de 33 centimètres d'épaisseur, nous aurons une cause d'accélération qui couvrira toute la perte provenant de l'action des marées, et nous laisse un surplus de 4/5 de seconde d'accélération par an.

Si le retard occasionné par les marées peut être contre-balancé, inversé même, par d'autres conditions temporaires, que devient cette affirmation formelle, basée sur l'uniformité hypothétique d'un retard occasionné par les marées, qu'il y a dix milliards d'années la terre tournait sur son axe deux fois plus vite qu'à présent, que, par conséquent, nous sommes, nous les géologues, en opposition directe avec les principes de la philosophie naturelle, quand nous appliquons nos principes géologiques à tout ce qui s'est passé pendant ce laps de temps.

II. Sir W. Thomson expose ainsi le second argument :

« En mars 1862, j'ai publié [1] un article sur l'âge de la chaleur solaire, et j'y expliquais les résultats de différentes recherches pour rendre compte de la quantité possible de chaleur du soleil ; j'étudiais cet astre comme on étudierait une pierre ou toute autre

[1] *Macmillan's Magazine.*

substance matérielle, ne tenant compte que de ses
dimensions, et je démontrais ainsi qu'il est possible
que le soleil éclaire la terre depuis cent millions
d'années déjà, et qu'en même temps il est à peu près
certain qu'il n'éclaire pas la terre depuis cinq cent
millions d'années. Ces estimations sont bien vagues
nécessairement, mais il n'est pas possible, que je
sache, de dire d'après une estimation raisonnable
fondée sur les propriétés connues de la matière, qu'il
nous soit permis de croire que le soleil éclaire la
terre depuis cinq cent millions d'années [1]. »

Il y a quinze ans, Sir W. Thomson comprenait
différemment l'origine de la chaleur du soleil ; il
croyait alors que sa déperdition annuelle de calorique
par radiation était annuellement rendue à cet astre,
doctrine que Hutton eût acceptée parfaitement, mais
il est inutile de chercher à mettre ainsi ce savant
mathématicien en contradiction avec lui-même. Pourtant, quand un physicien si éminent soutient aujour-
d'hui une thèse contraire à celle qu'il soutenait il y a
peu d'années, et reconnait lui-même que ses estimations sont *bien vagues*, nous serions en droit de n'en
pas tenir compte, si de notre côté nous avions des faits
bien avérés à lui opposer. Je n'en connais pas cependant, et comme je vous l'ai déjà dit, 100, 200, 300 millions d'années satisferaient amplement, d'après moi,
aux besoins de nos interprétations géologiques.

III. La troisième série d'arguments se base sur la
température de l'intérieur de la terre. Sir W. Thomson se reporte à des recherches qui prouvent que l'état

[1] Sir W. Thomson, *loc. cit.*, p. 20.

thermométrique actuel de l'intérieur de la terre implique, soit que la terre a été plus chaude de 55 degrés centigrades au moins à une époque qui ne remonte pas au-delà de 20,000 ans, ou qu'à une époque plus reculée toute sa surface présentait une différence de température encore plus grande ; puis il ajoute :

« Or, les géologues sont-ils disposés à admettre qu'à une époque comprise dans les 20,000 dernières années, il y a eu une température aussi élevée sur toute la surface de la terre ? Je ne le pense pas ; aucun géologue, parmi les modernes du moins, ne saurait admettre cette hypothèse, que l'état actuel de la chaleur centrale est dû à l'échauffement de la surface terrestre depuis une époque aussi peu reculée. Si l'on n'admet pas cela, nous en sommes réduits à supposer une température plus élevée, il y a plus de 20,000 ans. Un échauffement de plus de 55 degrés centigrades sur toute la surface terrestre ferait périr assurément la plupart des plantes et des animaux ; les géologues modernes peuvent-ils établir qu'il y a 50,000, 100,000, ou 200,000 ans toute vie a été détruite sur la terre? Plus on recule l'époque des hautes températures à la surface de la terre, plus cela est favorable à la théorie de l'uniformité, mais plus on recule cette époque de grande chaleur, plus cette chaleur a dû être intense. Ceux qui, pour établir leur théorie, sont obligés de se reporter à des époques fort éloignées reculeront d'autant plus le moment des hautes températures, et on arrive aussi à la théorie d'une température suffisant à faire fondre la masse. Mais, même dans ce cas, il faudrait admettre une limite telle que 50, 100, 200 ou 300 millions d'années. Ce terme, nous ne pouvons le dépasser [1]. »

[1] Sir W. Thomson, *loc. cit.*, p. 24.

La limite est encore ici des plus vagues puisqu'elle s'étend de 50 à 300 millions d'années. Encore une fois, nous pouvons répondre que, malgré tous les arguments contraires, le plus décidé partisan des doctrines de l'uniformité professée par Hutton peut s'accommoder parfaitement de 100 ou 200 millions d'années.

Mais, d'autre part, si ces longs laps de temps ne suffisent pas à nos interprétations géologiques, il nous reste à critiquer, en elle-même, la méthode à l'aide de laquelle cette limite a été établie. L'argument qui l'établit est bien simple. Considérant la terre comme masse en état de refroidissement et supposant que le taux de refroidissement ait été uniforme, la quantité de chaleur perdue par an, multipliée par un nombre donné d'années, nous fera connaître le minimum de température qui régnait à une époque reculée du même nombre d'années.

Mais la terre est-elle simplement une masse en état de refroidissement, comparable à une bouillotte, ou à un globe de grès, et son refroidissement a-t-il été uniforme ? Il faudrait pouvoir faire à ces deux questions une réponse affirmative pour établir la valeur des calculs sur lesquels Sir W. Thomson compte si bien.

On peut dire cependant que des réponses affirmatives de ce genre sont purement hypothétiques et que bien d'autres suppositions seraient tout aussi admissibles.

Ainsi, n'est-il pas possible qu'à l'énorme température qui existe à 150 ou 200 kilomètres de profondeur, toutes les bases métalliques se comportent comme le mercure à la chaleur rouge, température à laquelle son oxyde se décompose ; et plus près de la surface, à une température plus basse par conséquent, ces combinaisons oxygénées peuvent s'effectuer (comme s'effectue celle de l'oxygène avec le mercure à quelques degrés au-dessous de son point d'ébullition), produisant ainsi une quantité de chaleur totalement distincte de celle que possèdent ces métaux comme corps en refroidissement ? Des études récentes n'ont-elles pas prouvé aussi que la qualité de l'atmosphère a une action considérable sur sa perméabilité au calorique, ce qui doit par conséquent modifier profondément le taux du refroidissement du globe pris en masse.

On ne saurait nier, je pense, que des conditions de ce genre ne puissent exister et exercer une si grande influence sur la quantité de chaleur absorbée ou perdue par la terre, qu'elles n'arrivent à détruire la valeur de tout calcul qui n'en tiendrait pas compte.

Je m'étais constitué votre avocat, et me voici au bout de ma tâche ; mais l'avocat n'est pas toujours aussi sincère que moi, quand il déclare que la partie adverse a perdu sa cause. Du dehors on nous crie qu'il faut nous réformer, clameurs inutiles, car ici, dans nos domaines, nous avons établi le plus vite possible toutes les réformes dont l'utilité nous a été démontrée. De plus, en faisant porter notre examen critique sur les motifs qui ont servi à établir contre nous la charge fort grave d'opposition aux principes de la philosophie naturelle, nous avons reconnu plutôt que nous avions fait preuve de discernement et d'une juste appréciation de la valeur des choses, en refusant jusqu'à plus ample informé de rien déranger aux fondements de notre science.

IV

LA GÉNÉALOGIE DES ANIMAUX [1]

Considérant que l'Allemagne marche maintenant en tête du monde, pour l'investigation scientifique et particulièrement pour la biologie, Darwin doit être content de voir répandre ses doctrines par les plus capables et les plus laborieux naturalistes allemands.

Le chef de ces derniers est le professeur Haeckel, de Iéna. Je ne connais pas de contributions plus solides et plus importantes þour la biologie au cours des sept dernières années, que l'ouvrage d'Haeckel sur les *Radiolaires*, et les recherches de son collègue distingué, Gegenbaur, sur l'anatomie des Vertébrés; on trouve dans la *Generelle Morphologie* de Haeckel toute la force, la finesse de suggestion, et ce que je pourrais appeler la *puissance de systématisation* d'Oken sans l'extravagance de ce dernier. Dans sa *Generelle Morphologie*, en réalité, il essaye de mettre sous une forme logique, en tant qu'elle s'applique au monde vivant, la doctrine de l'évolution, et de pousser ses applications pratiques jusqu'à leurs derniers résultats. L'ouvrage sous nos yeux est encore un exposé de la *Generelle Morphologie* pour un public

[1] *La Création Naturelle*, par E. Haeckel. C. Reinwald et Cⁱᵉ.

cultivé, consistant, ainsi qu'il le fait, en la substance d'une série de conférences faites, devant un auditoire varié, à Iéna, dans l'année 1867-1868.

L'*Histoire Naturelle de la Création*, ou, ainsi que le professeur Haeckel dit qu'il eût mieux valu appeler son livre, *Histoire du Développement ou de l'Évolution de la Nature*, traite, dans les six premières conférences, des aspects généraux et historiques de la question, et contient un exposé très intéressant et clair des idées de Linné, Cuvier, Agassiz, Goëthe, Oken, Kant, Lamarck, Lyell et Darwin et de la filiation historique de ces penseurs.

Les six conférences suivantes sont remplies par un exposé bien élaboré des théories de Darwin.

La treizième discute deux sujets, que Darwin n'a pas abordés, savoir : l'origine de la forme actuelle du système solaire et celle de la matière vivante. Il y est rendu pleine justice à Kant, comme inventeur de cette « théorie du gaz cosmique », ainsi que l'appellent ingénieusement les Allemands, que l'on attribue communément à Laplace. En ce qui regarde la génération spontanée, tout en admettant qu'il n'y a pas de témoignage expérimental en sa faveur, le professeur Haeckel nie la possibilité de la réfuter, et indique que la croyance qu'elle a pu se produire est une partie nécessaire de la doctrine de l'évolution.

La quatorzième conférence sur les *Schöpfungs-Perioden und Schöpfungs-Urkunden* répond assez bien à la fameuse dissertation sur l' « imperfection des annales géologiques » dans l'*Origine des Espèces*.

Les cinq lectures suivantes contiennent la matière

la plus originale de toutes, étant consacrées à la
« phylogénie », ou l'exposé détaillé du processus de
l'Evolution dans les règnes animal et végétal, de manière à prouver la ligne de descendance de chaque
groupe d'êtres vivants, et de lui fournir l'arbre généalogique qui lui est propre, ou son « phylum ».

La dernière conférence passe en revue les objections,
et résume le témoignage en faveur de l'évolution
biologique.

Je prouverai de la meilleure manière mon appréciation de la valeur de l'ouvrage, ainsi brièvement analysé,
en notant maintenant quelques-unes des critiques les
plus importantes que m'a suggérées sa lecture.

I. — En plus d'un endroit, le professeur Haeckel
s'étend sur le service que l'*Origine des Espèces* a
rendu, en favorisant ce qu'il appelle la théorie « cau-
sale ou mécanique » de la nature vivante, par opposition à la théorie « téléologique ou vitaliste*». Et
nul doute qu'il ne soit très vrai que la doctrine de
l'évolution soit l'adversaire le plus formidable de
toutes les formes les plus communes et les plus grossières de la téléologie. Mais il se peut bien que le plus
grand service rendu à la philosophie biologique par
Darwin soit la réconciliation de la téléologie et de la
morphologie, et l'explication des faits de chacune
d'elle qu'offre son hypothèse.

La téléologie, qui suppose que l'œil, tel que nous le
voyons chez l'homme ou chez l'un des *Vertébrés* supérieurs, a été fait avec la structure exacte qu'il présente, dans le but de mettre l'animal qui le possède
à même de voir, a sans doute reçu le coup de grâce.

Néanmoins, il faut se souvenir qu'il y a une téléologie plus large, que n'atteint pas la théorie de l'évolution, mais qui est réellement basée sur la proposition fondamentale de l'évolution. Cette proposition
est que le monde entier, vivant ou non, est le
résultat de l'interaction réciproque, selon des lois
définies, des forces possédées par les molécules dont
la primitive nébuleuse de l'univers était composée.
Si cela est vrai, il n'est pas moins certain que le
monde qui existe se trouvait, potentiellement, dans la
vapeur cosmique, et qu'une intelligence suffisante
pouvait, de la connaissance des propriétés des molécules de cette vapeur, prédire, par exemple, l'état de
la faune de la Grande-Bretagne en 1869, avec autant
de certitude que l'on peut dire ce qu'il adviendra de
la vapeur de l'haleine par un jour froid d'hiver.

Regardez une horloge de cuisine, avec son tic-tac
bruyant, qui indique les heures, les minutes et les secondes, et qui, quand elle sonne, crie « coucou »,
et peut-être marque les phases de la lune. Quand
on remonte l'horloge, tous les phénomènes qu'elle
présente sont contenus potentiellement dans son mécanisme, et un habile horloger pourra prédire tout
ce qu'elle fera, après avoir examiné sa structure.

Si la théorie évolutioniste est vraie, la structure
moléculaire du gaz cosmique est dans la même relation avec les phénomènes du monde que la structure
de l'horloge avec ses phénomènes.

Supposons maintenant qu'une « horloge de mort[1] »
vivant dans la boîte d'une horloge étudie avec science

[1] Petit insecte qui fait un bruit rappelant le tic-tac d'une montre.

et intelligence son mécanisme. Elle pourrait dire : « Je ne trouve ici que de la matière, et de la force, et du pur mécanisme, du commencement à la fin » ; et elle aurait entièrement raison. Mais si elle en tirait la conclusion que l'horloge n'a pas été combinée dans un but, elle aurait tout à fait tort. D'autre part, imaginez une horloge de mort d'un tour d'esprit différent. Écoutant le monotone « tic-tac » ressemblant si exactement au sien, elle pourrait arriver à la conclusion que l'horloge elle-même est une sorte monstrueuse d'horloge de mort et que sa cause finale et son but ultime sont de faire tic-tac. Combien il lui serait facile d'indiquer le rapport évident de tout le mécanisme avec le balancier, le fait que le tic-tac est la chose que l'horloge a toujours faite, et que tout le reste de ses phénomènes est intermittent et subordonné au tic-tac. Malgré tout cela, il est certain que les horloges de cuisine n'ont pas été faites à seules fins de produire un bruit de tic-tac.

Ainsi le théoricien téléologique se tromperait tout autant que le théoricien mécanique, et probablement la seule horloge de mort qui aurait raison serait celle qui soutiendrait que la seule chose dont elle puisse être sûre est la nature des rouages d'horloge et de la façon dont ils se meuvent, et le fait que le but de l'horloge dépasse entièrement les limites de compréhension des facultés des coléoptères.

Substituez « vapeur cosmique » à « horloge », et « molécules » à « rouages », et l'application de l'argument est évidente. Les voies téléologiques et mécaniques de la nature ne s'excluent pas, nécessairement, d'une façon réciproque. Au contraire, plus le théoricien est purement dans les idées mécanistes, et plus il admettra avec fermeté l'existence d'un arrangement moléculaire primordial, dont tous les phénomènes de l'univers sont la conséquence ; et il est, par là, plus complètement à la merci du téléologiste qui peut toujours le mettre au défi de réfuter l'idée que cet arrangement moléculaire primordial n'était pas destiné à causer l'évolution des phénomènes de l'univers. D'autre part, si le téléologiste affirme que tel, tel, ou tel autre résultat de l'action d'une partie quelconque de l'univers est son but et sa cause finale, le mécaniste peut toujours demander comment il sait que c'est là autre chose qu'un indice accessoire — le simple tic-tac de la pendule, — qu'il prend pour sa fonction. Et il semble qu'il n'y ait pas de réponse à cette question, non plus qu'à la question suivante, qui ne laisse pas d'être rationnelle : pourquoi s'inquiéter de choses qui sont hors de notre portée, quand l'action du mécanisme lui-même, qui est d'une importance pratique infinie, offre carrière à toutes nos énergies ?

Le professeur Haeckel a inventé un nouveau nom, qui est commode, « dystéléologie », pour l'étude des « choses sans but » qu'on peut observer dans les organismes vivants — tels que la multitude des cas des organes rudimentaires et apparemment sans utilité. J'avoue, toutefois, qu'il m'a souvent semblé que les faits de la dystéléologie avaient deux tranchants. Si nous devons supposer comme le font, en général, les évolutionistes, que les organes inutiles s'atrophient, des cas tels que l'existence de rudiments d'or-

teils latéraux, dans le pied d'un cheval, nous placent
dans un dilemme. Car, ou bien ces rudiments ne sont
d'aucun usage à l'animal, auquel cas considérant que
l'animal existe dans sa forme actuelle, depuis l'époque
Pliocène, ils devraient sûrement avoir disparu ; ou
ils sont utiles à l'animal, auquel cas, ils ne servent de
rien comme arguments contre la téléologie. Un argument semblable, mais encore plus fort peut être basé
sur l'existence de mamelons, et même de glandes
mammaires fonctionnelles chez des mammifères
mâles. De nombreux cas de « gynécomastie » ou de
mamelles activement fonctionnelles chez des hommes
ont été recueillis, bien qu'il n'y ait aucune espèce de
mammifère où le mâle nourrisse normalement les
petits. Donc, il est certain que la glande mammaire
était apparemment aussi inutile chez le mammifère
mâle le plus ancien ancêtre de l'homme, et pourtant
elle n'a point disparu. Est-il donc utile à l'organisme
mâle de la conserver ? Cela est possible, mais en ce
cas sa valeur dystéléologique est perdue.

II. — Le professeur Haeckel regarde les causes qui
ont amené la diversité actuelle de la nature vivante
comme étant de deux sortes. La matière vivante, nous
dit-il, est poussée par deux impulsions : une qui est
centripète, et tend à conserver et à transmettre la force
spécifique, et qu'il identifie avec l'hérédité ; et une
qui est centrifuge, résultant de la tendance des conditions externes à modifier l'organisme et à effectuer
son adaptation à elles-mêmes. L'impulsion interne est
conservatrice, et tend à conserver la forme spécifique
ou individuelle ; l'impulsion externe est métamor-

phique, et tend à modifier la forme spécifique ou individuelle.

En développant ses vues sur ce sujet, le professeur Haeckel les accompagne de restrictions qui désarment quelques-unes des critiques que j'aurais été disposé à faire; mais je pense que sa méthode d'énoncer la situation a l'inconvénient de tendre à faire perdre de vue le fait important — un des points essentiels de l'hypothèse darwinienne — que la tendance à varier, dans un organisme donné, peut n'avoir rien à faire avec les conditions externes auxquelles cet organisme individuel est exposé, mais peut dépendre entièrement de conditions internes. Nul ne songerait, j'imagine, à chercher dans les conditions intérieures la cause du développement des sixièmes doigt et orteil chez le fameux Maltais.

Je conçois que la transmission héréditaire et l'adaptation ont, toutes deux, besoin d'être analysées dans leurs conditions constituantes par l'application ultérieure de la doctrine de la lutte pour l'existence. C'est une hypothèse probable que, ce qu'est le monde aux organismes en général, chaque organisme l'est aux molécules dont il est composé. Des multitudes de ces dernières, ayant des tendances diverses, luttent ensemble pour une occasion d'exister et de se multiplier, et l'organisme, considéré comme un tout, est autant le produit des molécules victorieuses que la faune ou la flore d'un pays est le produit des êtres organiques victorieux qu'il contient.

Selon cette hypothèse, la transmission héréditaire est le résultat de la victoire de molécules particulières contenues dans le germe fécondé. L'adaptation aux conditions est le résultat de la multiplication favorisée des molécules dont les tendances organisatrices étaient le plus en harmonie avec de telles conditions. Avec cette manière de voir, les conditions ne sont plus activement productrices, mais passivement tolérantes ; elles ne causent pas la variation dans une direction donnée, mais elles permettent et favorisent une tendance dans la direction qui existe déjà.

Il est vrai qu'à la longue, l'origine des molécules organiques elles-mêmes, et de leurs tendances, doit être cherchée dans le monde extérieur ; mais si nous portons notre enquête aussi loin, la distinction entre les impulsions internes et externes s'évanouit. D'autre part, si nous nous bornons à examiner un seul organisme, je crois qu'on peut admettre que l'existence d'une tendance interne métamorphique doit être aussi distinctement reconnue que celle d'une tendance interne conservatrice, et que l'influence des conditions est principalement, si ce n'est entièrement, le résultat de la mesure dans laquelle elles favorisent l'une ou l'autre de ces tendances.

III. — Il n'y a qu'un point sur lequel je suis entièrement et fondamentalement en désaccord avec le professeur Haeckel, mais c'est le point très important de sa conception du temps géologique, et de la signification des roches stratifiées comme annales et indications de ce temps. Concevant que les roches stratifiées d'une époque indiquent une période d'affaissement, et que les intervalles entre les époques correspondent avec des périodes d'élévation dont nous n'avons aucun document, il intercale entre les différentes époques ou périodes, des intervalles qu'il appelle des « Anté-périodes ». Ainsi, au lieu de considérer les périodes triasique, jurassique, crétacée et éocène, comme se succédant d'une manière continue, il interpose une période entre chacune d'elles, comme « Antetrias Zeit », « Antejura-Zeit », Antecreta-Zeit », « Anteocen-Zeit », etc. Et il explique les changements abruptes entre les faunes des différentes formations comme attribuables au laps de temps, duquel nous n'avons aucun document organique, écoulé pendant les « Anté-périodes».

L'occurrence fréquente de couches contenant des assemblages de formes organiques intermédiaires entre celles de formations adjacentes est, à mon sens, hostile à cette théorie. Dans les couches bien connues de Saint-Cassian, par exemple, les formes paléozoïques et mésozoïques se trouvent mêlées, et entre les formations crétacée et éocène, il y a des dépôts de transition semblables. D'autre part, au milieu de la série silurienne, une discordance étendue de stratification indique de grands intervalles de temps entre le dépôt des couches successives, sans aucun changement correspondant dans la faune.

Je crains que le professeur Haeckel ne me trouve déraisonnable si je dis qu'il semble être encore sous l'influence obscurcissante de superstitions géologiques, et qu'il aura à croire encore moins que maintenant à la perfection des annales géologiques. Il prétend, par exemple, qu'il n'y avait ni terre sèche, ni vie terrestre avant la fin de l'époque silurienne, sim-

plement parce que, jusqu'au temps actuel, on n'a
trouvé aucun indice d'organismes terrestres ou d'eau
douce dans les roches de plus ancienne date, et, en
spéculant sur l'origine d'un groupe donné, il remonte
rarement plus haut que l' « anté-période » qui précède
celle où ont été trouvés les restes des animaux appartenant à ce groupe. Ainsi comme les restes fossiles de
la plupart des groupes de Reptiles ont été trouvés
d'abord dans le Trias, ils sont supposés avoir commencé dans la période « Anté-triasique» ou entre les
époques Permienne et Triasique.

J'avoue que cela me paraît tout à fait incroyable.
Les dépôts permien et triasique se suivent complètement, il n'y a aucune sorte de discontinuité répondant à un «. Anté-trias » qui aurait été oublié, et ce
qui est plus encore, nous avons la preuve qu'il existait une terre sèche d'une étendue immense pendant la
formation de ces dépôts. Nous savons que dans la
terre sèche du Trias fourmillaient des reptiles de tous
les groupes sauf les Ptérodactyles, les Serpents et
peut-être les Tortues; il y a toute probabilité que les
vrais oiseaux y existaient, et certainement les mammifères. Il ne reste, au contraire, des habitants de la
terre sèche permienne, que quelques lézards. Est-il
concevable que ces derniers représentent réellement
toute la population terrestre de ce temps, et que le
développement des mammifères, celui des oiseaux, et
des formes supérieures des reptiles aient été effectués
dans le temps durant lequel les conditions permiennes disparaissaient et que les conditions triasiques
leur succédaient ? Une supposition pareille ne devient-

elle pas souverainement improbable lorsque dans les labyrinthodontes terrestres ou d'eau douce qui vivaient sur terre à l'époque carbonifère aussi bien qu'à celle du Trias, nous avons la preuve qu'une forme de vie terrestre persista, à travers tous ces siècles, sans modification importante ? Pour ma part, en considérant le peu de modification (sauf l'extinction) qu'ont subi les crocodiles, les lézards et les chéloniens, chez les Reptiles, depuis les temps mésozoïques les plus reculés jusqu'à nos jours, je ne puis m'empêcher de reculer l'existence de la souche commune d'où ils sont issus jusqu'à l'époque paléozoïque ; et j'appliquerais un raisonnement semblable à tous les autres groupes d'animaux.

IV. — Le professeur Haeckel propose nombre de modifications dans la taxonomie, qui sont toutes très dignes d'être prises en considération. Il établit, ainsi, une troisième division primaire du monde vivant, distincte à la fois des animaux et des plantes, sous le nom de Protistes, qui comprend les Myxomycètes, les Diatomées, et les Labyrinthcelées, qui sont, d'ordinaire classées comme plantes, avec les Noctiluques, les Flagellates, les Rhizopodes, les Protoplastes, et les Monères, qui sont, le plus généralement, compris dans le monde animal. Une tentative semblable a été faite, par d'autres auteurs, pour échapper à l'inconvénient d'appeler ces organismes douteux du nom de *plante* ou d'*animal*, mais j'avoue qu'il me semble que l'inconvénient évité dans une direction de cette manière, se rencontre dans deux autres. Le professeur Haeckel, lui-même, se demande si les Champignons ne devraient pas être placés dans ses Protistes. S'ils ne le sont pas, les Myxomycètes, en réalité, rendent presque impossible de tirer une ligne de démarcation entre les Protistes et les plantes. Mais s'ils le sont, qui définira la différence entre les Champignons et les Algues? Pourtant les Algues sont assurément, à tous égards, des plantes. D'autre part, le professeur Haeckel place les éponges parmi les Cœlentérés (ou polypes et coraux), avec le double inconvénient, me semble-t-il, de séparer les éponges de leurs parents immédiats, les Protoplastes, et de détruire la définition des Cœlentérés. De même, les Infusoires possèdent tous les caractères de l'animalité, mais on peut, à peine, dire d'eux qu'ils sont aussi évidemment apparentés avec les vers qu'ils le sont avec les Noctiluques.

Tout compte fait, il me semble plus commode de garder l'ancienne coutume d'appeler les formes inférieures qui tiennent plus de l'animal par leurs habitudes: Protozoaires, et celles qui se rapprochent plus du végétal: Protophytes.

Une autre innovation considérable est la proposition de diviser la classe des Poissons dans les quatre groupes de Leptocardiens, Cyclostomes, Poissons et Dipneustes. En ce qui concerne l'établissement d'une classe séparée pour l'Amphioxus je pense qu'il n'y a aucun doute sur la convenance de le faire, étant donné qu'il diffère infiniment plus des autres Poissons que ne font tous ceux-ci entre eux. Et on pourrait dire qu'un même avancement est dû aux Cyclostomes, ou Lamproies et Myxines. Mais si l'on considère le rapport étroit entre le Lepidosiren et les Ganoïdes, et les différences très grandes entre les Elasmobranches et Téléostéens, je doute fort qu'il convienne de séparer les Dipneustes, comme classe, des autres poissons.

Le professeur Haeckel propose de diviser le sous-règne des Vertébrés, d'abord, en deux provinces : les Leptocardes, et les Pachycardes ; l'Amphioxus étant compris dans la première division, et tous les autres vertébrés dans la seconde. Les Pachycardes sont ensuite divisés en Monrrhiniens qui contiennent les poissons Cyclostomes, qui se distinguent par leur unique ouverture nasale ; et les Amphirrhiniens comprenant les autres vertébrés, qui ont deux ouvertures nasales. Ceux-ci sont subdivisés en Anamniotes (Poissons, Dipneustes, Amphibiens), et Amniotes (Reptiles, Oiseaux, Mammifères). Cette classification exprime sans doute beaucoup des faits les plus importants de la structure des vertébrés d'une manière claire et concise; il reste à voir si elle est la meilleure qu'on puisse adopter.

Les Lémures se trouvent, à très juste titre, déplacés des Primates, sous le nom de Prosimiens. Mais je m'étonne d'apercevoir les Siréniens laissées dans le même groupe que les Cétacés, et les Plésiosaures avec les Ichthyosaures; la différence d'ordre de tous ceux-là ayant été, à mon sens, complètement établie depuis longtemps.

V. — Dans les spéculations du professeur Haeckel sur la phylogénie, ou généalogie des formes animales, il y a beaucoup de choses profondément intéressantes, et ses suggestions sont toujours soutenues par de saines connaissances et une grande ingéniosité. Que l'on soit de son avis où non, on sent qu'il a poussé l'esprit dans un ordre d'idées où il vaut encore mieux s'égarer que de rester immobile.

Pour résumer en peu de mots ses théories, il conçoit toutes les formes de la vie, comme ayant commencé primitivement sous forme de Monères, ou simples parcelles de protoplasme ; et ces Monères sont nées d'une matière non vivante. Quelques-unes d'entre elles ont acquis des tendances vers le mode de vie Protistique, d'autres vers le mode Végétal, et d'autres vers le mode Animal. Ces dernières devinrent les Monères animales. Quelques-unes d'entre elles acquirent un nucléus, et devinrent des êtres amiboïdes ; et, de quelques-uns de ceux-là, des animaux ciliés, ressemblant aux infusoires, se sont développés. Ces animaux se modifièrent en deux races ou souches : A, celle des Vers, et B, celle des Éponges. Cette dernière par des modifications progressives donna naissance à tous les Cœlentérés ; la première, à tous les autres animaux. Mais A se subdivisa bientôt en deux souches principales, dont une, *a*, devint la racine des Annélides, des Echinodermes, et des Arthropodes, tandis que l'autre, *b*, donnait naissance aux Polyzoaires et aux Ascidies, et produisait les deux souches des Vertébrés, et des Mollusques.

La proposition la plus satisfaisante de toutes celles que le professeur Haeckel nous présente est peut-être celle qu'il base sur les recherches de Kowalewsky au sujet du développement de l'Amphioxus et de l'Ascidie, où il prétend qu'il faut chercher dans une forme Ascidioïde l'origine des Vertébrés. Goodsir,

depuis longtemps, avait insisté sur la ressemblance
de l'Amphioxus et des Ascidiens; mais la notion
d'une relation génétique entre les deux, et surtout
l'identification de la notocorde des Vertébrés avec l'axe
de l'appendice caudal de la larve des Ascidiens, est une
nouveauté, qui, tout d'abord, il le faut avouer, nous
coupe la respiration. Je dois avouer, toutefois, que
plus j'y ai réfléchi, et plus j'ai trouvé de raisons en
sa faveur, bien que je ne sois pas convaincu qu'il y
ait un véritable parallélisme entre le mode de développement du ganglion de l'Ascidien, et celui de l'axe
cérébro-spinal des Vertébrés.

L'hypothèse non moins étonnante que les Echinodermes sont des vers fondus ensemble, d'autre part,
semble donner lieu à de sérieuses objections. Comme
anatomie, elle ne me semble pas correspondre à des
faits; car il n'y a pas de ver à squelette calcaire, ni
de ver ayant un nerf ventral en forme de bande, au-
dessus duquel repose un vaisseau ambulacraire. Et,
au point de vue du développement, la formation de
l'Echinoderme rayonné dans sa larve vermiforme me
semble analogue à la formation d'une méduse rayonnée
sur une souche d'Hydrozoaire. Mais une méduse n'est
sûrement pas le résultat de la coalescence d'autant
d'organismes qu'elle présente de segments morphologiques.

Le professeur Haeckel invoque les Crossopodes et
Phyllodocites fossiles comme exemples des formes An-
nélidiennes par la fusion desquelles les Echinodermes
peuvent avoir été produits; mais, même en supposant parfaite la ressemblance entre ces vers et des bras

détachés d'astéries, il est possible qu'ils soient le terme extrême, et non le commencement du développement des Echinodermes. Un échinoderme pentacrinoïde, avec une tige complètement articulée, se développe dans la larve de l'Antédon. N'est-il pas possible que la larve des Crossopodes ait développé un Echinoderme vermiforme?

Quant à la Phylogénie des Arthropodes, je suis disposé à en prendre une idée quelque peu différente de celle du professeur Haeckel. Il assure que la souche primitive de tout le groupe était un crustacé, ayant cette forme de Nauplius sous laquelle Fritz Müller a montré que tant de Crustacés commencent leur vie. Tous les Entomostracés sont nés de la modification de l'un ou l'autre de ces « Archicaridés » à forme de Nauplius. D'autres Archicaridés subissent une métamorphose ultérieure en forme de Zoé. De quelques-uns de ces « Zoœopodes » naquirent tous les autres Malacostracés, tandis que, d'autres, se développait quelque forme analogue au Galéode qui existe maintenant, d'où procédèrent, par une différenciation graduelle, tous les Myriapodes, les Arachnides et les Insectes.

Je serais porté à interpréter les faits de l'histoire embryologique et de l'anatomie des Arthropodes d'une manière différente. Les Copépodes, les Ostracodes et les Branchiopodes sont les Crustacés qui se sont le moins éloignés des formes embryonnaires ou du Nauplius, et, dans celles-ci, j'imagine que les Copépodes représentent de plus près les Archicarides hypothétiques. L'Apus et la Sapphirina indiquent le rapport de ces Archœocarides avec les Trilobites, et les Euryptérides relient les Trilobites et les Copépodes avec les Xiphosures. Mais les Xiphosures ont des relations anatomiques si étroites avec les Arachnides, et surtout avec l'arachnide la plus anciennement connue, le Scorpion, que je ne puis mettre en doute l'existence d'un rapport génétique entre ces deux groupes. D'autre part, les Branchiopodes, même de nos jours, se mêlent presque aux Podophthalmanés par les Nébalies. Puis, par les Trilobites, les Archicarides sont en relation avec des Edriophthalmes comme le Serolis. Les Stomatopodes sont des Edriophthalmes du type amphipode. D'autre part, les Isopodes mènent aux Myriapodes, et ces derniers aux Insectes. Ainsi le phylum Arthropode qui se présente à mon esprit, consiste en ce que les branches des Podophthalmaires, des Insectes (avec les Myriapodes) et des Arachnides, naissent séparément, d'une façon distincte de la souche Archæocaride et que les formes en Zoé ne se présentent qu'à l'origine de la branche Podophthalmaire.

Le phylum des vertébrés est le plus intéressant de tous, et le professeur Haeckel l'a discuté d'une manière admirable. Je ne puis noter que quelques points qui me semblent sujets à objection. Les Monorrhiniens, s'étant développés avec des Leptocardiens donnèrent naissance, suivant le professeur Haeckel, à une forme ressemblant à un requin, qui était la souche commune de tous les Amphirrhiniens. De ce Protamphirrhine se développèrent en lignes divergentes les vrais Requins, les Raies, et les Chimères; les Ganoïdes et les Dip-

neustes. Les Teleostéens sont des Ganoïdés modifiés.
Les Dipneustes donnaient naissance aux Amphibiens
qui sont la racine de tous les autres Vertébrés, parce
que c'est d'eux qu'ont été développés les premiers
vertébrés pourvus d'un amnios, ou les Protamniotes.
Les Protamniotes se séparèrent en deux branches,
l'une, celle des Mammifères, et l'autre commune aux
Reptiles et aux Oiseaux.

La seule modification qu'il me vient à l'esprit
de suggérer dans cette théorie générale de la Phylogénie des vertébrés est, que le « Protamphirrhine »
pourrait bien être plus ganoïde que requin. Suivant
nos renseignements actuels les Ganoïdes sont aussi
anciens que les Requins, et il est très intéressant d'observer que les restes des plus anciens Ganoïdes, les
Cephalaspis et les Ptéraspis, n'ont encore montré
aucune trace de mâchoires. Il est possible qu'ils relient
les Monorrhiniens aux Esturgeons parmi les Amphirrhiniens. D'autre part, les Ganoïdes Crossoptéry-
giens présentent la relation la plus étroite avec les
Lépidosirens et par eux avec les Amphibiens. On ne
doit pas oublier que le développement des Lamproies
montre de curieux traits de ressemblance avec celui
des Amphibiens, traits absents chez les Requins et les
Raies. Nous n'avons, malheureusement, pas de connaissance du développement des Ganoïdes, mais
leur cerveau et leurs organes reproducteurs sont plus
amphibies que ne le sont ceux des Requins.

Tout compte fait, j'incline à croire que le passage des Monorrhiniens aux Amphibiens est formé
par les Ganoïdes et les Lepidosiren ; tandis que les

Poissons osseux et les Requins sont des collatéraux divergents.

Je ne pense pas que personne soit à même de dire à quoi ressemblaient les Protamniotes, mais je ne pense pas que le Protérosaure, si complètement Lézard, ait rien à faire avec eux. Les reptiles les plus amphibies de caractère et qui, par conséquent, se rapprochent le plus des Protamniotes, sont les chthyosaures et les Chéloniens.

Il semble indubitable, ainsi que le suppose le professeur Haeckel, que les Didelphes ont été développés de quelque forme ornithodelphe ; mais les Sarigues et les Kangourous qui existent maintenant sont certainement extrêmement modifiés et éloignés de leurs ancêtres, les Prodidelphes, dont nous n'avons pas, actuellement, la moindre connaissance. Le mode par lequel les Monodelphes ont tiré d'eux leur origine est un problème très difficile, que le professeur Haeckel a laissé sans solution. Il considère les Prosimiens ou Lémuriens, comme étant la souche commune des animaux à caduque, et les Cétacés (parmi lesquels il comprend les Siréniens) comme des Ongulés modifiés. Quant à la dernière question, je n'ai guère de doute que les Siréniens ne rattachent les Ongulés aux Proboscidiens, et que les Cétacés ne soient des Carnivores très modifiés. Le passage des Phoques aux Cétacés par le Zeuglodon est complet. Je pense aussi qu'on peut bien soutenir l'opinion que les Insectivores représentent la souche commune des Primates (qui ont passé par les Prosimiens, les Cheiroptères, les Rongeurs et les Carnivores). Et je suis grandement enclin à chercher la

racine commune de tous les Ongulés, aussi bien, dans
quelques anciens mammifères sans caduque qui ressemblaient plus à des Insectivores qu'à toute autre
chose. D'autre part, les Edentés me semblent former
une série par eux-mêmes.

La dernière partie de cette analyse de la *Natürliche
Schöpfungs-Geschichte,* met en lumière, si vivement,
les points de divergence entre son éminent auteur et
moi, que je ne veux point finir sans rappeler au lecteur mon entier assentiment de la teneur et l'esprit
général de cet ouvrage, et la haute estime que j'ai
pour sa valeur.

V

LE CORAIL ET LES RÉCIFS DU CORAIL

Les produits de la mer connus généralement sous le nom de corail étaient supposés, par les anciens, être des algues douées de la singulière propriété de devenir dures et solides, quand on les retirait de leurs profondeurs natales et les mettait en contact avec l'air.

Sic et curalium, quo primum contigit auras
Tempore durescit: mollis fuit herba sub undis,

dit Ovide[1], et ce ne fut qu'au XVIIe siècle que Boccone eut la hardiesse, après une expérience personnelle des faits, de déclarer que ceux qui soutenaient cette idée n'étaient que des « idiots », qui avaient été conduits par la mollesse de l'enveloppe externe du corail rouge vivant à imaginer qu'il est tendre partout.

L'épithète rigoureuse de Messer Boccone est probablement imméritée, car l'idée qu'il contredit, selon toute probabilité, naquit d'une fausse interprétation de l'affirmation strictement vraie que tout pêcheur de corail fera à tout curieux qui le questionne, à savoir, que l'enveloppe externe du corail rouge est tout à fait molle quand on la retire de la mer. En

---

[1] Ovide, *Métamorphoses*, XV.

tout cas, il rendit service en éliminant cette erreur
des notions ayant cours au sujet du corail. Mais la
croyance que les coraux sont des plantes persista,
non seulement dans l'esprit populaire, mais chez les
savants, et elle reçut ce qui semblait une confirmation remarquable, par les recherches de Marsigli
en 1709. Ce naturaliste, en observant du corail rouge
pêché récemment, vit que ses branches étaient héris-
sées de ce qui semblait être des fleurs belles, délicates, ayant chacune huit pétales. Il est vrai que ces
« fleurs » pouvaient se dilater et se contracter, mais
leurs mouvements étaient à peine plus étendus ou plus
variés que ceux des feuilles de la sensitive, et, par conséquent, ne pouvaient être considérés comme s'opposant
à la conclusion que leur forme et leur groupement
sur une tige arborescente suggéraient si fortement.

Vingt ans plus tard, un élève de Marsigli, le jeune
médecin marseillais Peyssonel, conçut le désir d'étudier ces singulières plantes marines, et fut envoyé en
mission à la Méditerranée, dans ce but, par le gou-
vernement français. L'élève commença ses investiga-
tions, rempli de confiance dans les idées de son maître ;
mais, étant capable de voir et de juger par lui-même,
il ne tarda point à découvrir que ces idées ne répon-
daient aucunement à la réalité. Dans un essai intitulé
Traité du Corail, qui fut communiqué à l'Académie
des Sciences, mais qui n'a jamais été publié, Peyssonel
écrit :

« Je fis fleurir le corail dans des vases pleins d'eau
de mer et j'observai que ce que nous croyons être la

fleur de cette prétendue plante n'était, au vrai, qu'un insecte semblable à une petite Ortie ou Poulpe. J'avais le plaisir de voir remuer les pattes ou pieds de cette ortie, et ayant mis le vase plein d'eau où le corail était à une douce chaleur auprès du feu, tous les petits insectes s'épanouirent... L'ortie sortie étend les pieds et forme ce que M. de Marsigli et moi avions pris pour les pétales de la fleur. Le calice de cette prétendue fleur est le corps même de l'animal avancé et sorti hors de la cellule [1]. »

La comparaison des fleurs du corail avec « une petite ortie » est parfaitement juste, mais demande à être expliquée. L'« Ortie de mer » est, en réalité, l'« Anémone de mer », animal que tout le monde connaît depuis que la grande manie des aquariums a sévi, jusqu'aux limites extrêmes de l'ennui. En 1710, le grand naturaliste Réaumur avait écrit un mémoire dans le but exprès de démontrer que ces « orties » étaient des animaux ; et Peyssonel a dû certainement avoir connaissance de ce travail important. Donc, quand il déclarait que les « fleurs » du corail rouge étaient de petites « orties », cela revenait à dire que c'étaient des animaux de la même nature générale que les anémones de mer. Mais, pour les contemporains de Peyssonel, c'était une nouvelle extrêmement saisissante. Il était difficile d'imaginer l'existence d'une chose telle que l'association d'animaux dans un organisme ayant une tige et des branches comme une

---

[1] Cet extrait du manuscrit de Peyssonel est donné par M. de Lacaze-Duthiers dans son estimable *Histoire naturelle du Corail, organisation, reproduction, pêche en Algérie, industrie et commerce.* Paris, 1863, 1 vol. in-8 avec 20 pl. col. J.-B. Baillière.

plante, et fixé comme une plante au sol ; les naturalistes du jour préféraient n'y pas songer. Réaumur lui-
même ne pouvait se résoudre à en accepter l'idée, et,
la France ayant le bonheur de posséder des académiciens, dont la grande fonction (ainsi que feu l'évêque
Wilson et un écrivain moderne éminent l'ont si bien
montré) est de faire régner la douceur et la lumière, et
d'empêcher de grossiers personnages comme Peyssonel
de jeter à l'étourdie des vérités peu édifiantes, ils le
supprimèrent ; et, ainsi que nous l'avons dit, son grand
ouvrage resta manuscrit, et peut, de nos jours, être,
consulté par les curieux, dans cet état, à la Bibliothèque du Muséum d'Histoire Naturelle.

Peyssonel, qui était évidemment d'un caractère
sauvage et indomptable, loin d'apprécier les bontés
des académiciens qui lui donnaient le temps de réfléchir sur l'absurdité, pour ne pas dire la grossièreté
qu'il y a à faire des affirmations publiques en contradiction avec les vues de quelques-uns des membres
les plus distingués de leur corps, semble avoir été
amèrement blessé du procédé, car il envoya toutes
ses communications ultérieures à la Société Royale de
Londres, laquelle n'a jamais eu et n'aura jamais, nous
l'espérons, rien d'académique dans sa constitution ;
finalement, il partit pour la Guadeloupe et fut entièrement perdu pour la science.

Quinze ou seize ans après l'incident en question,
l'abbé Trembley publia ses merveilleuses recherches
sur l'*Hydre* d'eau douce. Bernard de Jussieu et Guet-
tard le suivirent avec des recherches analogues sur les
Anémones de mer et les Corallaires ; Réaumur, con-

vaincu malgré lui de l'entière justesse des idées de
Peyssonel, les adopta, et lui fit une sorte d'amende
honorable dans la préface du volume suivant des
Mémoires pour servir à l'histoire des insectes ; et,
depuis lors, la théorie de Peyssonel, que les coraux
sont l'œuvre d'organismes animaux, a fait partie du
corps des vérités scientifiques établies.

Peyssonel, dans l'extrait déjà cité de son mémoire,
compare l'animal, en forme de fleur, du corail, à un
« poulpe » qui est la forme française du nom « po-
lypode » — à plusieurs pieds — que les anciens naturalistes donnaient aux seiches à corps mou, qui, de
même que l'animal du corail, ont huit bras, ou tentacules, disposés autour d'une bouche centrale. Réaumur,
admettant l'analogie indiquée par Peyssonel, donna le
nom de *polypes* non seulement à l'Anémone de mer, à
l'animal du corail et à l'Hydre d'eau douce, mais à ce
qui est maintenant connu sous le nom de *Polyzoaires*,
et il appela le squelette qu'ils fabriquent un *polypier*.

Le progrès des découvertes, depuis le temps où
vivait Réaumur, nous a fait connaître, d'une manière
très complète, la structure et les habitudes de ces
polypes. Nous savons que, parmi les Anémones de mer
et les Corallaires, chaque polype (fig. 5) a une bouche
conduisant à un estomac, qui est ouvert à son extrémité interne et communique ainsi, librement, avec la
cavité générale du corps, que les tentacules placés
autour de la bouche sont creux et qu'ils tiennent
l'emploi de bras pour saisir et capturer la proie. On
sait que la plupart de ces êtres peuvent être multi-
pliés par division artificielle, les moitiés divisées

devenant, après quelque temps, des animaux complets
et séparés ; que beaucoup d'entre eux opèrent naturellement un processus très semblable, de telle façon
qu'un seul polype peut, par des divisions incomplètes
répétées, donner naissance à une sorte de nappe,
ou couche, formée d'innombrables descendants reliés
ensemble, et pourtant indépendants. Ou, ce qui est
encore plus commun, un polype peut émettre des
bourgeons, qui se changent en polypes, ou des branches.
portant des polypes, jusqu'à ce qu'une masse arborescente, quelquefois de dimensions considérables, soit
formée.

C'est ce qui arrive dans le cas du corail rouge du
commerce. Un polype minuscule, fixé au fond rocheux
de la mer profonde, pousse en tronc ramifié. L'extrémité de chaque branche et rameau se termine par
un polype, et tous ces polypes sont reliés ensemble
par une substance charnue, traversée par d'innombrables canaux qui mettent chaque polype en communication avec chacun des autres, et portent la
nourriture à la substance de la tige qui les soutient.
C'est une sorte de magasin coopératif naturel, chaque
polype servant le tout en même temps qu'il se sert
lui-même. L'intérieur de la tige, comme celui des
branches, est consolidé par un dépôt de carbonate de
chaux dans ses tissus, quelque peu de la même manière que nos propres os sont formés de matière animale imprégnée de sels de chaux, et c'est cette
charpente épaisse (ordinairement rougie par une
matière colorante particulière) débarrassée de l'en-
tourage animal mou, comme le cœur ligneux d'un

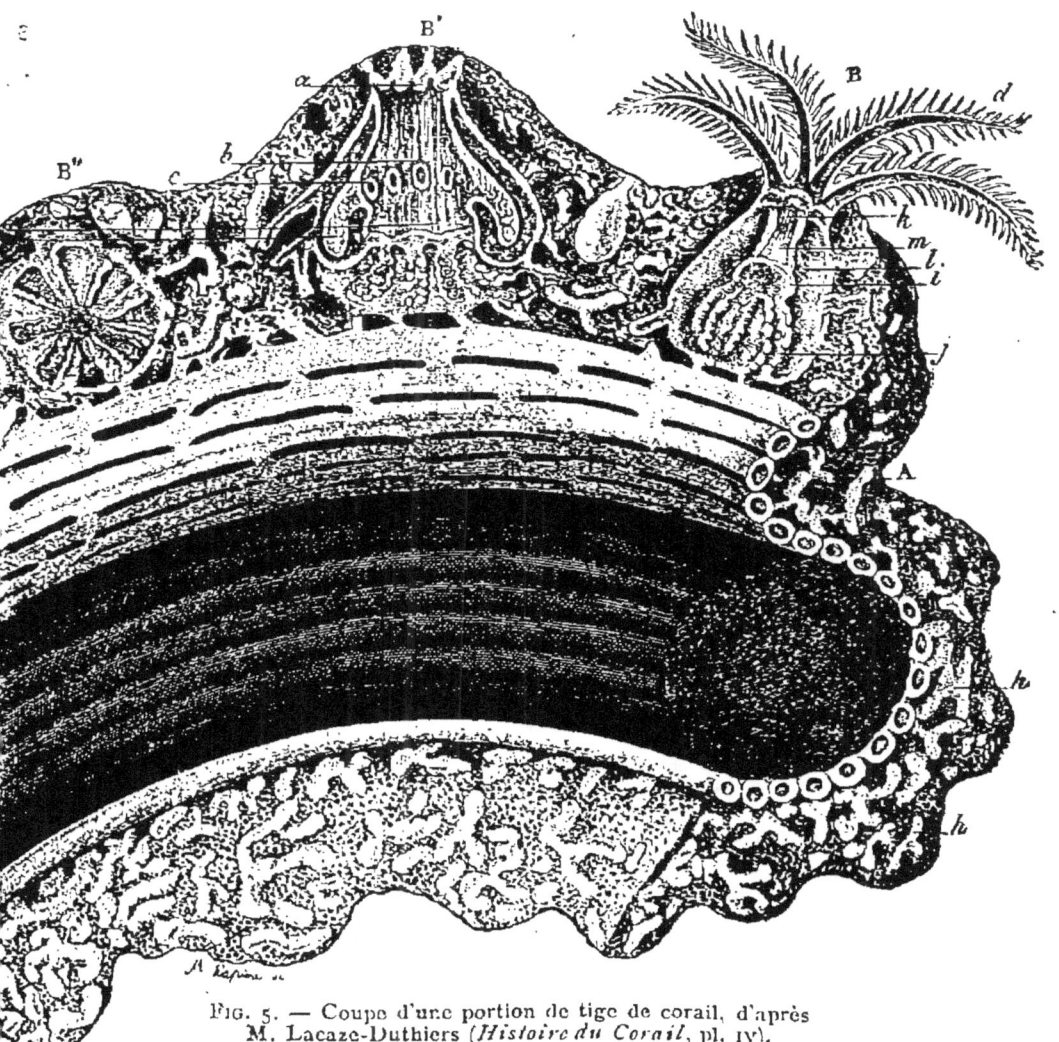

FIG. 5. — Coupe d'une portion de tige de corail, d'après
M. Lacaze-Duthiers (*Histoire du Corail*, pl. IV).

Portion d'une tige dont l'écorce a été fendue suivant la longueur et en partie
enlevée. — B B' B'', Polypes ouverts et vus dans des positions différentes. —
B, Polype dont les tentacules (*d*) sont épanouis ; — *h*, bouche. -- *m*, Œsophage.
— *i*, Bourrelet ou sphincter inférieur de l'œsophage. — *j*, Replis radiés ou
mésentéroïdes. — B', Polype à tentacules (*d*) rentrés dans les loges péri-
œsophagiennes ; *e*, espace circulaire autour de la bouche et œsophage ; *c*, ori-
fice correspondant aux tentacules retournés. — *b*, Partie du corps formant le
tube saillant lorsque l'animal est épanoui. — *a*, Festons du calice. — B'', Polype coupé profondément et montrant les huit cloisons rayonnantes ou replis
radiés, libres vers le milieu de la cavité. — A Λ, Sarcosomes avec ses vaisseaux
en réseaux irréguliers (*h*) ; en réseaux à tubes longitudinaux (*f*). — P, Polypier.
— *g*, Ses cannelures, dans lesquelles se logent les vaisseaux longitudinaux (*f*).

Fig. 6. — Ile élevée avec récifs en barrière et récifs en ceinture.

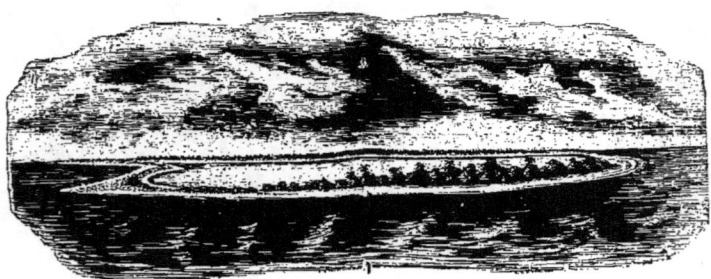

Fig. 7. — Ile madréporique ou Atoll.

arbre dépouillé de son écorce, qui est le corail rouge
(fig. 8, 9 et 10).

Dans le cas du corail rouge, la charpente dure appartient à l'intérieur des tiges et des branches seules;
mais, dans les coraux blancs, plus communs, chaque
polype a sa charpente osseuse qui lui est propre. Ces
polypes sont quelquefois solitaires, auquel cas tout
le squelette est représen-
té par un seul calice,
avec des compartiments
rayonnant du centre à la
circonférence. Quand les
polypes formés par la
gemmation ou la divi-
sion restent associés, le
polypier n'est quelque-
fois formé que d'un agré-
gat de ces calices, tandis
qu'en d'autres cas les
calices sont de suite
séparés et reliés ensemble
par une substance inter-
médiaire, qui représente

FIG. 8. — Fragment de corail rouge
avec polypes épanouis.

les branches du corail rouge. Le polype du corail
rouge est un animal relativement rare, habitant un
espace limité, dont la charpente n'a qu'une masse très
insignifiante, tandis que les coraux blancs sont très
communs, se trouvent dans presque toutes les mers, et
forment des charpentes parfois extrêmement massives.

A très peu d'exceptions près, les polypes du corail
rouge et blanc sont, à l'état adulte, fermement adhé-

rents au fond de la mer ; leurs bourgeons, non plus,
ne se détachent point et ne circulent point naturellement. Mais, outre la gemmation et la division, ces
êtres possèdent les moyens ordinaires de multiplication, et, à des saisons spéciales, donnent naissance à
d'innombrables œufs, de dimension infinitésimale. Les
jeunes se forment dans ces œufs qu'ils quittent dans
un état qui n'a aucune ressemblance avec l'animal par-

FIG. 10.—Fragment de corail
rouge à polypes étalés.

FIG. 9. — Branche de corail
avec polypes rétractés(d'après
Lacaze-Duthiers).

A, BB, Organes reproducteurs.
— o, r, i, Enveloppes.

A, B, B, Dentelures du
calice sarcosomique. — ab,
Corps de polype.—db, Péris-
tome et tentacules. — v. g,
h, Polype à moitié contracté.

fait. C'est, en réalité, un minuscule corps ovalé, plusieurs centaines de fois plus petit que l'être adulte, et
il nage avec une activité très grande à l'aide des multitudes de petits filaments ressemblant à des cheveux,
nommés *cils*, dont son corps est couvert. Les cils
frappent tous l'eau dans la même direction, et poussent
ainsi le petit corps en avant comme s'il était mû par
des milliers d'avirons extrêmement petits. Après avoir

joui de sa liberté pendant un temps plus ou moins
long et avoir été porté par la force de ses propres cils
ou par des courants qui le saisissent, le corail embryonnaire s'établit au fond, perd ses cils, et se fixe au rocher,
prenant peu à peu la forme de polype et croissant
jusqu'à ce qu'il atteigne la taille de ses parents. Les
polypes nouveau-nés du corail pouvant garder cet état
libre et actif bien des heures et même bien des jours,
et comme une marée ou un courant marin peut aisément couler à la vitesse de deux milles et plus à
l'heure, on conçoit que l'embryon doit souvent être
transporté à des distances considérables de ses parents.
Et l'on comprend aisément comment un seul polype,
qui peut donner naissance à des centaines et peut-être
des milliers d'embryons, peut, par ce processus de
migration en partie actif et en partie passif, couvrir
de sa progéniture un espace immense. Les masses de
corail formées par l'assemblage des polypes naissant
par gemmation ou division d'un seul polype atteignent
parfois de considérables dimensions. Les charpentes
sont quelquefois de grandes plaques, de beaucoup de
mètres de longueur et de plusieurs mètres d'épaisseur ;
ou elles peuvent former d'énormes demi-globes,
comme les Méandrines, ou atteindre la grandeur de
forts arbustes, ou même de petits arbres (fig. 11). Il y a
lieu de croire que des masses pareilles demandent un
assez long temps pour se former, et il suit de là qu'un
polypier ramifié ou étalé peut atteindre un âge considérable. Mais, tôt ou tard, les polypes du corail
meurent, de même que toute chose ; la chair molle se
décompose, tandis que la charpente reste, en masse

FIG. 11. — Types de coraux.

pierreuse, attachée au fond de la mer, où elle conserve son intégrité plus ou moins longtemps, selon que sa position lui donne plus ou moins de protection contre l'usure des vagues.

Les polypes du corail blanc se trouvent, avons-nous dit, dans les mers de toutes les parties du monde; mais dans les océans tempérés et froids, ils sont épars, et de grandeur relativement peu considérable, de sorte que les charpentes de ceux qui meurent ne s'accumulent pas en grande quantité. Mais il en est autrement dans la plus grande portion de l'Océan qui baigne les parties du monde les plus chaudes, portion comprenant une distance d'environ 1,800 milles de chaque côté de l'équateur. Dans la zone ainsi bornée, la majeure partie de l'Océan est habitée par des polypes à corail, qui non seulement forment des charpentes très fortes et très grandes, mais qui s'associent en grandes masses, comme les accumulations de tourbe auxquelles les plantes donnent lieu sur la terre ferme. Ces masses de matières pierreuses, entassées sous les eaux de l'Océan, deviennent aussi dangereuses pour les marins que des rochers ordinaires, et à elles, tout comme aux roches communes, l'homme de mer applique le nom de *récif*.

De semblables récifs de coraux couvrent plusieurs milliers de milles carrés dans les océans Indien et Pacifique. Il y a un récif, ou plutôt une grande série de récifs, appelée le *Récif-Barrière*, qui s'étend d'une manière presque continue, pendant plus de 1,100 milles au large de la côte orientale de l'Australie (fig. 10). Nombre d'îles du Pacifique sont des récifs elles-mêmes ou sont entourées de récifs. La mer Rouge est, en beaucoup de parties, un véritable labyrinthe de ces sortes de récifs, et ils n'abondent pas moins aux Indes occidentales, le long de la côte de Floride, et même aussi loin au nord que les îles Bahama.

Mais c'est une circonstance bien digne de remarque que, dans l'espace de ce que nous nommons la « zone du corail », il n'y a aucun récif de corail sur la côte occidentale d'Amérique ni sur la côte occidentale de l'Afrique, et c'est un fait général que les récifs sont interrompus, ou absents, en face de l'embouchure des grands fleuves. Les causes de ce caprice apparent dans la distribution des récifs de corail ne sont pas difficiles à pénétrer. Les polypes qui les fabriquent ont besoin, pour croître avec vigueur, d'une température qui ne descende pas au-dessous de 20° centigrades pendant toute l'année, et cette température ne peut se trouver que dans la zone envoisinant l'équateur, ou environ, citée plus haut. Mais, même dans la zone du corail, on ne trouve pas partout ce degré de chaleur. Sur la côte occidentale d'Amérique et sur la côte correspondante en Afrique, des courants d'eau froide venant des régions glaciaires qui entourent le pôle sud se dirigent vers le nord, et il semble que ce soit à leur influence refroidissante que la mer, dans ces régions, doit d'être affranchie de récifs. Et puis les polypes à corail ne peuvent vivre dans l'eau que des inondations de la terre rendent saumâtre, ou qui est troublée par de la boue de même provenance, et il suit de là qu'ils n'existent pas en face des embouchures de fleuves qui leur nuisent de ces deux manières.

Telle est la distribution générale des coraux constructeurs de récifs, mais il y a des circonstances très intéressantes et singulières à observer dans la conformation des récifs, quand nous les considérons individuellement. Les récifs, en réalité, sont de trois sortes.

Quelques-uns s'étendent en dehors, partant du rivage, presque comme une prolongation de la grève, couverte seulement d'eau peu profonde et, quand il s'agit d'une ile, l'entourant comme une frange de largeur peu considérable. C'est là ce qu'on appelle des « récifs frangés ou côtiers ».

D'autres sont séparés de la terre la plus proche par un chenal qui peut atteindre une largeur de beaucoup de milles et une profondeur de 20 ou 30 brasses, ou plus ; et, quand cette terre est une ile, le récif l'entoure comme un mur bas, et la mer entre le récif et la terre forme, pour ainsi dire, un fossé en dedans de ce mur. Des récifs de ce genre sont appelés « annulaires » quand ils entourent une ile, et « récif-barrière » quand ils s'étendent parallèlement à la côte d'un continent. Dans ces deux cas, il y a de la terre ferme ordinaire en dedans du récif, qui n'en est séparée que par un espace de mer plus ou moins étroit ou large, plus ou moins profond, qu'on appelle « lagune » ou « passage intérieur ».

Mais il y a une troisième espèce de récifs, qui se voit très communément dans les océans Pacifique et Indien, et qui porte le nom d' « atoll » (fig. 11, 12, 13 et 14). C'est, à tous égards, un récif annulaire qui n'a rien à entourer, ou, en d'autres termes, sans île

au milieu de sa lagune. L'atoll a exactement l'apparence d'une vaste digue irrégulièrement ovale, ou circulaire, qui renferme de l'eau calme. La profondeur
de l'eau dans la lagune dépasse rarement 20 ou
30 brasses, mais, en dehors du récif, elle devient très
rapidement profonde de 200 ou 300 brasses. La profondeur, immédiatement en dehors des récifs-barrière
ou récifs annulaires, peut aussi être très considérable,
mais, à l'extrémité extérieure d'un récif frangé, elle ne
dépasse pas d'ordinaire 20 ou 25 brasses, en d'autres
termes, de 120 à 150 pieds.

Ainsi, si l'on pouvait drainer subitement toute l'eau
de l'Océan, nous verrions les atolls s'élever de leur
couche marine comme de vastes cônes tronqués et
ressembler à autant de cratères de volcan, sauf que
leurs flancs seraient plus escarpés que ceux d'un
volcan ordinaire. Dans le cas des récifs côtiers, le
cône, avec l'île entourée, ressemblerait au Vésuve
avec le Monte Nuovo dans le vieux cratère de Somma;
tandis qu'enfin l'île à récif frangé aurait l'apparence
d'une colline ou montagne ordinaire, ceinte d'un vaste
parapet, dans lequel se trouverait enclos un fossé peu
profond. Et le lit desséché de l'Océan Pacifique pourrait permettre à un habitant de la lune de méditer sur
l'extraordinaire activité souterraine dont ces cratères
vastes et nombreux porteraient témoignage.

Quand on examine la structure d'un récif frangé,
on trouve le fond de la lagune couvert d'une fine boue
blanchâtre qui provient de la destruction des coraux
morts. Sur ce fond de boue, croissent, ici et là,
quelques coraux vivants, à côté de grandes masses de

corail mort que les tempêtes ont arrachées du bord
extérieur du récif et rejetées dans la lagune. Les coquillages et les vers de diverses espèces abondent, et
des poissons, dont quelques-uns font leur proie du
corail, se jouent dans les flaques d'eau les plus profondes. Mais le corail qui croit dans les eaux basses de
la lagune est d'une espèce différente de celui qui
abonde sur le bord externe du récif, et dont le récif
même est construit. Près du bord du récif regardant
l'Océan, sur lequel, même en temps de calme, il y a
toujours un ressac de la mer, la roche du corail est
recouverte d'une épaisse couche d'un singulier organisme végétal, qui contient beaucoup de chaux, — le
Nullipore. Au-delà de celui-ci, dans la partie du récif
que couvrent toujours les vagues en s'y brisant, les
vrais polypes vivants du récif font leur apparition,
et, sous différentes formes, revêtent la face maritime
escarpée du récif jusqu'à une profondeur de 40 ou
même de 150 mètres. Au-delà de cette profondeur la
sonde repose, hon sur la paroi du récif, mais sur le fond
de mer incliné, d'ordinaire. Et la distance à laquelle un
récif entourant est placé de terre correspond à celle
où la mer a une profondeur de 40 mètres environ.

Si, comme nous l'avons supposé, la mer pouvait se
retirer subitement d'autour d'une ile pourvue de récifs
frangés, comme l'est celle de Maurice, le récif présenterait l'aspect d'une terrasse, dont la face tournée vers
la mer, haute de 35 mètres au plus, porterait les fleurs
animales du corail, tandis que sa surface serait creusée
en excavation peu profonde et irrégulière, ressemblant
à un fossé.

La boue de corail, occupant le fond de la lagune, et
dont tous les interstices sont remplis de squelettes de
corail, qui, en s'agglomérant, forment le récif, ne pro-
cède pas seulement de l'action des vagues ; d'innombrables poissons et autres êtres qui vivent du corail
apportent un tribut très important de matière calcaire
finement triturée ; et le corail et la boue s'incorporent,
durcissent graduellement, et donnent naissance à une
sorte de roche calcaire qui varie beaucoup de tex-
ture. Quelquefois elle reste friable et calcaire, mais,
le plus souvent, l'infiltration de l'eau chargée d'acide
carbonique dissout un peu la matière calcaire et
la dépose ailleurs, dans les interstices de la roche
naissante, collant et cimentant ainsi toutes les parcelles en une masse dure ; ou même elle peut dissoudre encore plus complètement le carbonate de
chaux, et le déposer de nouveau sous une forme cris-
talline ; sur la rive de la lagune, où le corail est apporté,
disposé en couches par l'action des vagues, ses grains
deviennent ainsi fondus ensemble en dépôts de chaux
si durs qu'ils résonnent quand on les frappe avec un
marteau, et inclinés à un angle modéré correspondant
à celui de la surface de la grève. Les parties dures des
nombreux animaux vivant sur le récif s'incrustent
dans ce calcaire coralliaire, de telle sorte qu'on y
trouve des coquilles de bivalves et d'univalves, ou
d'oursins, et quelquefois même des œufs de tortues
dans un état de pétrification. La croissance active et
vigoureuse du récif ne se continue que sur les bords
tournés vers la mer, où les polypes sont exposés à être
lavés par le ressac, et sont ainsi pourvus abondamment

d'air et de nourriture. La partie interne du récif peut être considérée presque tout entière comme une agglomération de charpentes d'animaux morts. Lorsqu'une rivière descend de terre, le récif s'interrompt pour les raisons qui ont déjà été mentionnées.

L'origine et le mode de formation d'un récif frangé, tel que celui qu'on vient de décrire, sont assez simples. Les embryons des polypes à corail se sont fixés sur la grève submergée de l'île, à la distance, au large, compatible avec leur vie, c'est-à-dire ne dépassant pas une profondeur de 40 mètres environ. Une génération a succédé à l'autre, s'élevant sur les squelettes de celle qui l'a précédée. La masse a été consolidée par l'infiltration de la boue coralliaire et durcie par la solution partielle et le dépôt à nouveau jusqu'à ce qu'un grand rempart de roche de corail, de 40 mètres à peu près de haut, à sa face maritime, ait été formé tout autour de l'île, sans autres brèches que celles qui résultent d'embouchures de rivières.

La structure de l'accumulation rocheuse, dans les récifs annulaires et dans les atolls est essentiellement semblable à celle du récif frangé. Mais, outre les différences de profondeur à l'intérieur et à l'extérieur, ces derniers présentent quelques autres particularités ; les récifs, les atolls surtout, sont habituellement interrompus à une partie de leur circonférence, et cette partie est toujours du côté le plus abrité du récif. Comme tous ces récifs sont situés dans la région où dominent les vents alisés, il s'ensuit qu'au nord de l'équateur où le vent alisé est nord-est l'ouverture du récif est du côté sud-ouest ; tandis que, dans l'hémisphère sud, où les vents alisés soufflent du sud-est, l'ouverture se trouve au nord-ouest. La conséquence pratique de ces dispositions est que les lagunes de ces récifs forment réellement d'admirables havres, pourvu qu'un navire puisse y pénétrer. Mais la différence principale entre les récifs annulaires et les atolls, d'une part, et les récifs frangés, de l'autre, consiste en la beaucoup plus grande profondeur de l'eau du côté maritime des premiers. Par suite de ce fait, toute la façade n'est point, comme dans le récif frangé, couverte de polypes à corail. Car, ainsi que nous l'avons vu, ces polypes ne peuvent vivre à une profondeur dépassant environ 40 mètres ; et l'observation a montré que tandis qu'à cette profondeur la sonde rapporte des branches de corail vivant de la paroi externe d'un récif de ce genre, à une profondeur plus grande, elle ne remonte à la surface que du corail mort et du sable coralliaire. Nous devons, par conséquent, nous représenter un atoll, ou un récif annulaire, comme étant frangé, jusqu'à 35 mètres au plus de son sommet, de polypes occupés à fabriquer leur corail, tandis qu'au-dessous de cette ceinture relativement étroite, sa surface n'est qu'une étendue nue et unie de sable coralliaire que soutient un noyau de chaux de même sorte. Si donc le lit du Pacifique était subitement mis à nu, ainsi qu'on vient de le supposer, l'aspect des montagnes à récif serait exactement l'inverse de celui que présentent beaucoup de hautes montagnes sur terre. Car ces dernières sont blanches de neige à leur sommet, tandis que leurs bases sont revêtues d'une végétation abondante et brillamment colorée. Mais les montagnes de corail, au contraire, seraient grises et stériles en bas, tandis que leurs cimes seraient ornées d'un parterre à riches couleurs, de polypes de corail en forme de fleurs.

Les difficultés pratiques de sonder et de ramener à la surface des parties de la face marine d'un atoll ou d'un récif annulaire sont si grandes, par suite de la houle constante et dangereuse qui y règne, qu'on n'a pu encore obtenir de renseignements exacts sur la profondeur des récifs composés de corail. Il y a tout lieu de croire, toutefois, que le cône du récif a la même structure de son sommet à sa base, et que sa paroi marine est, dans toute son étendue, principalement composée de corail mort.

Mais voici une objection sérieuse. Si les polypes du corail ne peuvent vivre à une plus grande profondeur que 30 ou 50 mètres, comment peuvent-ils avoir construit la base du cône du récif, qui peut être à 800 mètres, ou plus, au-dessous de la surface de la mer ?

Pour répondre à cette objection, on a supposé, autrefois, que les polypes constructeurs de récifs s'étaient établis sur les sommets d'une chaîne de montagnes sous-marines. Mais qu'y a-t-il dans la géographie physique qui puisse justifier l'affirmation de l'existence d'une chaîne de montagnes de 1,500 kilomètres de longueur, ou même plus, et de montagnes de hauteurs tellement pareilles qu'aucune ne s'élève au-dessus du niveau de la mer ni ne tombe à 30 mètres au-dessous de ce niveau ?

Et puis encore, dans cette hypothèse, comment

expliquer les atolls, à moins que, ainsi que l'ont fait quelques-uns, nous n'adoptions la supposition absurde que chaque atoll correspond au cratère d'un volcan sous-marin ? Et quelle explication aurait-on du fait qu'en quelques parties de l'Océan il n'y a que des atolls et des récifs annulaires, tandis que d'autres n'ont que des récifs frangés.

Ces faits énigmatiques et d'autres semblables restèrent sans solution jusqu'à la publication (1840) du fameux ouvrage de Darwin [1], où se trouve la clé de tous les problèmes difficiles concernant ce sujet, et où l'on montre que chaque difficulté pouvait être résolue par un raisonnement déductif, par une heureuse combinaison de certaines vérités géologiques et biologiques bien établies. Darwin a prouvé, en réalité, que tant que le niveau de la mer ne change pas dans un espace où se forment des récifs de corail, ou si le niveau de la mer s'abaisse, relativement à celui de la terre, les récifs frangés seuls peuvent être formés. Tandis que si, au contraire, le niveau de la mer s'élève, relativement à celui de la terre, avec une vitesse qui ne dépasse pas celle de la croissance du haut du corail, le récif passera, par degrés, de l'état de récif frangé à celui de récif annulaire ou barrière. Et, finalement, si le niveau relatif de la mer s'élève assez pour que la terre enclose soit submergée, le récif passe nécessairement à l'état d'atoll.

Car supposons que le niveau relatif de la mer reste stationnaire après que le récif frangé a atteint

[1] Darwin, *Les Récifs de Corail*. Trad. de l'anglais par L. Cosserat. Paris, 1878.

Fig. 12. — La végétation des Atolls.

Fig. 13. — Coupe d'un récif coralliaire.

Fig. 14. — Coupe d'un récif coralliaire.

la distance de terre où la profondeur de l'eau est de 50 mètres. Alors le récif ne peut s'étendre vers la mer par la migration de germes du corail, parce que ces germes trouveraient le fond de la mer trop profond pour qu'ils pussent y vivre. Et la seule manière dont le récif pourrait s'étendre au dehors, serait par l'accumulation graduelle, au pied de sa façade vers la mer, d'un talus de fragments de corail, arrachés par la violence des vagues, talus qui pourrait, au cours du temps, devenir assez haut pour amener sa surface supérieure dans les limites où peut s'effectuer la croissance du corail, et de cette façon préparer une sorte de fond de mer factice sur lequel les embryons du corail peuvent se fixer. Si, d'autre part, le niveau de la mer s'abaissait lentement et graduellement, il est évident que les parties de son fond primitivement au-delà des limites où croit le corail seraient ramenées graduellement à la distance requise de la surface, et de la sorte le récif s'étendrait indéfiniment. Mais ce processus ne créerait ni un récif côtier ni un atoll, mais une large ceinture de roche coralliaire soulevée, augmentant les dimensions de la terre ferme, et continue, vers la mer, avec le nouveau récif frangé.

Supposons toutefois qu'au lieu de baisser le niveau de la mer montât, au taux lent et graduel où nous savons qu'il monte en quelques parties du monde, pas plus en réalité que de quelques centimètres, ou tout au plus d'un pied (30 centimètres) par siècle. Alors, tandis que le récif ne pourrait plus s'étendre vers la mer, le fond de mer se trouvant, vers le large, de plus en plus éloigné de la profondeur où la vie du polype à corail seule est possible, il monterait aussi vite que la mer s'élèverait, mais cette croissance aurait lieu, presque exclusivement, autour de la circonférence du récif, cette région étant la seule dans laquelle les polypes du corail trouveraient les conditions favorables à leur existence. Le fond de la lagune s'élèverait, principalement, par les débris de corail et de boue coralliaire formés de la manière que nous avons décrite ; par conséquent les bords du récif s'élèveraient plus vite que le fond, ou, en d'autres termes, la lagune deviendrait constamment plus profonde. Et, en même temps, elle augmenterait graduellement de largeur ; la mer, en montant, couvrirait de plus en plus la terre, et occuperait un espace plus large entre le bord du récif et ce qui resterait de la terre. Ainsi la mer montante finirait par convertir une grande île à récif frangé, en une petite île entourée d'un récif annulaire. Et l'on voit d'avance que, quand l'élévation de niveau de la mer sera parvenue à couvrir les points les plus élevés de l'île, le récif aura passé à l'état d'atoll.

Mais comment est-il possible que le niveau relatif de la terre et de la mer change à tel point ? Évidemment, de deux manières seulement : ou la mer aura gagné sur des espaces qui sont couverts maintenant par des atolls et des récifs annulaires ; ou bien la terre sur laquelle repose la mer doit avoir été déprimée d'autant.

Si la mer s'est élevée, son élévation a dû avoir lieu sur le monde entier simultanément, et doit avoir atteint la même hauteur sur toutes les parties de la zone coralliaire. On a donné des raisons pour soutenir

l'idée que le niveau de la mer a différé suivant les
époques; on a suggéré par exemple que l'accumulation
des glaces vers les pôles pendant une des périodes
froides de l'histoire de la terre implique nécessairement une diminution dans le volume de la mer pro-
portionnée à la quantité de son eau ainsi enfermée
d'une façon permanente dans les glacières arctique et
antarctique ; tandis qu'aux périodes chaudes la disparition plus ou moins grande de la calotte de glace au
pôle implique une addition correspondante d'eau dans
l'Océan. Nul doute que ce raisonnement ne soit fondé,
en principe ; bien qu'il soit difficile d'apprécier quel
effet pratique les additions et soustractions ainsi faites
peuvent avoir eu sur le niveau de l'Océan, d'autant
plus que ces additions et soustractions pourraient être
soit intensifiées, soit annulées par des changements
contemporains du niveau de la terre. Et personne n'a
encore pu démontrer qu'il y ait eu une telle fusion de
glace polaire, et une élévation conséquente du niveau
de l'Océan, depuis que les atolls existants ont commencé à se former.

En l'absence de toute preuve que la mer se fût jamais élevée dans le degré nécessaire pour faire naître
les récifs annulaires et les atolls, Darwin a adopté
l'hypothèse inverse, à savoir : que la terre a subi un
affaissement considérable et lent dans les localités où
existent ces récifs.

Il semble d'abord que supposer la terre moins stable
que la mer soit un étrange paradoxe ; mais la géologie donne un témoignage uniforme en faveur de cette
opinion. On trouve des dépôts de grès ou de chaux,

de centaines de mètres d'épaisseur, et remplis de restes marins, dans diverses parties de la surface terrestre, dépôts qui prouvent, d'une manière indubitable, que lorsque les dépôts ont été formés, la partie du fond de la mer qu'ils occupaient alors avait subi un affaissement lent et graduel à une profondeur qui ne peut avoir été moindre que l'épaisseur de ces couches, et peut avoir été beaucoup plus grande. En supposant, par conséquent, que les grandes aires des océans Pacifique et Indien, sur lesquelles on trouve épars les atolls et les récifs côtiers, ont subi une dépression de plusieurs centaines ou même milliers de mètres, Darwin fit une supposition qui n'avait rien de forcé ni d'improbable, mais s'accordait entièrement avec ce que nous savons s'être passé sur des aires d'une étendue similaire, à d'autres périodes de l'histoire du monde. Mais Darwin soumit son hypothèse à une pierre de touche indirecte mais ingénieuse. Si sa théorie est exacte, il est clair que ni les atolls, ni les récifs annulaires ne doivent se trouver dans les parties de l'Océan où nous avons lieu de croire, d'après des raisons indépendantes, que le fond de la mer a été longtemps stationnaire, ou s'élève lentement. Chacun sait que, en règle générale, le niveau de la terre est stationnaire ou se soulève avec lenteur, dans le voisinage des volcans actifs, et par conséquent ni les atolls ni les récifs annulaires ne devraient se trouver dans des régions où les volcans sont nombreux et en activité. Et c'est précisément ce qui est arrivé. Ajoutée au grand ouvrage de Darwin sur les récifs de corail est une carte où atolls et récifs annulaires sont indiqués par une couleur, les récifs frangés

par une autre, et les volcans en activité par une troi
sième. Et il devient tout de suite évident que les lignes
de volcans actifs sont le long des bords des territoires
occupés par les atolls et les récifs côtiers. C'est exactement comme si les actions de soulèvement volcanique
avaient relevé les bords de ces grandes aires, tandis que
leurs centres subissaient une dépression correspondante. Bref, on peut définir le territoire d'un atoll
comme une sorte de bassin dont les bords ont été poussés en haut par les forces souterraines auxquelles, par
intervalles, les cratères des volcans laissent passage.

Ainsi nous devons imaginer l'espace du Pacifique
que couvre maintenant l'archipel Polynésien comme
ayant été, autrefois, occupé par de grandes îles, ou
peut-être par un grand continent, renfermant, comme
d'ordinaire, des plaines, des collines et des chaines de
montagnes. Les bords de ce grand pays étaient sans
doute frangés par des récifs de corail, et. à mesure qu'il
subissait un lent affaissement, les régions montagneuses, converties en îles, commencèrent d'abord par
être entourées de récifs frangés, et puis, à mesure que
l'affaissement continuait, ceux-ci se transformèrent
en récifs annulaires, et ces derniers, finalement, en
atolls jusqu'à ce qu'un labyrinthe de récifs et d'ilots
à ceinture de corail eût pris la place des masses
primitives.

Ainsi les atolls et les récifs annulaires nous fournissent un témoignage clair, bien qu'indirect, des
changements de la géographie physique de parties
considérables de la surface terrestre, et même, ainsi
que mon regretté ami, le professeur Jukes, l'avait sug-

géré, nous donnent des indications sur la manière dont quelques-uns des faits les plus embarrassants concernant la distribution des animaux ont été amenés. Par exemple, l'Australie et la Nouvelle-Guinée sont séparées par le détroit de Torres, une ceinture de mer ayant de 150 à 180 kilomètres de largeur. Néanmoins, il y a, à beaucoup d'égards, une ressemblance curieuse entre les animaux terrestres qui habitent la Nouvelle-Guinée et ceux qui habitent l'Australie. Mais, en même temps, les coquillages marins qu'on trouve dans les eaux peu profondes de la Nouvelle-Guinée diffèrent totalement de ceux qu'on rencontre sur la côte d'Australie. L'extrémité orientale du détroit de Torres est remplie d'atolls qui, en réalité, forment le terme septentrional du grand Récif-Barrière qui longe la côte orientale de l'Australie. Il s'ensuit, par conséquent, que l'extrémité orientale du détroit de Torres est une aire d'affaissement, et il est très possible et, pour beaucoup de raisons, fort probable qu'autrefois l'Australie et la Nouvelle-Guinée étaient directement en rapport, et que le détroit de Torres n'existait pas. Si tel est le cas, l'existence des Casoars et des Marsupiaux à la fois en Nouvelle-Guinée et en Australie devient facile à comprendre, tandis que la différence des mollusques du littoral des plages nord et sud du détroit de Torres est aisément expliquée par la grande probabilité que, lorsque l'affaissement eut lieu, et que ce qui était d'abord un bras de mer fut converti en détroit séparant l'Australie de la Nouvelle-Guinée, la plage septentrionale de cette nouvelle mer fut occupée par des animaux marins du nord, tandis que la plage méridionale était peuplée par des immigrants de la faune australienne marine déjà existante.

Dans la mesure où la croissance du récif dépend de celle de générations successives de polypes à corail, et où chaque génération prend un temps donné pour atteindre ses complètes dimensions et ne peut extraire les éléments de son squelette calcaire de l'eau dans laquelle elle vit que selon certaines proportions, il est évident que les récifs sont des annales, non seulement des changements dans la géographie physique, mais aussi du cours des temps. Il n'est cependant pas facile d'estimer exactement la valeur de la chronologie du récif, et les essais qu'on a faits pour déterminer la rapidité avec laquelle un récif pousse en hauteur n'ont donné rien moins que des résultats précis. Un écrivain prudent, M. Dana, dont l'étude considérable qu'il a faite du corail et de ses récifs fait un juge des plus compétents en cette matière, énonce sa conclusion comme suit :

« Le taux de croissance du madrépore à branches commun ne dépasse pas 4 centimètres par an. Comme les branches sont ouvertes, cela n'équivaudrait pas à plus de 12 ou 15 millimètres en hauteur de corail solide pour toute la surface recouverte par les madrépores ; et comme, en outre, les madrépores sont poreux, cela ne donnerait guère que 10 millimètres de chaux solide. Mais un banc de corail a de grands espaces vides, sans corail, et les sables coralliaires sont largement dispersés par des courants, quelques-uns à des profondeurs de plus de 30 mètres où ne se trouve aucun corail vivant ; de la sorte, il n'y a pas plus d'un sixième de la surface d'une région de récifs qui soit, en réalité, couverte par l'espèce en état de croissance. Ceci réduit les trois huitièmes à *un seizième*. Des coquillages et autres débris organiques peuvent contribuer pour un quart à la masse, au plus ; l'augmentation moyenne en hauteur de toute l'étendue du récif, en un an, ne dépasserait pas 3 millimètres.

Il y a des récifs qui ont 600 mètres d'épaisseur, pour le moins, ce qui, à 3 millimètres par an, correspond à deux cent mille ans [1]. »

Réduisez cette estimation à la moitié ou au quart, afin d'être sûr de rester en-deçà de la vérité, et il reste encore une période prodigieuse pendant laquelle les ancêtres des polypes à corail de nos jours ont travaillé sans être dérangés, et durant laquelle, par conséquent, les conditions climatériques de l'habitat du corail ont dû, en une grande mesure, être ce qu'elles sont à cette heure.

Et toute cette époque s'est passée durant la période la plus récente de l'histoire de la terre. Les restes des récifs formés par les coraux d'espèces différentes de celles qui existent maintenant entrent pour une bonne part dans la composition des calcaires de l'époque jurassique ; et bien plus différents encore sont les coraux qui ont contribué à former les énormes couches carbonifères et dévoniennes.

Au sujet de ce dernier groupe de roches en Amérique, l'éminent auteur déjà cité nous dit :

« La période de l'Helderberg supérieur est éminemment la période de récifs de corail des siècles

[1] Dana, *Manual of Geology*, p. 391.

paléozoïques. Beaucoup de ces roches abondent en corail, et sont aussi authentiques, comme récifs de coraux, que les récifs modernes du Pacifique. Les coraux sont quelquefois sur les roches dans la position qu'ils occupaient pendant leur croissance ; d'autres sont épars ou fragmentés, tels que les vagues les ont brisés et accumulés ; d'autres ont été réduits en calcaire compact par la trituration la plus fine avant d'être consolidés en roches. Cette variété compacte est l'espèce la plus commune parmi les roches de récifs à coraux des mers actuelles, et elle ne contient souvent que peu de fossiles distincts, bien que formée dans de l'eau où la vie abondait ; à la chute de l'Ohio qui se trouve près de Louisville, il y a un magnifique développement de vieux récifs. Des *Favosites* hémisphériques, de 1^m,50 et plus de diamètre, reposent là, aussi parfaits que lorsque leurs polypes en forme de fleurs les recouvraient, et, à côté, sont divers coraux à branches et une profusion de *Cyathophyllia*[1]. »

Ainsi, à toutes les grandes périodes de l'histoire de la terre dont nous sachions quelque chose, une partie de la matière qui vivait alors a eu la forme de polypes capables de séparer de l'eau de la mer le carbonate de chaux nécessaire à leur propre charpente. Grain à grain, parcelle par parcelle, ils ont bâti de vastes masses de roches, dont l'épaisseur se compte par centaines de pieds, et l'étendue par milliers de kilomètres carrés. Les lentes oscillations de la croûte terrestre, produisant de grands changements dans la distribution de la terre et de l'eau, ont souvent obligé la matière vivante des constructeurs de corail à.

---

[1] Dana, *Manual of Geology*, p. 272.

changer le lieu de leurs opérations; et, par la variation et l'adaptation à ces modifications de leurs conditions, les formes ont changé tout aussi souvent.
L'œuvre accomplie dans le passé est en grande partie
balayée par le temps, mais il en reste des fragments;
et, à défaut d'autre preuve, suffirait à prouver la constance générale des opérations de la nature en ce
monde, à travers des périodes d'une durée presque
impossible à concevoir.

VI

L'ORIGINE ET LES PROGRÈS DE LA PALÉONTOLOGIE [1]

L'homme qui, le premier, à la vue d'un coquillage, d'un ossement enfoui dans le sable ou dans un bloc de roche, se prit à réfléchir sur la nature du « fossile » qu'il venait de découvrir et sur les causes qui avaient amené là un tel objet, fit cette première application des sciences biologiques et géologiques que nous appelons aujourd'hui la *paléontologie*.

Sous cette forme rudimentaire, on peut attribuer une haute antiquité à la paléontologie, puisque nous savons que les écrits du philosophe Xénophane de Colophon, qui vivait cinq cents ans avant l'ère chrétienne, mentionnent la découverte de restes fossiles dans les carrières de Syracuse.

Depuis cette époque, les philosophes et même les poètes, les historiens, les géographes anciens parlent des fossiles, et à l'époque de la Renaissance des controverses animées s'élèvent sur leur nature véritable.

Toutefois, il n'y a guère plus de deux cents ans que le problème fondamental a été traité sérieusement, et

[1] Association Britannique pour l'Avancement des Sciences. Traduction publiée dans la *Revue scientifique*, 20 mai 1882, et reproduite avec quelques corrections avec l'autorisation de M. le professeur Richet,.

c'est au siècle dernier que la valeur archéologique des fossiles, j'entends leur importance au point de vue de l'histoire de la terre, a été pleinement reconnue.

La première étude des restes fossiles d'un groupe important de Vertébrés fut faite par Cuvier [1] en 1822. Quant à la paléontologie stratigraphique, elle est encore si récente que son inventeur, William Smith, vécut assez pour recevoir, en juste récompense de sa découverte, la première médaille de Wollaston, en 1831.

Bien que la paléontologie soit comparativement une science bien jeune, la quantité des matériaux d'étude qu'elle a déjà devant elle est vraiment prodigieuse. Dans ces cinquante dernières années, le nombre des restes d'invertébrés fossiles connus a triplé et quadruplé.

L'interprétation des Vertébrés fossiles, si bien commencée par Cuvier, fut continuée avec une activité et un succès remarquables, par Agassiz en Suisse, von Meyer en Allemagne, et enfin par Owen en Angleterre. Aujourd'hui un nombre considérable de travailleurs explorent le même champ d'études.

Dans plusieurs groupes du règne animal, le nombre des fossiles déjà connu est aussi grand que celui des espèces existantes. Dans certains cas, les formes éteintes sont plus nombreuses que les formes existantes. Il y a des ordres entiers d'animaux dont nous ne soupçonnerions pas l'existence sans les découvertes des fossiles. Et cependant, on peut l'affirmer sans

---

[1] Cuvier, *Recherches sur les ossements fossiles.*

crainte, nous ne connaissons pas encore la dixième partie des fossiles qui seront découverts un jour.

A en juger par la quantité de fossiles trouvés récemment dans les terrains de formation tertiaire de l'Amérique du Nord, il semble qu'on ne puisse jamais arriver à connaitre tous les restes fossiles des mammifères qui s'y trouvent et l'analogie nous conduit à penser qu'on découvrira de semblables richesses dans l'Asie orientale lorsqu'on l'aura explorée avec le même soin.

Par contre, nous avons tout à apprendre sur la population terrestre de l'époque mésozoïque, cependant les États de l'Ouest et les États-Unis paraissent aussi riches en représentants de cette époque qu'ils le sont en fossiles des terrains tertiaires.

Mon ami le professeur Marsh[1] m'informe que, dans ces deux dernières années, on a trouvé dans un espace de l'étendue d'une chambre ordinaire les restes fossiles de plus de cent soixante types de mammifères appartenant à vingt espèces et neuf genres et que, dans des couches de la même époque, on a mis au jour trois cents reptiles dont les dimensions varient de soixante à quatre-vingts pieds à la taille d'un lapin.

Le but que je me propose est de vous faire connaitre, aussi brièvement que possible, par quels degrés successifs nous sommes arrivés à l'état actuel de la paléontologie et à des conclusions désormais indiscutables.

Je dois, en commençant, vous faire remarquer que

---

[1] Voy. dans l'*Évolution des formes animales*, de M. Priem (Paris, 1891), une analyse des travaux de M. le professeur Marsh sur l'histoire de la paléontologie.

cette esquisse des progrès d'une science qui a été le sujet d'innombrables travaux sera plutôt synthétique qu'analytique ; mon but est d'indiquer les époques de la paléontologie et non de faire l'histoire de cette science.

Et tout d'abord, quelle est la nature des fossiles ? Tel est, selon moi, le problème fondamental de la paléontologie, telle est la question qu'il faut résoudre avant de pouvoir en traiter une autre avec fruit.

Les fossiles sont-ils, comme le bon sens des anciens Grecs le leur faisait admettre sans hésitation, les restes d'animaux et de plantes ? Sont-ils plutôt, ainsi qu'on le croyait généralement aux xv⁰, xvi⁰ et xvii⁰ siècles, des pierres, des minéraux ayant la forme de feuilles, de coquilles et d'ossements, comme ces minéraux que nous nommons *cristaux* ont la forme régulière et géométrique des solides? Ou bien encore, sont-ils, conformément à une autre théorie, le produit des germes d'animaux, des graines de plantes qui se sont perdus dans le sein de la terre et qui n'ont atteint qu'un développement imparfait?

Au lieu de rire de nos ancêtres et des systèmes qu'ils ont adoptés, il vaut mieux chercher à comprendre pourquoi des hommes, qui n'étaient pas moins intelligents que nous, ont eu, sur cette question, une manière de voir qui nous paraît absurde aujourd'hui.

La croyance en ce qu'on nomme à tort la *génération spontanée*, c'est-à-dire l'idée que la matière vivante a son point de départ dans la matière minérale, sans qu'il soit nécessaire de supposer une matière vivante préexistante, cette idée, dis-je, acceptée de nos jours encore par quelques-uns, était admise alors par tous comme une vérité.

On cite les formes arborescentes de la gelée blanche et de certains minéraux pour prouver l'existence de cette *vertu plastique* que possédait la terre et qui permettait à la matière organique de prendre les formes des corps organisés.

Quiconque s'est occupé des fossiles sait qu'ils présentent d'innombrables gradations, depuis le coquillage et l'ossement qui sont la reproduction des formes actuelles, jusqu'à ces masses de pierre qui n'ont avec la matière organique qu'une vague ressemblance.

Ces résultats, aujourd'hui connus, de modifications chimiques, qui interviennent dans le cours de la fossiliation et transforment en substance minérale la substance organique, pouvaient être interprétés, dans l'ignorance d'autrefois d'une manière toute différente, comme la transformation de la substance minérale en substance organique.

A une époque où l'on eût traité de paradoxe absurde l'idée que le niveau de la mer est constant, alors que la terre s'abaisse et s'élève à des milliers de pieds dans des ondulations séculaires, l'idée que les fossiles étaient des jeux de la nature devait paraître moins osée que l'adoption de la théorie qui veut que les monts et les plaines dont les roches renferment des coquillages marins aient été, à un moment donné, recouverts par l'Océan. Aussi, malgré les idées fort justes de Léonard de Vinci et de Bernard Palissy sur la nature des fossiles, n'est-il pas étonnant que leurs contemporains aient eu de tout autres théories et que l'erreur se soit perpétuée.

En effet, c'est à la fin du xviiᵉ siècle seulement .qu'une explication des fossiles fut donnée sur des bases scientifiques qui ne laissaient plus de place au doute.

Celui qui rendit ce service à la science fut le Danois Nicolas Stenon, professeur d'anatomie à Florence. Les ·collectionneurs de fossiles de cette époque possé- .daient certains échantillons qu'ils nommaient *glosso- petræ*. Dans la première partie du xviiᵉ siècle, Fabio Colonna avait cherché à persuader à ses collègues de la célèbre Académie *dei Lincei* que les *glossopetræ* étaient .des dents de requin fossile ; mais ses arguments n'avaient convaincu personne. Cinquante ans plus tard, Stenon reprit la question ; il fit la dissection d'une tête de requin et montra d'une manière évidente que les dents étaient identiques aux *glossopetræ*. Stenon était allé déjà un peu plus loin que Colonna ; par la suite, il continua ses études sur les fossiles et publia, en 1669, le résultat de ses recherches dans un petit traité qui a pour titre : *De solido intra solidum naturaliter contento.*

On peut résumer en quelques mots les vues géné- rales de Stenon.

Les fossiles sont des corps solides, qui, par un évé- nement naturel, se sont trouvés contenus dans d'autres corps solides, tels que les roches ; aussi la formule générale du problème fondamental de la paléontolo- gie peut-elle être posée ainsi : étant donné un corps d'une certaine forme, dont la production est conforme aux lois naturelles, trouver dans ce corps même l'explication de la place qu'il occupe et le mode de sa production [1].

Le seul moyen de résoudre le problème est d'appliquer l'axiome que les mêmes effets impliquent les mêmes causes, ou, comme Stenon l'établit au point de vue qui nous occupe, que les corps qui sont en tout semblables ont été produits de la même manière ?

Or, puisque les *glossopetræ* sont en tout semblables aux dents de requins, ils doivent provenir de poissons semblables à des requins, et puisqu'un grand nombre de fossiles est identique, jusque dans les plus petits détails, aux coquilles que l'on trouve dans la mer ou dans l'eau douce, ces fossiles doivent provenir d'animaux identiques.

A l'objection spécieuse que certains fossiles ne sont pas absolument semblables aux espèces vivantes dont on les rapproche, qu'ils diffèrent de substance s'ils se ressemblent de forme, que ce sont des trous, des empreintes dont la surface seule ressemble à des organismes animaux ou végétaux, Stenon répond en montrant les changements qui se produisent dans les restes organiques enfouis dans la terre, en prouvant que leur substance solide peut se dissoudre entièrement et se transformer à ce point qu'il ne reste rien de l'original qu'une impression, une trace, un contour.

Ces vues, si excellemment exposées, en 1669, par

[1] Dato corpore certâ figura prædito et juxta leges naturæ producto, in ipso corpore argumenta invenire locum et modum productionis detegentia. *De solido intra solidum*, p. 5.

[2] Corpora sibi invicem omnino similia, simili etiam modo producta sunt. *Loc. cit.*

Stenon, ont guidé toutes les recherches des paléontologistes qui sont venus après lui.

Ce tour de force de la paléontologie qui a fait sur l'imagination populaire une impression si puissante, cette reconstitution d'un type éteint à l'aide d'une dent ou d'un ossement est basée sur la simple application des raisonnements de Stenon. Un instant de réflexion prouvera que la conclusion de Stenon sur les *glossopetræ* impliquait la reconstitution d'un animal éteint, au moyen de ses dents. C'était dire en effet que l'animal dont les *glossopetræ* étaient un reste avait la forme et l'organisation d'un requin ; qu'il avait une tête, une colonne vertébrale, des membres semblables à ceux qui forment le caractère distinctif de ce groupe de poissons ; que son cœur, ses branchies, ses intestins présentaient les mêmes particularités que ceux des requins.

Ces conclusions sont aussi certaines que peuvent l'être des conclusions basées sur des raisonnements probables. Et cela, tout simplement parce que l'expérience nous permet d'affirmer que les dents de cette forme et de cette structure particulière sont invariablement associées à l'organisation des requins et qu'on ne les trouve jamais dans d'autres organismes.

Nous ne sommes pas encore à même aujourd'hui d'expliquer pourquoi cela est ainsi, nous devons accepter le fait comme une loi empirique de la morphologie animale ; peut-être un jour en trouverons-nous la raison dans l'histoire de l'évolution du groupe des requins, mais il est inutile de la chercher dans les raisonnements physiologiques ordinaires.

Quiconque a étudié la paléontologie sait qu'une dent ou un ossement ne nous permet pas toujours de porter un jugement sur le type de l'animal auquel il a appartenu : on pourrait avoir plusieurs dents, parfois même une grande portion de squelette d'un type éteint sans être à même pour cela de reconstituer son cerveau et ses membres. C'est seulement lorsque la dent ou l'ossement présente des particularités que nous savons être, par expérience, le caractère propre à certains animaux, que nous pouvons ranger avec certitude le fossile dans leur groupe.

A la vue d'une molaire de vache, nous pouvons affirmer que ce reste fossile appartenait à un ruminant qui avait deux doigts complets à chaque pied ; à la vue d'une molaire de cheval, nous savons qu'elle appartenait à un quadrupède non ruminant possédant un seul doigt complet à chaque pied. Mais si les ruminants et les solipèdes étaient des espèces éteintes, si nous n'en connaissions que les molaires, aucun raisonnement physiologique ne nous permettrait de les reconstituer, encore moins de deviner les différences qui les distinguaient

Chose étrange, Cuvier[1] s'attribue — et d'autres depuis le lui ont attribué — le mérite de l'invention d'une nouvelle méthode de recherches paléontologiques. Mais si vous relisez les *Recherches sur les ossements fossiles*, si vous étudiez Cuvier non dans ses théories, mais dans sa manière de travailler, vous reconnaîtrez que sa méthode n'est ni plus ni moins que celle de Stenon. S'il put faire sa célèbre prédiction

---

[1] Cuvier, *Discours sur les révolutions de la surface du globe.*

d'après la mâchoire qui gisait à la surface d'une roche, et prédire le bassin de l'animal renfermé dans le même bloc, ce ne fut pas parce qu'il savait — lui ou tout autre — pourquoi une certaine forme de mâchoire s'accompagne toujours de la présence d'os marsupiaux; mais l'expérience lui avait simplement appris que ces deux parties sont coordonnées.

La détermination de la nature des fossiles devait amener un nouveau progrès en paléontologie. Elle allait permettre de découvrir l'histoire de la terre. En effet, si les fossiles sont les restes de plantes et d'animaux, il s'ensuit que leur ressemblance avec des animaux terrestres ou d'eau douce implique l'existence d'une terre et d'une eau douce et que leur ressemblance avec des organismes marins est la preuve de l'existence d'une mer, à l'époque où vivaient ces fossiles. En l'absence d'évidence contraire, on doit admettre que les organismes terrestres et marins impliquent l'existence d'une terre et d'une mer là où on les a découverts. Cette conséquence s'est imposée à tous les esprits, depuis Xénophane, qui pensait que les fossiles étaient des restes d'organismes.

Stenon y voyait l'indice de modifications nombreuses dans les conditions géologiques de la Toscane et raisonnait en termes dignes d'un géologue moderne. Les travaux de De Maillet, au commencement du XVIIe siècle, portèrent sur les fossiles, et Buffon le suivit de près dans ses deux remarquables ouvrages: *la Théorie de la terre* et *les Époques de la nature*, qui marquent l'un, le début, et l'autre, la fin de la carrière de ce grand naturaliste.

Buffon [1] établissait nettement l'analogie qui existe entre les études géologiques et les études archéologiques.

« Comme dans l'histoire civile, on consulte les titres, on recherche les médailles, on déchiffre les inscriptions antiques, pour déterminer les époques des révolutions humaines et constater les dates des événements moraux ; de même, dans l'histoire naturelle, il faut fouiller les archives du monde, tirer des entrailles de la terre les vieux monuments, recueillir leurs débris et rassembler en un corps de preuves tous les indices des changements physiques qui peuvent nous faire remonter aux différents âges de la nature. C'est le seul moyen de fixer quelques points dans l'immensité de l'espace et de placer un certain nombre de pierres numéraires sur la route éternelle du temps. »

Il énumère ensuite cinq classes de monuments qu'on doit regarder comme les témoins des premiers âges de la· nature ; tous sont des faits paléontologiques.

« 1° On trouve à la surface et à l'intérieur de la terre des coquilles et autres productions de la mer, et toutes les matières qu'on appelle *calcaires* sont composées de leurs détriments ;

2° En examinant ces coquilles et autres productions marines que l'on retire de la terre, en Europe, on reconnaît qu'une grande partie des espèces d'animaux auxquels ces dépouilles ont appartenu ne se trouvent pas dans les mers adjacentes, et que ces espèces ou ne subsistent plus ou ne se trouvent que dans les mers

---

[1] Buffon, *Histoire naturelle générale et particulière.* Edition de Sonnini, *Époques de la nature.* Paris, an VIII, tome III, p. 157 et 175.

méridionales. De même on voit dans les ardoises et dans d'autres matières, à de grandes profondeurs, des impressions de poissons et de plantes, dont aucune n'appartient à notre climat, et lesquelles n'existent plus ou ne se trouvent subsistantes que dans les climats méridionaux ;

3° On trouve en Sibérie et dans les autres contrées septentrionales de l'Europe et de l'Asie des squelettes, des défenses, des ossements d'éléphants, d'hippopotames et de rhinocéros, en assez grande quantité pour être assuré que les espèces de ces animaux qui ne peuvent se propager aujourd'hui que dans les terres du midi existaient et se propageaient autrefois dans les terres du nord et l'on a observé que ces dépouilles d'éléphants et d'autres animaux terrestres se présentent à une assez petite profondeur ; au lieu que les coquilles et les autres débris des productions de la mer se trouvent enfouis à de plus grandes profondeurs dans l'intérieur de la terre ;

4° On trouve des défenses et des ossements d'éléphants, ainsi que des dents d'hippopotames, non seulement dans les terres du nord de notre continent, mais aussi dans celles du nord de l'Amérique, quoique les espèces de l'éléphant et de l'hippopotame n'existent pas dans ce continent du nouveau monde ;

5° On trouve dans le milieu des continents, dans les lieux les plus éloignés des mers, un nombre infini de coquilles, dont la plupart appartiennent aux animaux de ce genre actuellement existants dans les mers méridionales et dont plusieurs autres n'ont aucun analogue vivant ; en sorte que les espèces en paraissent perdues et détruites par des causes jusqu'à présent inconnues. »

Nous ne rechercherons pas jusqu'à quel point ces affirmations peuvent être exactes. Elles suffisent pour justifier les conclusions de Buffon, que les mers ont, à une certaine époque, recouvert les continents ; que la formation des roches fossilifères a demandé un temps beaucoup plus considérable que les traditions sacrées n'en assignent à l'âge de la terre; que le cli- mat du pôle a éprouvé, comme tous les autres cli- mats, des degrés successifs de moindre chaleur et de refroidissement ; qu'un grand nombre d'espèces ani- males n'existent plus aujourd'hui et que les change- ments géologiques ont certains rapports avec la dis- tribution géographique.

Ces propositions contiennent le programme de la paléontologie. Un point manquait encore pour le rendre complet: ce fut William Smith qui le trouva dans les dernières années du xviiie siècle et ses tra- vaux sont encore si récents que bien des personnes vivantes ont pu le connaître. Ce modeste arpenteur, appelé par sa profession à parcourir en tous sens l'Angleterre, profita des conditions exceptionnelle- ment favorables que présentaient dans ce pays les couches de terrain secondaire pour examiner avec soin et comparer les fossiles qu'elles contenaient.

Ses observations étendues et fidèles eurent pour résultat d'établir cette importante vérité que chaque couche contient certains fossiles qui lui sont propres: qui plus est, l'ordre dans lequel sont superposées les couches caractérisées par ces fossiles est invariable- ment le même. Cette très importante généralisation fut bien vite vérifiée et elle s'étendit à toutes les par- ties du globe accessibles aux géologues. Elle repose aujourd'hui sur une immense quantité d'observations, ét on peut la considérer comme une des vérités les mieux établies dans les sciences naturelles.

Cette découverte avait pour le géologue une très grande valeur. Elle lui permettait de constater l'identité de roches du même âge dont la continuité était interrompue ou la composition altérée. Mais elle avait une portée plus grande encore pour le biologiste, car elle prouvait que, pendant les espaces prodigieux de temps enregistrés par les rocs fossilifères, la population vivante de la terre avait subi de perpétuels changements. Non seulement les premières espèces avaient disparu, mais de nouvelles s'étaient continuellement formées, à mesure que les anciennes s'étaient éteintes.

Ainsi, c'est à la fin du siècle dernier que les limites de la paléontologie, en tant que domaine du géologue et du biologiste, ont été marquées. En retraçant l'histoire des progrès qui suivirent, je me bornerai à parler de la biologie et de l'influence de la paléontologie sur la morphologie zoologique.

La succession des espèces d'animaux et de plantes étant reconnue, le première question que devaient poser le zoologiste et le botaniste était celle-ci : Quelle est la relation entre ces espèces qui se succèdent? Chose curieuse, le fait le plus important dans l'histoire de la paléontologie, après la généralisation de William Smith, fut une découverte qui, si elle avait été bien appréciée, aurait aidé à trouver la réponse qui, de fait, ne fut donnée que cinquante ans plus tard. Je veux parler de l'étude, faite par Cuvier, des restes de mammifères fossiles trouvés dans les carrières de formation tertiaire de Montmartre. Les principaux résultats de ces recherches amenèrent la découverte de deux genres éteints de quadrupèdes ongulés : l'*Anoplothérium* et le *Palæothérium*.

Les importants matériaux d'études mis à la disposition de Cuvier lui permirent de se faire une idée fort exacte de l'ostéologie et de la dentition de ces deux types et de comparer leur structure avec les ongulés de nos jours. Cet examen lui prouva que l'*Anoplothérium* (fig. 15), qui présentait plusieurs points de ressemblance avec les cochons, d'une part, et les ruminants, de l'autre, avait avec ces deux types des différences si grandes qu'il était impossible de le faire rentrer dans l'un de ces deux groupes. Il avait, de fait, une position intermédiaire et pouvait servir de trait d'union entre ces deux groupes si distincts dans la faune de nos jours.

Il en était de même du *Palæothérium* (fig. 16), qui servait à relier entre eux les tapirs, les rhinocéros et les chevaux.

Les recherches qui ont suivi ont fait connaître une série de faits du même ordre. La découverte la plus curieuse et la plus étonnante est celle qui démontre l'existence, à l'époque mésozoïque, d'une série de types intermédiaires entre les oiseaux et les reptiles, deux classes de vertébrés qui, actuellement, ont entre elles les plus grandes différences.

Dans la faune mésozoïque, l'intervalle qui les sépare est complètement rempli, d'un côté, par des oiseaux qui possèdent les caractères des reptiles, de l'autre, par des reptiles qui ont les caractères ornithiques.

De nos jours, le groupe des poissons dit ganoïdes est si différent des dipnoïens que les naturalistes en ont fait deux ordres distincts, et cependant le terrain

FIG. 15. — Anoplothérium, d'après Cuvier.

FIG. 16. — Paléothérium, d'après Cuvier.

dévonien renferme des types dont on ne saurait dire avec certitude s'ils appartiennent aux Dipnoïens ou aux Ganoïdes.

Agassiz, à 'la suite de ses longues et laborieuses recherches publiées de 1833 à 1842, émit l'idée qu'il existait un autre genre de relations entre les anciennes et les nouvelles formes de la vie. Il remarqua que les types les plus anciens de poissons présentaient beaucoup des caractères que l'on retrouve dans l'embryon des poissons de nos jours, et que non seulement chez les poissons, mais encore chez plusieurs groupes d'invertébrés qui ont une longue histoire paléontologique, les derniers types sont plus modifiés, plus spécialisés que les types primitifs. Le fait, indiqué par M. le professeur Owen, que la dentition chez les ongulés du terrrain tertiaire et chez les mammifères carnivores est toujours complète vient à l'appui de la même généralisation.

Des observations non moins précieuses ont été faites par M. Darwin. Pendant le voyage d'exploration du *Beagle*, son attention fut appelée sur ce fait singulier que la faune qui précède immédiatement la faune actuellement existante présente partout les mêmes particularités que la faune qui lui a succédé. Ainsi les fossiles de l'époque tertiaire ou quaternaire, retrouvés dans l'Amérique du Sud et en Australie, prouvent que la faune qui a précédé l'époque actuelle était caractérisée, comme aujourd'hui, par la présence des édentés et des marsupiaux, que les espèces des deux époques soient très différentes entre elles.

Malgré la valeur de ces indications, la question de la relation exacte des formes successives de la vie animale et végétale ne peut être résolue d'une manière satisfaisante que si l'on compare, degré par

degré, les séries de formes représentées par un type
toujours le même pendant un long espace de temps.

Dans ces dernières années, les savants se sont livrés
à ce travail qui est maintenant complet pour le cheval, et moins complet pour les principaux types d'ongulés et de carnivores. Toutes ces recherches con-
duisent au même résultat : dans une série donnée, les
types successifs de la série présentent une spécialisation de structure qui s'augmente graduellement.

Ainsi le mammifère de l'époque actuelle, qui possède
des membres, une dentition spécialement modifiés et
réduits et un cerveau développé, a eu des ancêtres qui
présentaient des modifications et des réductions de
moins en moins sensibles dans les membres et les
dents, et un cerveau de moins en moins développé.

Les travaux de Gaudry [1] de Marsh et de Cope fournissent de nombreux exemples à l'appui de cette loi, à
commencer par les merveilleuses richesses fossiles de
Pikermi et la vaste série non interrompue des roches
tertiaires de l'Amérique du Nord.

Il me reste maintenant à résumer les résultats de
cette étude sur les débuts et les progrès de la paléontologie.

Toute la paléontologie repose sur deux propositi-
tions, la première que les fossiles sont les restes
d'animaux et de plantes, la seconde que les roches
stratifiées dans lesquelles on trouve ces fossiles sont
des dépôts sédimentaires ; chacune de ces propositions est basée sur cet axiome que les mêmes effets

[1] Gaudry, *Les ancêtres de nos animaux.* Paris, 1888.

impliquent les mêmes causes. S'il existe une cause capable de produire une tige fossile, un coquillage, un ossement, en dehors de la matière vivante, la paléontologie n'a plus de fondement ; si la stratification des roches n'est pas l'effet des mêmes causes qui produisent aujourd'hui la stratification, nous n'avons plus les moyens d'apprécier la durée du temps et l'ordre dans lequel les formes de la vie se sont succédé. Mais si l'on admet ces deux propositions, on est conduit, suivant moi, à trois conclusions très importantes :

1° La matière animée a existé sur terre depuis un temps considérable qui n'est certainement pas inférieur à des millions d'années ;

2° Durant cet espace de temps, les formes de la matière vivante ont subi des changements continuels qui font que chaque période du monde animal et végétal est représentée par certaines espèces qui n'existaient pas à la période précédente et par d'autres qui ont disparu à la période suivante ;

3° Dans le cas de plusieurs groupes de mammifères et quelques groupes de reptiles dont on a pu suivre un type pendant un espace de temps géologique considérable, la série des différentes formes qui représentent le type à des intervalles successifs est exactement ce qu'elle devrait être si elle avait été produite par la modification graduelle des premières formes de la série. Ce sont là des faits de l'histoire de la terre appuyés par des preuves aussi solides que n'importe quelle partie de l'histoire des peuples.

J'ai laissé de côté avec grand soin toutes les hypothèses qu'à différentes époques on a proposées pour la paléontologie et dans lesquelles on a voulu faire rentrer les faits paléontologiques.

Je ne veux pas abuser de vos moments en discutant devant vous des conceptions qui, sans doute, se soutiennent et ne sont pas sans utilité, mais qui sont étrangères aux vérités bien établies de la paléontologie ; à l'heure actuelle, ces vérités n'ont laissé place qu'à deux hypothèses. La première se résume ainsi : dans le cours de l'histoire de la terre, d'innombrables espèces d'animaux et de plantes ont pris existence indépendamment les unes des autres un nombre incalculable de fois. Cette théorie implique donc ou bien une génération spontanée d'un caractère étonnant, et qui, pour des animaux comme les chevaux, les éléphants, a donné naissance aux êtres comme processus naturel, pendant toutes les époques dont les roches fossilifères nous ont gardé la trace, ou bien la croyance en un nombre incalculable de créations, et cela pendant des temps dont on ne peut calculer la longueur.

L'autre hypothèse veut que les espèces d'animaux et de plantes se soient succédé, la dernière provenant de la modification graduelle de la première. C'est la théorie de l'évolution : les découvertes paléontologiques des dix dernières années sont si bien d'accord avec cette hypothèse que si elle n'existait pas, le paléontologiste devrait l'inventer.

J'ai toujours éprouvé une certaine crainte à déclarer qu'une chose était impossible. Je ne me hasarderai donc pas à dire qu'il est impossible que toutes ces espèces d'animaux et de plantes aient été produites séparément par des générations spontanées, ou qu'elles aient été créées séparément par une succession sans fin d'actes de miraculeuse création.

Cependant j'avoue que ces deux hypothèses me paraissent tellement improbables, tellement en contradiction avec la science et la tradition que je me sentirais porté à admettre l'hypothèse de l'évolution, n'eût-elle en sa faveur d'autre appui que la paléontologie.

Heureusement pour son avenir, la paléontologie est indépendante de toute considération hypothétique. Dans cinquante ans, lorsqu'on en fera l'histoire, on dira de notre époque qu'elle a déterminé, par l'observation des faits paléontologiques, la loi de succession des formes des animaux supérieurs. Stenon et Cuvier, par leur connaissance des lois empiriques de coexistence des parties, avaient été amenés à conclure de la partie au tout ; plus tard, la connaissance de la loi de succession des types a permis à leurs successeurs de conclure, d'un ou de deux termes de cette succession, à toute la série, et de deviner ainsi l'existence, à des époques qui se perdent dans le passé, des formes d'une vie dont il ne reste peut-être aucune trace aujourd'hui.

VII

LA MÉTHODE DE ZADIG

LA PROPHÉTIE RÉTROSPECTIVE CONSIDÉRÉE COMME FONCTION DE LA SCIENCE

> « *Une marque plus sûre que toutes celles de Zadig.* » Cuvier [1].

C'est un procédé habituel et digne d'éloge que de faire précéder la discussion des théories d'un penseur ou d'un philosophe par quelques détails sur l'homme et les circonstances qui ont façonné sa vie et donné une couleur à sa manière d'envisager les choses ; mais bien que Zadig soit cité dans un des chapitres les plus importants du plus grand ouvrage de Cuvier, on sait peu de chose de lui, et peut-être même ce peu manque-t-il d'authenticité.

On assure qu'il vivait à Babylone, au temps du roi Moabdar ; mais le nom de Moabdar ne paraît pas dans la liste des souverains babyloniens qu'ont mise au jour la patience et les travaux des déchiffreurs d'inscriptions cunéiformes de ces dernières années ; et il n'y a pas, que je sache, d'autre autorité constatant son existence que celle du biographe de Zadig, un certain Arouet de Voltaire, parmi les mérites remarquables duquel l'exactitude historique stricte ne saurait être toujours comptée.

[1] *Discours sur les révolutions de la surface du globe.* — *Recherches sur les oss. foss.*, édit. IV, t. IV, p. 185.

Par bonheur, Zadig est dans la position de beaucoup d'autres philosophes. Il importe peu de savoir
ce qu'il était de son vivant, ni même s'il a jamais
existé. Ce qui nous intéresse, c'est la lumière éclai-
rant notre voie, qu'elle soit lampe ou chandelle, de
suif ou de cire. Le seul intérêt véritable que nous
trouvions dans Zadig, ce sont les conceptions dont il
est le père putatif; et son biographe les a exposées
avec tant de clarté et des exemples si justes que nous
ne saurions éprouver de regret, si même les recherches
de la critique allaient prouver que le roi Moabdar et
tout le reste de son histoire n'ont aucune base historique, et si Zadig lui-même se trouvait réduit à l'éclat
vague de mythe solaire.

Voltaire nous raconte que, désenchanté de l'existence par diverses mésaventures domestiques, Zadig
se retira du tourbillon de Babylone dans une retraite
profonde sur les bords de l'Euphrate, où il charma sa
solitude par l'étude de la nature. Les nombreuses merveilles du monde de la vie avaient un attrait particulier pour l'étudiant esseulé ; l'observation incessante
et patiente des plantes et des animaux qui l'entou-
raient aiguisaient ses facultés, naturellement bonnes
d'observation et de raisonnement, jusqu'à ce qu'enfin
il acquit une sagacité qui lui permettait de percevoir
d'innombrables petites différences parmi des objets
qui, à un œil non exercé, paraissaient absolument
semblables.

On eût pu s'attendre à ce que cet agrandissement
des facultés mentales et du fonds de connaissances
naturelles ne tendît qu'à augmenter le bien-être de

l'homme lui-même et l'avantage de ses semblables. Mais Zadig était destiné à éprouver la vanité de ces espérances.

« Un jour, se promenant auprès d'un petit bois, il vit accourir à lui un eunuque de la reine, suivi de plusieurs officiers qui paraissaient dans la plus grande inquiétude, et qui couraient çà et là comme des hommes égarés qui cherchent ce qu'ils ont perdu de plus précieux. Jeune homme, lui dit le premier eunuque, n'avez-vous point vu le chien de la reine ? Zadig répondit modestement : C'est une chienne et non pas un chien. Vous avez raison, reprit le premier eunuque. C'est une épagneule très petite, ajouta Zadig. Elle a fait depuis peu des chiens ; elle boite du pied gauche de devant, et elle a les oreilles très longues. Vous l'avez donc vue, dit le premier eunuque tout essoufflé. Non, répondit Zadig, je ne l'ai jamais vue, et je n'ai jamais su si la reine avait une chienne.

Précisément dans le même temps, par une bizarrerie ordinaire de la fortune, le plus beau cheval de l'écurie du roi s'était échappé des mains d'un palefrenier dans les plaines de Babylone. Le grand-veneur et tous les autres officiers couraient après lui avec autant d'inquiétude que le premier eunuque après la chienne. Le grand-veneur s'adressa à Zadig et lui demanda s'il n'avait point vu le cheval du roi. C'est, répondit Zadig, le cheval qui galope le mieux ; il a cinq pieds de haut, le sabot fort petit ; il porte une queue de trois pieds et demi de long ; les bossettes de son mors sont d'or à vingt-trois carats ; ses fers sont d'argent à onze deniers. Quel chemin a-t-il pris ? où est-il ? demanda le grand-veneur. Je ne l'ai point vu, répondit Zadig, et je n'en ai jamais entendu parler.

Le grand-veneur et le premier eunuque ne doutèrent pas que Zadig n'eût volé le cheval du roi et la chienne de la reine ; il le firent conduire devant l'assemblée du grand Desterham, qui le condamna au knout et à passer le reste de ses jours en Sibérie. A peine le jugement fut-il rendu qu'on retrouva le cheval et la chienne. Les juges furent dans la douloureuse nécessité de réformer leur arrêt ; mais ils condamnèrent Zadig à payer quatre cents onces d'or, pour avoir dit qu'il n'avait point vu ce qu'il avait vu ; il fallut d'abord payer cette amende ; après quoi, il fut permis à Zadig de plaider sa cause au conseil du grand Desterham ; il parla en ces termes :

« Etoiles de justice, abîmes de science, miroirs de vérité, qui avez la pesanteur du plomb, la dureté du fer, l'éclat du diamant, et beaucoup d'affinité avec l'or, puisqu'il m'est permis de parler devant cette auguste assemblée, je vous jure par Orosmade que je n'ai jamais vu la chienne respectable de la reine, ni le cheval sacré du roi des rois. Voici ce qui m'est arrivé. Je me promenais vers le petit bois où j'ai rencontré depuis le vénérable eunuque et le très illustre grand-veneur. J'ai vu sur le sable les traces d'un animal, et jugé aisément que c'était celles d'un petit chien. Des sillons légers et longs, imprimés sur de petites éminences de sable entre les traces des pattes, m'ont fait connaître que c'était une chienne dont les mamelles étaient pendantes, et qu'ainsi elle avait fait des petits il y a peu de jours. D'autres traces en un sens différent, qui paraissaient avoir rasé la surface du sable à côté des pattes de devant, m'ont appris qu'elle avait les oreilles très longues ; et, comme j'ai remarqué que le sable était toujours moins creusé par une patte que par les trois autres, j'ai compris que la chienne de notre auguste reine était un peu boiteuse, si j'ose le dire.

A l'égard du cheval du roi des rois, vous saurez que, me promenant dans les routes de ce bois, j'ai aperçu les marques des fers d'un cheval ; elles étaient toutes à égales distances. Voilà, ai-je dit, un cheval qui a un galop parfait ; la poussière des arbres, dans une route étroite qui n'a que sept pieds de large, était un peu enlevée à droite et à gauche à trois pieds et demi du milieu de la route. Ce cheval, ai-je dit, a une queue de trois pieds et demi, qui, par ses mouvements de droite et de gauche, a balayé cette poussière. J'ai vu sous les arbres, qui formaient un berceau de cinq pieds de haut, les feuilles des branches nouvellement tombées, et j'ai connu que ce cheval y avait touché et qu'ainsi il avait cinq pieds de haut. Quant à son mors, il doit être d'or à vingt-cinq carats, car il en a frotté les bossettes contre une pierre que j'ai reconnue être une pierre de touche et dont j'ai fait l'essai. J'ai jugé enfin par les marques que ses fers ont laissées sur des cailloux d'une autre espèce, qu'il était ferré d'argent à onze deniers de fin. » Tous les juges admirèrent le profond et subtil discernement de Zadig ; la nouvelle en vint jusqu'au roi et à la reine. On ne parlait que de Zadig dans les antichambres, dans la chambre et dans le cabinet, et quoique plusieurs mages opinassent qu'on devait le brûler comme sorcier, le roi ordonna qu'on lui rendît l'amende des quatre cents onces d'or, à laquelle il avait été condamné. Le greffier, les huissiers, les procureurs vinrent chez lui en grand appareil lui rapporter ses quatre cents onces ; ils en retinrent seulement trois cent quatre-vingt-dix-huit pour les frais de justice, et leurs valets demandèrent des honoraires [1]. »

Ceux qui voudraient savoir quelque chose de plus sur l'existence aventureuse de Zadig doivent chercher

[1] Voltaire, *Œuvres*, avec notes par Fred. Dillaye, *Romans*, tome I, *Zadig*, p. 75. Paris, Lemerre, 1877.

le texte original; nous ne considérons en lui que le philosophe, et ce court extrait suffit comme exemple de la nature de ses conclusions et de la méthode par laquelle il y arrivait.

On peut dire que ses conclusions étaient des sortes de prophéties rétrospectives, bien qu'il soit peut-être un peu risqué d'employer une phraséologie qui suggère, d'une façon dangereuse, une contradiction dans les termes, le mot « prophétie », étant si constamment, dans l'usage quotidien, restreint au sens de « prédiction ». Pourtant, strictement, le terme de prophétie s'applique tout autant à déclarer qu'à prédire; et, même dans le sens restreint de « divination », il est évident que l'essence de l'opération prophétique ne repose point dans son rapport avec le passé ou l'avenir, mais dans le fait de la conception de ce qui dépasse la sphère de la connaissance immédiate, la vue de ce qui est invisible au sens naturel du voyant.

Le « prédisant » affirme que, à une époque future, un observateur convenablement placé sera témoin de certains événements; le clairvoyant déclare qu'au moment actuel on peut être témoin de certaines choses se passant à 1,000 milles de distance: le prophète rétrospectif (plût au ciel qu'on pût dire le « postdisant ») affirme que, il y a tant d'heures ou tant d'années, on pouvait voir telle et telle chose. Dans tous ces cas, le rapport du temps est seul à changer, — le processus de divination, au-delà des limites possibles de la connaissance directe, reste le même.

Nul doute que ce fût leur connaissance instinctive

de l'analogie entre les résultats de Zadig et ceux de l'inspiration autorisée qui inspira aux sages babyloniens le désir de brûler le philosophe. Zadig admettait qu'il n'avait jamais vu le cheval du roi et la chienne de la reine, ni même entendu parler d'eux, et cependant il se hasardait à affirmer de la manière la plus positive que des animaux répondant à leur signalement existaient réellement et parcouraient les plaines de Babylone. Si sa méthode était bonne pour deviner le cours des événements écoulés depuis dix heures, pourquoi ne vaudrait-elle pas autant pour ceux d'il y a dix ans ou dix siècles ; ne pourrait-on même l'étendre à dix mille ans, et justifier les impies qui se mêlent des traditions d'Oannés et du poisson, et de tous les fondements sacrés de la cosmogonie babylonienne?

Mais ce n'était pas encore ce qu'il y avait de pis. Une autre considération suggérait évidemment, aux plus sagaces des mages, la convenance de brûler Zadig sans autre forme de procès. Sa défense était pire que son crime. Elle montrait les dangers de son mode de divination pour tout l'ordre des mages en général. Gonflé de l'orgueil de la raison humaine, il avait dédaigné les canons établis de la tradition des mages, et, se fiant à ce qui n'était après tout qu'un bon sens charnel, il prétendait amener les hommes à une pénétration plus profonde de la nature que la sagesse des mages, avec tout son antagonisme hautain contre tout ce qui était commun, n'était encore parvenue à atteindre. Au fond, qu'y avait-il à la base de tous les arguments de Zadig, si ce n'est l'assurance grossière et terre-à-terre sur laquelle se base chaque acte de notre vie de chaque jour, à savoir que nous pouvons d'un effet conclure à la préexistence d'une cause capable de produire cet effet ?

Les traces étaient exactement celles que laissent les chiens et les chevaux, donc elles étaient les effets dont ces animaux étaient les causes. Les marques à côté des empreintes de la piste du chien étaient exactement telles qu'en produiraient de longues oreilles traînantes, par conséquent les longues oreilles du chien étaient les causes de ces marques, et ainsi de suite. Rien ne peut être plus désespérément vulgaire, plus différent du développement majestueux d'un système de conclusions hautement inintelligibles d'après des prémisses d'une sublime impossibilité, telles que les aime le cœur des mages. En réalité, la méthode de Zadig n'était, à tout prendre, que celle de toute l'humanité. Des prophéties rétrospectives, bien plus étonnantes, dans leur minutieuse exactitude, que celles de Zadig, sont familières à l'esprit de tous ceux qui ont étudié la vie quotidienne de peuples nomades.

De quelques branches brisées, de feuilles écrasées, de cailloux dérangés et d'empreintes qu'un œil novice discerne à peine, tels lauréats de l'Université de la nature déduiront, non seulement qu'une troupe a passé par le chemin, mais aussi son nombre, sa composition, la direction qu'elle a prise, et le nombre d'heures et de jours écoulés depuis son passage. Mais ils sont à même de faire cela, parce que, de même que Zadig, ils perçoivent d'innombrables petites différences là où des yeux novices ne discernent rien ;

et parce que la logique inconsciente du sens commun les force à se rendre compte de ces effets par les causes qu'ils savent être aptes à les produire.

Et un simple sauvage, avec une telle méthode, devait surprendre les secrets de la nature mieux que les déductions *a priori* de la nature d'Ormuzd, peut-être même donner une histoire du passé dans laquelle on ne parlerait même pas d'Oannès ? Décidément, il valait mieux commencer par brûler cet homme.

Si l'instinct, ou un usage inaccoutumé de la raison, mena les mages de Moabdar à cette conclusion, il y a deux ou trois mille ans, tout ce qu'on peut dire est que l'histoire, depuis lors, les a pleinement justifiés, car l'application rigoureuse de la logique de Zadig aux résultats d'une observation attentive et longuement continuée a fondé toutes les sciences que l'on nomme historiques ou palétiologiques parce qu'elles sont rétrospectivement prophétiques et tendent à reconstruire dans l'imagination humaine des événements évanouis et qui ont cessé d'être.

L'histoire, dans l'acception ordinaire du mot, est basée sur l'interprétation de preuves documentaires ; et les documents n'auraient aucune valeur comme preuves, si les historiens se trouvaient justifiés dans leur assertion qu'ils sont venus à l'existence par l'action de causes semblables à celles dont ces documents sont, dans notre expérience présente, les effets. Si une histoire écrite peut être produite autrement que par l'action humaine, ou si l'homme qui a écrit un document donné était poussé par des motifs autres que ceux qui sont ordinaires chez les hommes, de

semblables documents n'ont pas plus de valeur pro-
bante qu'autant d'arabesques.

L'archéologie, qui prend le fil de l'histoire au-delà
du point où nous manque la preuve documentaire,
ne pourrait exister, sans notre croyance, bien fondée,
que les monuments et les œuvres d'art, ou de manu-
facture, n'ont jamais été produits par des causes
dont la nature diffère en espèce de celles auxquelles
ils doivent, maintenant, leur origine. Et la géologie,
qui retrouve le cours de l'histoire au-delà des limites de
l'archéologie, ne pourrait rien nous dire, sauf l'assertion que, il y a des millions d'années, l'eau, la chaleur,
la gravitation, la friction, la vie animale et végétale,
causaient des effets de même nature que maintenant.
Il y a plus, l'astronomie physique elle-même, en tant
qu'elle nous fait remonter en arrière au point extrême
du temps que la science palétiologique peut atteindre,
est fondée sur la même supposition. Si la loi de la gravitation manquait jamais à se réaliser, même dans la
plus petite limite, pour cette période, les calculs de
l'astronome n'auraient plus d'application.

Le pouvoir de prédire, de prophétiser est ce qu'on
regarde communément comme la grande prérogative
de la science physique. Et, en vérité, il est merveilleux
qu'on puisse entrer dans un magasin et acheter, à bas
prix, un livre, l'*Almanach nautique*, qui prédira la
position exacte qu'occupera une des lunes de Jupiter
dans six mois; et, bien plus, que, si cela en valait la
peine, l'astronome royal pourrait nous fournir une
prédiction tout aussi infaillible, applicable à 1980
ou 2980.

Mais l'astronomie n'est pas moins remarquable pour sa puissance de prophétie rétrospective.

Thalès, le plus ancien des philosophes grecs, dont la date de naissance et de mort sont incertaines, mais qui vivait vers 600 avant Jésus-Christ, a, dit-on, prédit une éclipse de soleil qui eut lieu, de son temps, pendant une bataille entre les Mèdes et les Lydiens. Sir George Airy a écrit un mémoire[1] très savant et du plus grand intérêt, où il prouve que cette éclipse était visible, en Lydie, l'après-midi du 28 mai 585 avant Jésus-Christ.

Nul ne doute que, au jour et à l'heure fixés par l'astronome royal, les peuples de l'Asie Mineure ne virent la face du soleil totalement obscurcie. Mais, bien que nous croyions implicitement à cette prophétie rétrospective, elle ne peut être vérifiée. En l'absence totale d'annales historiques, il est impossible de concevoir même quelque moyen de constater si l'éclipse de Thalès eut lieu ou non. Tout ce qu'on peut dire est que les prophéties prospectives de l'astronome sont toujours vérifiées, et que, en tant que ses prophéties rétrospectives sont le résultat, en les suivant à rebours, de la même méthode qui mène invariablement à des résultats qui ont été vérifiés, quand la méthode agit pour l'avenir, il y a autant de raisons de se fier complètement à l'une qu'à l'autre. La prophétie rétrospective est donc une fonction légitime de la science astronomique ; et, si elle est légitime pour une science, elle doit l'être pour toutes, l'axiome fon-

[1] On the Eclipses of Agathocles, Thales, and Xerxes. (Philosophical Transactions, vol. CXLIII).

damental sur lequel elle repose, la constance de l'ordre
de la nature, étant le fondement commun de toute
pensée scientifique. Si, en réalité, il y a des degrés
dans la légitimé le pas ne serait point donné à l'astronomie, car d'autres branches ont non seulement la
possibilité de vérifier leurs prophéties rétrospectives,
mais cette vérification s'opère d'une manière frappante.

Ce qu'on appelle *paléontologie* est l'application des
principes de la biologie à l'interprétation des restes
animaux et végétaux incrustés dans les couches qui
composent la surface du globe.

A un temps qui n'est pas très loin de nous, la question de savoir si ces soi-disant « fossiles » étaient vraiment les restes d'animaux et de plantes fut vivement
contestée. Des personnes très savantes soutinrent que
ce n'était rien de semblable, mais une sorte de con-
crétion ou de cristallisation, qui avait eu lieu dans la
pierre où on les trouvait et qui simulait les formes
de la vie végétale et animale, tout comme la gelée sur
un carreau de vitre imite la végétation. De nos jours
il serait probablement impossible de trouver quelqu'un de raisonnable plaidant cette opinion, et il est
assez surprenant que, parmi les gens où se recrutent
ceux qui cherchent la quadrature du cercle, le mouvement perpétuel, la preuve de la platitude de la terre,
et autres, sans parler de tourneurs de tables et d'esprits frappeurs, personne n'ait aperçu la possibilité
facile de se faire une notoriété ridicule d'ailleurs qui
s'ouvre pour quiconque soutiendrait la bonne vieille
théorie que les fossiles sont tous des *lusus naturæ*.

La position serait innattaquable, car il est tout à fait

FIG. 17. — Section
longitudinale d'un
rostre de bélem-
nite muni de son
cône alvéolaire.

FIG. 18. — Section
trausversale du
même.

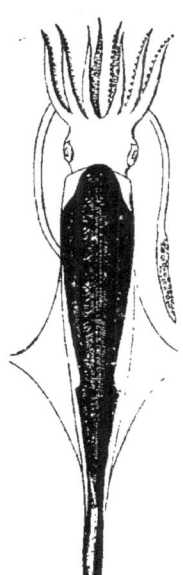

FIG. 19. — Restauration
d'une bélemnite d'après
d'Orbigny.

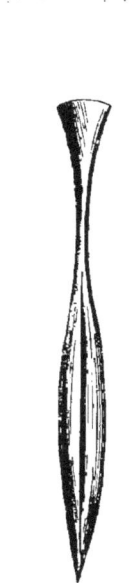

FIG. 20. — Be-
lemnites cla-
vatus.

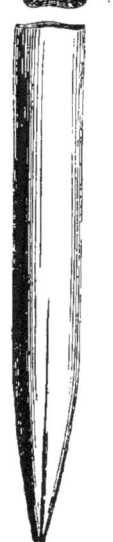

FIG. 21. — Be-
lemnites tri-
partitus.

FIG. 22. — Be-
lemnites uni-
canaliculatus.

impossible de prouver le contraire. Si un homme veut
soutenir qu'une coquille d'huître fossile, bien qu'elle
corresponde, jusqu'au plus petit détail, avec celle d'une
huître fraîche retirée de la mer, n'a jamais été habitée par une huître vivante, mais qu'elle est une con-
crétion minérale, il n'y a pas moyen de lui prouver
son erreur. Tout ce qu'on peut faire est de lui montrer que, par un raisonnement analogue, il est obligé
d'admettre qu'un tas d'écailles d'huîtres à la porte
d'un marchand de poisson peut aussi être un « jeu de
la nature » et qu'un os de mouton dans une boite à
balayures doit avoir eu la même origine. Et, quand
vous ne pouvez pas prouver aux gens qu'ils ont tort,
mais seulement qu'ils sont absurdes, ce qu'il y a de
mieux c'est de les laisser tranquilles.

Tout l'édifice de la paléontologie, dans le fait, tombe
à terre à moins que nous n'admettions la validité du
grand principe de Zadig, que les mêmes effets impliquent les mêmes causes, et que le processus de raisonnement qui conclut d'une coquille, d'une dent ou
d'un os, à la nature de l'animal auquel ils appartenaient,
repose absolument sur la présomption que la ressemblance de cette coquille, cette dent, ou cet os, avec
ceux d'un animal que nous connaissons déjà, est telle
que nous sommes autorisés à inférer un degré de ressemblance correspondant dans le reste des deux organismes. C'est sur ce même principe très simple, et non
sur des lois imaginaires de corrélation physiologique,
desquelles, la plupart du temps, nous ne savons rien,
que les soi-disant reconstitutions du paléontologiste
sont basées.

D'abondants exemples de cette vérité se présenteront à l'esprit de quiconque s'occupe de paléontologie ; il n'en est point de plus à propos que le cas des *Bélemnites*. Aux premiers jours de l'étude des fossiles, ce nom était donné à certains corps pierreux allongés, finissant, à une extrémité, en pointe conique, et tronqués à l'autre, qu'on appellait communément des *coups de foudre* qu'on suppose tombés du ciel. Ils sont assez communs en quelques parties de la France, et, dans l'état où on les trouve d'ordinaire, il serait difficile de donner des raisons satisfaisantes pour dire qu'ils ne sont que des corps minéraux.

Ils semblent, en réalité, ne consister qu'en des couches concentriques de carbonate de chaux, disposées en fibres sub-cristallines, ou prismes, perpendiculaires aux couches. On observa bientôt, en examinant un grand nombre de ces Bélemnites, que quelques-unes d'entre elles montraient une cavité conique à l'extrémité tronquée, et, dans celles qui étaient le mieux conservées, cette cavité semblait divisée en chambres par de délicates séparations en forme de soucoupes, situées à des intervalles réguliers l'une de l'autre. Il n'y a aucun corps minéral qui offre une structure de ce genre, et la conclusion s'imposa que les Bélemnites (fig. 17 et 22) devaient être les effets d'autres causes que celles qui sont à l'œuvre dans la nature inorganique. Après un examen minutieux, on reconnut que les divisions, ou compartiments en forme de soucoupes, étaient toutes perforées à un point et que ces perforations étaient toutes sur la même ligne ; les chambres étaient traversées par un canal ou *siphon*

qui reliait ainsi la chambre la plus petite ou apicale
avec la plus grande. Il n'y a rien de semblable dans le
monde végétal, mais l'on rencontre une structure
exactement correspondante dans les coquilles de deux
sortes d'animaux vivants, le Nautile et la Spirule, et
chez ces seuls animaux. Ils appartiennent à la même
division — les Céphalopodes — que la Seiche, le Calmar et le Poulpe. Mais ce sont les seuls membres existants du groupe qui possèdent des coquilles en forme
de chambres et à siphon, et il est absolument impossible de trouver aucun rapport physiologique entre les
caractères structuraux très particuliers d'un Céphalopode et la présence d'une coquille à chambre. En réalité, le Calmar a, au lieu d'une coquille de ce genre,
une « plume » cornée; la Seiche a ce que l'on appelle
« os de Seiche, » et le Poulpe n'a pas de coquille, ou
tout ou plus à peine un rudiment de coquille.

Néanmoins, vu qu'il n'y a rien dans la nature qui
ressemble à la coquille à cellules des Bélemnites, si
ce n'est celles du Nautile et de la Spirule, il est légitime de prédire que l'animal d'où procédait le reste
fossile doit avoir aqpartenu au groupe des Céphalopodes. Le Nautile et la Spirule sont deux animaux
très rares, mais le progrès des recherches a mis au
jour le fait singulier que, bien que chacun d'eux ait
l'organisation caractéristique des Céphalopodes, il diffère beaucoup de l'autre. La coquille du Nautile (fig. 23)
est externe, celle de la Spirule interne; le Nautile a
quatre branchies, la Spirule deux; le Nautile a une
multitude de tentacules, la Spirule n'a que dix bras
armés de suçoirs à bords cornés; la Spirule de même

que les Calmars et les Seiches, auxquels elle ressemble de très près, a une poche d'encre qu'elle projette pour couvrir sa retraite quand on l'effraie; le Nautile n'a rien de semblable.

Aucune quantité de raisonnements physiologiques ne permettrait à qui que ce fût de dire si l'animal qui a fabriqué la Bélemnite ressemblait plus au Nau-

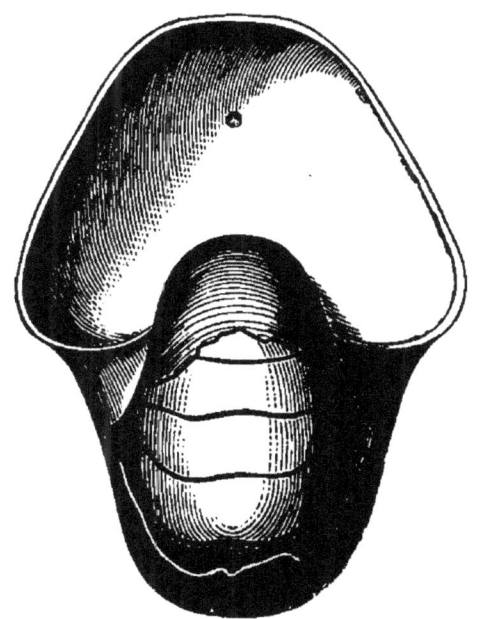

FIG. 23. — *Nautilus lineatus.*

tile ou à la Spirule. Mais la découverte accidentelle de Bélemnites en rapport avec des masses noires allongées qui étaient certainement des poches à encre fossiles, puisque l'encre qui en a été retirée a pu, étant broyée, servir à la peinture aussi bien que celle de la Seiche fraîche, trancha la question, et l'on put, en toute sécurité, prophétiser que la créature qui fabri-

quait la Bélemnite était un Céphalopode à deux branchies avec des suçoirs aux bras, et possédant tous les
autres traits essentiels de nos Calmars, Seiches et Spi-
rules vivants. Le paléontologiste, peut, à cette heure,
parler avec autant de confiance de l'animal de la Bélemnite que Zadig parlait de l'épagneul de la reine. Il
pourrait donner une description très juste de son apparence extérieure, et même entrer assez complètement
dans les détails de son organisation interne, et cependant devrait déclarer que ni lui ni personne autre
n'en a vu un. Et de même qu'on a trouvé l'épagneul
de la reine, on a par bonheur trouvé l'animal de la
Bélemnite, quelques spécimens conservés d'une façon
exceptionnelle ayant été découverts qui vérifient
complètement la prophétie rétrospective de ceux qui
interprétaient les faits de ce cas par une application
de la méthode de Zadig.

Ces Bélemnites florissaient en prodigieuse abondance, dans les mers de l'époque mésozoïque ou secondaire de l'histoire géologique du monde ; mais on
n'en a trouvé aucune trace dans aucun des dépôts tertiaires, et ils semblent s'être éteints vers la fin de
l'époque mésozoïque. La méthode de Zadig, par conséquent, s'applique dans toute sa vigueur aux événements d'une période qui est à une distance incom-
mensurable de nous, qui précède de beaucoup l'origine des masses montagneuses les plus remarquables
du monde actuel, et le dépôt, au fond de l'Océan,
des roches qui forment la plus grande partie du sol
de nos continents actuels. L'Euphrate lui-même, à
l'embouchure duquel Oannès aborda, est chose d'hier,

comparé à un Bélemnite; et la chronologie libérale de
la cosmogonie des mages fixe le commencement du
monde à une époque où d'autres applications de la méthode de Zadig donnent des preuves convaincantes
que, si nous avions été là, nous aurions trouvé les
choses à peu près comme elles existent maintenant.
En vérité, les mages étaient sages dans leur genèse;
ils surent prévoir que cette diabolique application des
principes du sens commun que Zadig inaugura cause-
rait leur perte.

Mais on dira peut-être que la méthode de Zadig,
qui n'est au fond qu'un raisonnement par analogie,
n'explique point les exploits les plus frappants, de la
paléontologie moderne, la reconstitution d'animaux
entiers d'après une dent, ou peut-être un fragment
d'os; et l'on plaidera, non sans raison, que Cuvier, le
grand maître de cette sorte d'investigation, a rendu
un compte bien différent du processus qui a eu de si
remarquables résultats.

Cuvier n'est pas le premier homme de talent qui ait
failli à se représenter clairement les processus de
son propre esprit, et il ne sera pas le dernier. Il est
facile de faire l'épreuve de la chose. Cherchez dans
les huit volumes des *Recherches sur les ossements
fossiles*, de la première page à la dernière, et vous ne
trouverez rien autre que l'application de la méthode
de Zadig dans les arguments par lesquels le fragment
d'un squelette révèle les caractères de l'animal auquel
il appartenait.

Un cas bien connu peut servir de type. C'est une
illustration excellente de la sagacité de Cuvier, et il

raconte évidemment cette histoire avec un peu d'orgueil. Une pierre plate fendue arriva des carrières de Montmartre, dont les deux moitiés contenaient la plus grande partie du squelette d'un petit animal. En examinant avec soin les caractères des dents et de la mâchoire inférieure, qui se trouvèrent exposées à l'air, Cuvier s'assura qu'elles présentaient une ressemblance si étroite avec les parties correspondantes des Sarigues vivantes qu'il assigna immédiatement ce fossile à ce genre.

Mais les Sarigues diffèrent de la plupart des Mammifères en ce qu'elles possèdent deux os attachés à la partie antérieure du bassin qu'on appelle communément les « os marsupiaux »; ce nom est une erreur, dont l'origine vient de ce qu'on croyait que ces os jouaient un rôle dans le soutien de la poche ou marsupium, dont quelques Sarigues, mais pas toutes, sont pourvues. En réalité, ces os n'ont rien à voir dans le soutien de la poche et ils existent aussi bien chez les Sarigues qui n'ont pas de poche que chez celles qui en ont. Il est de fait que personne ne connait l'utilité de ces os, et aucune théorie satisfaisante de leur portée physiologique n'a encore été donnée. Et si nous n'avons aucune connaissance de l'importance physiologique des os en eux-mêmes, il est évidemment absurde de prétendre que nous sommes à même de donner les raisons physiologiques pour lesquelles la présence de ces os accompagne certaines particularités des dents et des mâchoires. Si quelqu'un sait pourquoi quatre dents molaires et tel angle de la mâchoire se trouvent généralement associés à des os marsupiaux, il n'a point encore communiqué sa découverte.

Si, toutefois, Zadig a eu raison de conclure, d'après la ressemblance des traces de pas qu'il avait observées avec celles d'un cheval, que la créature qui les avait laissées avait une queue semblable à celle d'un cheval, Cuvier, vu que les dents et la mâchoire de son fossile étaient toutes pareilles à celles d'une Sarigue, avait la même raison de conclure que le bassin serait aussi semblable à celui d'une sarigue ; et sa conviction que cette prophétie rétrospective concernant un animal qu'il n'avait jamais vu et qui était mort et enterré depuis des millions d'années se vérifierait était si forte qu'il se mit à travailler la pierre plate contenant le bassin avec la confiance la plus entière qu'il trouverait et mettrait à nu les « os marsupiaux », à la satisfaction de quelques personnes qu'il avait invitées à être témoin de leur extraction, ainsi qu'il le dit lui-même :

« Cette opération se fit en présence de quelques personnes à qui j'en avais annoncé d'avance le résultat, dans l'intention de leur prouver par le fait la justesse de nos théories zoologiques, puisque le vrai cachet d'une théorie est sans contredit la faculté qu'elle donne de prévoir les phénomènes. »

Dans les *Ossements fossiles* Cuvier a laissé son travail exactement tel qu'il parut, d'abord, dans les *Annales du Muséum*, comme un « curieux monument de la force des lois zoologiques et de l'usage qu'on en peut faire ».

Il dit vrai en ce qui concerne les lois zoologiques,

mais pas pour les lois physiologiques. Si l'on voit la
tête d'un chien vivant, il est extrêmement probable
que sa queue n'est pas loin, bien que personne ne
puisse dire quelle sorte de tête et de queue vont
ensemble, quel rapport physiologique il y a entre les
deux. De même, dans le cas du fossile de Montmartre,
Cuvier, en trouvant une vraie tête de Sarigue, conclut
que le bassin serait aussi celui d'une Sarigue. Mais,
assurément, le physiologiste le plus avancé de nos jours
ne pourrait éclaircir la question de leur association,
ni prétendre affirmer que l'existence d'un de ces
caractères est nécessairement en connexion avec les
autres. En réalité, s'il était arrivé que le bassin du
fossile eût été découvert en premier, tandis que la tête
restait cachée, la présence des « os marsupiaux »,
quelque semblables qu'ils eussent pu être à ceux d'une
Sarigue, n'aurait aucunement autorisé la prédiction
que le crâne se trouverait être celui d'une Sarigue. Il
eût pu, tout aussi bien, être celui d'un autre marsupial,
ou même appartenir au groupe totalement différent
des Monotrèmes, dont les seuls représentants vivants
sont les Echidnés et les Ornithorhynques.

Pour tout usage pratique, toutefois, les lois empiriques de la coordination des structures, qui appartiennent aux généralisations de la morphologie, peuvent
être acceptées avec confiance, si on les emploie pru-
demment, et servir à interpréter correctement les restes
fossiles ; ou, en d'autres termes, nous pouvons attendre
la vérification des prophéties rétrospectives qui sont
basées sur elles.

Et, si tel est le cas, les derniers progrès qui ont été

faits dans les découvertes paléontologiques ouvrent
un champ nouveau à de semblables prophéties. Car il
a été constaté, en ce qui concerne beaucoup de groupes
d'animaux que, si nous suivons leurs traces en remontant vers le passé, leurs ancêtres cessent, graduellement, d'offrir ces modifications spéciales qui caracté-
risent actuellement le type, et personnifient le plan
général du groupe auquel ils appartiennent.

Ainsi, dans le cas bien connu du cheval, les orteils
supprimés dans le cheval actuel, se trouvent de plus
en plus complets chez les membres plus anciens du
groupe, jusqu'à ce que, au fond de la série tertiaire
d'Amérique, nous trouvions un animal équin qui a
quatre orteils devant et trois par derrière. Aucun reste
de la tribu chevaline n'est actuellement connu en aucun dépôt mésozoïque. Pourtant comment douter que,
lorsqu'on connaîtra une série assez étendue de couches
lacustres et fluviales de cette époque, la généalogie
suivie jusqu'ici se continuera par des quadrupèdes
équins ayant un nombre plus grand de doigts, jusqu'à
ce que le type du cheval se perde dans la forme à
cinq orteils vers laquelle tendent ses gradations ?

Mais l'argument qui est valable pour le cheval, l'est
aussi, non seulement pour les Mammifères, mais pour
tout le monde animal. Et, comme l'étude des généalogies, ou lignes d'évolution, auxquelles maintenant
nous avons accès, mettra assurément au jour les
lois de ce processus, nous pourrons alors conclure
d'après les faits que les annales géologiques nous
fournissent à des restes jusqu'ici inconnus, et dont
peut être quelques-uns peuvent rester à jamais cachés.

La même méthode de raisonnement qui nous met à même, lorsque nous avons un fragment d'animal éteint, de prédire le caractère que tout l'organisme entier présentait, nous mettra, tôt ou tard, à même, quand nous connaîtrons quelques-uns des derniers termes d'une série géologique, de prédire la nature des premiers termes.

Dans un avenir qui n'est pas très éloigné, la méthode de Zadig, appliquée à un plus grand corps de faits que la génération actuelle n'a le bonheur d'avoir à sa disposition, permettra au biologiste de reconstruire le plan de la vie dès ses commencements et de parler avec autant de certitude du caractère des êtres éteints depuis longtemps et dont aucune trace n'a été conservée que Zadig le faisait pour l'épagneul de la reine et le cheval du roi. Espérons qu'il sera mieux récompensé de ses peines et de sa sagacité que ne le fut le philosophe babylonien ; car peut-être aussi, en ce temps là, les mages eux-mêmes pourront être comptés parmi les membres d'une faune oubliée, éteinte dans la lutte pour l'existence contre leur grand rival, le sens commun.

VIII

LA PALÉONTOLOGIE ET LA THÉORIE
DE L'ÉVOLUTION [1]

Il y a maintenant huit ans qu'en l'absence de M. Léonard Horner qui nous présidait alors, il m'échut, comme étant un des secrétaires de cette Société, la tâche de rédiger le discours annuel ordinaire. Je profitai de cette occasion pour essayer de dresser le bilan de cette partie de la science de la biologie qu'on désigne habituellement sous le nom de « paléontologie », au point où elle existait alors ; et discutant, les unes après les autres, les théories professées par les paléontologistes, je vous présentais les résultats de mes tentatives pour séparer ce qui était bien établi de ce qui n'était qu'hypothétique ou douteux [2]. Permettez-moi de vous rappeler en peu de mots ce qu'étaient ces résultats :

1º La population vivante de toutes les parties de la surface terrestre qu'on ait encore examinées a subi une succession de changements qui, somme toute, ont été d'un caractère lent et graduel ;

2º Quand on compare entre eux les restes fossiles

---

[1] Discours à la Société de Géologie de Londres en 1870.

[2] Voyez plus haut, p. 14, *De la contemporanéité géologique et des types persistants de la vie.*

qui sont la preuve de ces changements successifs, tels qu'ils se sont produits, en deux parties plus ou moins éloignées de la surface terrestre, ils présentent un certain parallélisme large et général. En d'autres termes, certaines formes de la vie dans une localité, se produisant dans le même ordre général de succession, sont *homotaxiales* avec des formes similaires dans l'autre localité qui lui est comparée ;

3° Il ne faut pas, sans preuves indépendantes, tenir l'homotaxie pour identique au synchronisme. Il se peut bien que des faunes et des flores similaires, ou même identiques, en deux localités différentes, soient d'âges extrêmement différents, si l'on emploie le terme « âge » dans son sens chronologique propre. J'ai dit que « des provinces géographiques, ou zones, peuvent avoir été marquées aussi distinctement à l'époque paléozoïque que maintenant, et que ces apparitions de nouveaux genres et espèces, qui semblent soudaines, et que nous attribuons à une nouvelle création, peuvent n'être que les simples résultats de migrations » ;

4° L'opinion qui tient les plus anciens fossiles connus pour les premières formes de la vie ne repose sur aucun fondement solide ;

5° Si nous nous bornons aux faits constatés d'une manière positive, la somme totale du changement opéré dans les formes de la vie animale et de la vie végétale, depuis l'existence reconnue de ces formes, n'est que petite et quand on la compare au laps de temps écoulé depuis la première apparition de ces formes, la quantité de changement est merveilleusement petite. En outre, dans chaque groupe des règnes animal et végétal, il y a certaines formes que j'ai appelées les *types persistants*, qui sont restés de nos jours, avec très peu de changement apparent, tels que lors de leur première apparition ;

6° En réponse à la question : « Quel témoignage apporte donc un examen impartial des vérités positivement constatées de la paléontologie en rapport avec les théories communes de modification progressive, lesquelles supposent que, par un progrès nécessaire des formes les plus simples à d'autres, une modification a eu lieu, produisant des types moins généralisés dans les limites de la période que représentent les roches fossilifères ? » à cette question, je réponds : « Le témoignage dément ces théories ; car ou il ne nous montre aucune preuve d'une semblable modification, ou il démontre que la modification produite a été très légère ; et, quant à la nature de cette modification, elle ne donne aucune preuve quelconque que les premiers membres d'aucun groupe longuement continué fussent plus généralisés dans leur structure que les derniers. »

Je pense ne pouvoir employer ma dernière chance de vous parler officiellement d'une façon plus convenable — je dirai même plus consciencieuse — qu'en revisant ces anciens jugements avec l'aide qu'une connaissance et des réflexions nouvelles, et un extrême désir de parvenir à la vérité peuvent procurer.

1° En ce qui concerne la première proposition, je puis faire observer que, quoi qu'il en puisse être pour les géologues physiciens, la race des paléontologistes

croyant aux catastrophes est éteinte. Il n'est plus
reconnu, en aucune théorie de géologie, que les espèces
d'une formation sont toutes mortes, et ont été remplacées par une série toute nouvelle dans la formation
suivante. Au contraire, on est généralement, si ce
n'est universellement, convenu que la succession de
la vie a résulté du remplacement lent et graduel d'une
espèce par une autre, et que toutes les apparences
d'un changement abrupt sont dues à des interruptions
dans la série des dépôts, ou à d'autres changements
dans les conditions physiques. La continuité des
formes vivantes n'a pas été rompue depuis les temps
les plus reculés jusqu'à nos jours.

2°, 3° L'emploi du mot « homotaxie » au lieu de
« synchronisme » n'a pas, que je sache, trouvé grande
faveur parmi les géologues. J'espère donc que c'est
un désir de prudence scientifique, et non une affection
personnelle pour un mot de ma création, qui me
pousse encore à juger que ce changement de phrase
est important et que, plus tôt nous l'aurons adopté,
plus tôt nous serons à l'abri de nombre de chausse-
trappes qui entourent celui qui veut raisonner sur les
faits et les théories de la géologie.

.Une des dernières nouvelles qui nous soient parvenues de l'étranger est le consentement qu'ont enfin
donné les géologues autrichiens au témoignage considérable accumulé par M. Barrande et leur acceptation de la théorie des colonies. Mais cette acceptation
implique en outre celle des faits que l'identité même
des restes organiques n'est pas une preuve du synchronisme des dépôts qui les contiennent.

4° Les discussions relatives à l'*Eozoon* (fig. 24), com-
mencées en 1864, ont amplement justifié la quatrième
proposition. En 1862, le plus ancien vestige de la vie
était dans les roches cambriennes; mais si l'Eozoon
est, ainsi que le Principal Dawson et le docteur Car-
penter ont montré qu'il y avait tout lieu de le croire,
les restes d'un être vivant, la découverte de sa vraie
nature fait remonter la vie à une époque qui, ainsi

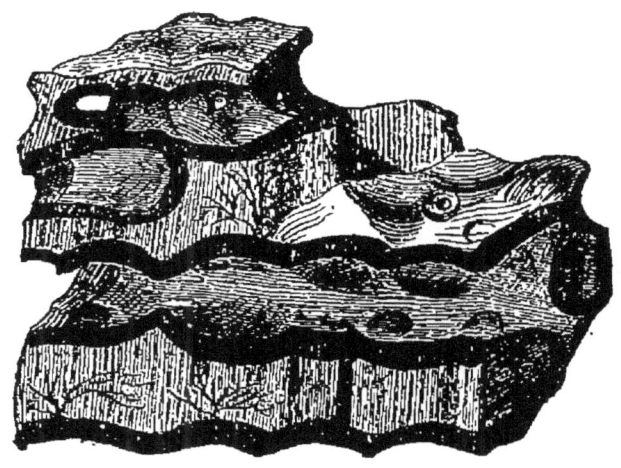

FIG. 24. — Eozoon Canadense.

que l'a remarqué sir William Logan, est aussi reculée
de celle où se déposèrent les roches cambriennes, que
cette dernière elle-même est éloignée des époques
tertiaires. En d'autres termes, la durée constatée de
la vie sur le globe se trouve, d'un coup, presque
doublée.

5° La signification des types persistants et de la
petite quantité de changement qui s'est opérée, même
chez les formes qu'on peut prouver s'être modifiées,

devient de plus en plus grande à mes yeux, à mesure que je m'occupe davantage de la biologie du passé.

Songez au long temps écoulé depuis l'époque Miocène. Cependant, alors même, il y a lieu de croire que chaque groupe important de chaque ordre des Mammifères était représenté. La faune Eocène elle-même, quoique relativement pauvre, offre des exemples des ordres des Cheiroptères, des Insectivores, des Rongeurs et des Périssodactyles, des Artiodactyles sous les formes de Ruminants et de Porcins, des Carnivores, des Cétacés, des Marsupiaux.

Ou, si nous remontons à la plus ancienne moitié de l'époque mésozoïque, combien il est surprenant d'y trouver représentés tous les ordres des Reptiles, sauf les Ophdiens, tandis que quelques groupes, tels que les Ornithoscélides et les Plésiosaures, plus spécialisés que ceux de nos jours, y abondaient.

Il y a une division des Amphibiens qui offre un témoignage spécialement important sur ce point, en ce qu'elle jette un pont sur la lacune entre les formations mésozoïque et paléozoïque (qu'on suppose souvent prodigieusement grande) s'étendant, ainsi qu'elle le fait, du fond de la série du Carbonifère jusqu'au haut du Trias, si ce n'est jusqu'au Lias. Je veux parler des Labyrinthodontes. Au moment où mon discours de 1862 était sous presse, j'eus le bonheur de pouvoir signaler, dans une note, la découverte d'un grand Labyrinthodonte, avec des vertèbres bien ossifiées, dans une houillère d'Edimbourg. Depuis lors on a découvert huit ou dix genres distincts de Labyrinthodontes dans les roches carbonifères de l'Angleterre, l'Ecosse et

Fig. 25. — Le Mastodontosaure de Jager, dans un paysage à l'époque du Trias, restitution par A. Jobin.

l'Irlande, sans parler des formes américaines qu'ont décrites le Principal Dawson et le professeur Cope. De sorte que, au temps actuel, la faune des labyrinthodontes des roches Carbonifères est plus étendue et plus diversifiée que celle du Trias, et ses types principaux, en tant que l'ostéologie nous met à même d'en juger, sont tout aussi parfaitement organisés. Donc il est certain qu'un type vertébré d'une organisation relativement élevée, tel que celui des Labyrinthodontes, est capable de persister, sans changement considérable, à travers la période que représentent les vastes dépôts constituant les formations Carbonifère, Permienne et Triasique.

Les résultats si remarquables mis au jour par les sondages et draguages qui ont été exécutées avec un succès marqué par les expéditions envoyées par des Anglais, des Américains, et des Suédois, sous la surveillance de naturalistes éminents, ont une haute portée dans la même direction ; ces recherches ont démontré l'existence, à de grandes profondeurs dans l'Océan, d'animaux vivants identiques en quelques cas, et, dans d'autres, très semblables à ceux qu'on trouve à l'état fossile dans la craie blanche.

Les Globigérines, les Cyatholithes, les Coccosphéridies, les Discolithes, trouvés dans l'un, sont absolument identiques à ceux de l'autre. Il y a des espèces identiques ou très analogues entre elles d'Eponges, d'Echinodermes et de Brachiopodes, sur la côte du Portugal ; il existe maintenant une espèce de *Beryx* qui, sans doute, laisse ses os et ses écailles ici et là dans la vase de l'Atlantique, comme celle qui l'a précédée laissait ses dépouilles dans la boue de la mer Crétacée.

Il y a bien des années [1], je m'aventurai à parler de la boue de l'Atlantique comme étant de « la craie moderne », et je ne vois rien qui empêche de croire, avec le professeur Wyville Thomson, que la craie moderne est non seulement la descendante directe de l'ancienne craie, mais qu'elle reste, pour ainsi dire, en possession du domaine des ancêtres; et que, depuis la période Crétacée (sinon beaucoup plus tôt) jusqu'à nos jours, la mer profonde a couvert une grande partie de ce qui forme maintenant l'aire de l'Atlantique. Mais si les Globigérines, et les *Terebratula caput-serpentis*, et les *Bepyx*, sans parler d'autres formes d'animaux et de plantes, comblent ainsi l'intervalle entre la période actuelle et le Mésozoïque, est-il possible que la plupart des autres choses vivantes aient subi un « changement en quelque chose de nouveau et d'étrange » tout d'un coup ?

6° Jusqu'ici, j'ai essayé d'élargir et de renforcer par de nouveaux arguments, mais non de modifier d'une manière importante, les idées qui vous ont été soumises dans une occasion précédente. Mais, en arrivant aux propositions touchant la modification progressive, il me semble, à l'aide des lumières nouvelles venant de divers points, qu'il y a lieu d'adoucir la sévérité avec laquelle, en 1862, j'ai traité une théorie pour laquelle j'aurais été heureux de trouver une base solide. En ce qui concerne les Invertébrés et les Vertébrés inférieurs les faits et les conclusions qu'on en peut tirer

---

[1] Voyez plus haut, p. 36, *La Craie*.

me semblent en être restés au même point. Tant qu'on n'a pas prouvé le contraire, les Marsupiaux les plus anciennement connus peuvent avoir eu une organisation aussi élevée que leurs congénères vivants ; les lézards Permiens ne se montrent aucunement inférieurs à ceux de nos jours ; les Labyrinthodontes ne peuvent être placés au-dessous de la Salamandre et du Triton vivants ; les Ganoïdes Dévoniens sont alliés de près aux Polyptères et aux Lépidosirens.

Mais, quand nous arrivons aux Vertébrés supérieurs, les résultats des recherches récentes, de quelque façon qu'on les crible et les pèse, me semblent laisser un solde très clair en faveur de la théorie de l'évolution des formes vivantes l'une de l'autre. Néanmoins, en discutant cette question, il est très essentiel de distinguer avec soin, entre les différents témoignages paléontologiques invoqués comme preuves de l'évolution.

Chaque fossile prenant une place intermédiaire entre des formes de vie déjà connues peut être compté, en tant qu'intermédiaire, comme une preuve de l'évolution, parce qu'il montre la route par laquelle il se peut que l'évolution se soit opérée. Mais la simple découverte d'une telle forme ne peut, en soi, prouver que l'évolution se soit produite par elle et à travers elle, et elle ne constitue rien de plus qu'une présomption en faveur de l'évolution en général. Si nous supposons que A, B et C soient trois formes, et que C soit de structure intermédiaire entre A et B, la théorie de l'évolution nous offre quatre alternatives possibles. A peut devenir B en passant par C, ou C peut être devenu A en passant par B, ou A et C peuvent être des modifications indépendantes de B; ou A, B et C peuvent être des modifications indépendantes de quelque D inconnu. Prenez le cas des Porcins, des Anoplothérides et des Ruminants. Les Anoplothérides sont intermédiaires entre les premiers et les derniers, mais cela ne nous dit pas si les Ruminants viennent des Porcins, ou les Porcins des Ruminants, ou tous les deux des Anoplothérides, ou si les Porcins, les Ruminants et les Anoplothérides ne peuvent avoir tous, pareillement, divergé de quelque souche commune.

Mais, s'il peut être montré que A, B et C offrent des étapes successives dans le degré de leur modification, et si, en outre, il peut être prouvé qu'ils se trouvent dans des dépôts successivement *plus récents*, A étant dans le plus ancien et C dans le plus nouveau, alors le caractère intermédiaire de B prend une tout autre importance, et je l'accepterais, sans hésiter, comme un anneau de la chaîne dans la généalogie de C. Je considérerais que l'obligation de la preuve retomberait sur quiconque nierait que C dérive d'A par B, ou par un mode analogue ; car il est toujours probable qu'on ne rencontre pas la ligne exacte de filiation, et, lorsqu'il s'agit des fossiles, on peut prendre les oncles et les neveux pour des pères et des fils.

Je crois nécessaire de distinguer les premières et dernières classes de formes intermédiaires, par les noms des *types intercalaires* et *types linéaires*. En appliquant le premier de ces termes, je veux seulement exprimer le fait que la forme B, ainsi nommée, est l'intermédiaire entre les autres, dans le sens où l'Anoplothérium est l'intermédiaire entre les Porcins et les

Ruminants, sans toutefois affirmer ni nier aucune relation génétique entre les trois formes intéressées. En appliquant le second terme, d'autre part, je veux dire que les formes A, B et C constituent une ligne de descendance, et que B fait ainsi partie de la généalogie de C.

Depuis le temps où les merveilleuses recherches de Cuvier sur les Mammifères éteints du gypse de Paris ont fait connaître pour la première fois les types intercalaires, et les ont fait reconnaître comme tels, le nombre de ces formes s'est régulièrement accru parmi les Mammifères supérieurs. Nous connaissons, maintenant, non seulement de nombreuses formes intercalaires d'Ongulés, mais la grande monographie de M. Gaudry sur les fossiles de Pikermi (qui me semble un des morceaux les plus achevés en matière de paléontologie que j'aie vu depuis longtemps) nous montre [1], parmi les Primates, les Mésopithéciens comme forme intercalaire entre les Semnopithèques et les Macaques ; et, chez les carnivores, les *Hyænictis* et les *Ictitherium* comme intercalaires, ou peut-être comme types linéaires entre les Vivérridés et les Hyénidés.

Presque aucun ordre des Mammifères supérieurs n'est, en apparence, aussi isolé et séparé des autres que celui des Cétacés ; bien qu'un examen attentif de la structure des Carnivores, ou Phoques pinnipèdes montre chez eux plus d'une tendance vers les Mammifères plus complètement maritimes. Les *Zeuglodon*,

---

[1] Gaudry, *Les ancêtres de nos animaux dans les temps géologiques.* Paris, 1888, p 77.

éteints maintenant, nous présentent une forme intercalaire entre le type des Phoques et celui des Baleines.
Le crâne de ce grand monstre marin Eocène, en réalité,
montre son rapport étroit avec les Phoques par sa
région inter-orbitaire étroite et prolongée, par l'union
considérable des os pariétaux en une suture sagittale
par les os du nez bien développés ; par les incisives,
distinctes et grandes qui sont implantées dans les os
prémaxillaires jouant un rôle complet comme bornes
de la partie antérieure de la bouche, par les dents molaires à deux pointes, aux couronnes triangulaires et
dentelées en scie, ne dépassant pas le nombre de cinq
à chaque mâchoire de chaque côté, et par l'existence
d'une dentition caduque. Tandis que, d'autre part, la
forme allongée du museau, la longue symphyse et le
processus coronaire bas des mandibules rappellent la
forme cétacée de ces parties.

L'omoplate ressemble à celui de l'Hyperodon cétacé,
mais la fosse sus-épineuse est plus grande, et plus semblable à celle d'un phoque, de même que l'humérus
qui diffère de celui des Cétacés en ce qu'il présente
de véritables surfaces articulaires pour le jeu libre des
os de l'avant-bras. Par l'absence apparemment complète de membres postérieurs, et par les caractères de
la colonne vertébrale, le Zeuglodon est sur le côté
cétacé de la ligne de frontière ; de sorte que, somme
toute, les Zeuglodontes, bien qu'ils soient de transition,
sont gardés, pour plus de commodité, dans l'ordre
des Cétacés. Et la publication, en 1864, du mémoire de
M. Van Beneden sur le Squalodon Miocène et Pliocène
a fourni de bien meilleurs moyens que n'en avaient

d'abord eus les anatomistes de raccorder un autre anneau de la chaîne qui relie les Cétacés actuels avec le Zeuglodon. Les dents sont beaucoup plus nombreuses, bien que les molaires montrent le double croc zeuglodonte ; les os du nez sont très courts, et la surface supérieure du rostre présente la rainure, remplie pendant la vie par le prolongement du cartilage ethmoïdal, qui est si caractéristique de la plupart des Cétacés.

Il me semble que, tout comme chez les Carnivores actuels, les Morses et les Phoques à oreilles sont des formes intercalaires entre le Carnivore fissipède et les Phoques ordinaires, de même les Zeuglodontes sont intercalaires entre les Carnivores, dans leur ensemble, et les Cétacés. On ne peut savoir sûrement si les Zeuglodontes sont aussi des types linéaires dans leur rapport avec ces deux groupes avant que nous n'ayons une connaissance plus définie que celle que nous possédons maintenant, en ce qui concerne les rapports chronologiques des *Carnivores* et des *Cétacés*.

Jusqu'ici nous ne nous sommes occupés que des types intercalaires occupant les intervalles entre les familles ou ordres de la même classe, mais les recherches faites par le professeur Gegenbauer, le professeur Cope et moi, sur la structure et les rapports des formes reptiliennes éteintes des Ornithoscelidés (ou Dinosaures et Compsognathes) ont mis au jour l'existence de formes intercalaires entre ce qu'on avait jusqu'ici toujours regardé comme des classes très distinctes des Vertébrés, à savoir les Reptiles et les Oiseaux. Quelles que soient les conclusions qu'on puisse tirer de ce fait, c'est maintenant une vérité établie que, chez beaucoup de ces Ornithoscélidés, les membres postérieurs et le bassin sont beaucoup plus semblables à ceux des oiseaux qu'à ceux des reptiles et que ces oiseaux-reptiles ou reptiles-oiseaux sont plus ou moins complètement bipèdes.

Quand je vous parlais en 1862, il m'aurait fallu beaucoup de hardiesse pour suggérer que la paléontologie nous montrerait avant peu la possibilité d'une transition directe du type du lézard à celui de l'autruche. Au moment actuel nous avons, dans les Ornithoscélides, le type intercalaire qui prouve que la transition est quelque chose de plus qu'une possibilité ; mais il est très douteux qu'aucun des genres d'Ornithoscélidés que nous connaissons maintenant soient les vrais types linéaires par lesquels s'est effectuée la transition du lézard à l'oiseau. Ces types sont, très probablement, encore cachés dans de plus anciennes formations.

Essayons maintenant de trouver quelques cas de vrais types linéaires, ou formes intermédiaires entre d'autres parce qu'elles sont en rapport génétique direct avec elles. Il n'est pas facile de trouver une preuve claire et infaillible de filiation parmi les animaux fossiles ; car, pour que cette preuve fût entièrement satisfaisante, il serait nécessaire que nous connussions tous les traits les plus importants des animaux qu'on suppose être ainsi alliés, et non pas seulement les fragments sur lesquels se basent si souvent les genres et les espèces du paléontologiste. M. Gaudry a arrangé les espèces des Hyénidés, Proboscidiens, Rhinocérotidés et Equidés, dans leur ordre de filiation depuis leur première apparition à l'époque Miocène jusqu'au temps actuel, et le professeur Rutimeyer a donné de semblables tableaux pour les Bœufs et autres Ongulés avec ce qui, à mon avis, est une assez juste et probable approximation à l'ordre naturel. Mais, ainsi que le savent mieux que personne ces deux biologistes savants, sagaces et philosophes, tous les arrangements de cette sorte doivent être considérés comme provisoires, sauf dans le cas où, par une heureuse chance, il est possible d'obtenir de grandes séries de fossiles d'une série épaisse et étendue de dépôts. Il est facile d'accumuler des conjectures, mais difficile de définir un cas particulier de façon à ce qu'il supporte une critique rigoureuse.

Après avoir beaucoup cherché, cependant, je crois avoir trouvé un cas pareil en faveur de la généalogie du cheval.

Le genre *Equus* est représenté, en remontant les âges, dans la dernière partie de la période Eocène ; mais, dans les dépôts appartenant au milieu de cette époque, sa place est prise par deux autres genres, l'Hipparion et l'Anchithérium [1] ; et, dans le Miocène inférieur et l'Eocène supérieur, le dernier genre seul

---

[1] Hermann von Meyer donna le nom d'Anchithérium à l'A. *E_-guerrae*, et dans son article sur ce sujet, il s'efforce de distinguer le dernier, comme étant le type d'un nouveau genre, du Paléothérium d'Orléans, de Cuvier. Mais c'est précisément le Paléothérium d'Orléans qui est le type du genre Hipparithérium de Christol, et, ainsi, bien que l'Hipparithérium soit d'une date plus récente que l'Anchithérium, il me sembla avoir une espèce de droit, en équité à être reconnu, quand ce discours a été écrit. Toutefois, somme toute, il semble plus commode d'adopter le nom d'Anchithérium.

se présente. Une espèce d'Anchithérium fut rap-
portée, par Cuvier, aux Paléothérium, sous le nom de
P. aurelianense. Les incisives sont, en réalité, très
semblables par la forme et le modèle, et par l'absence
d'une couche épaisse d'émail, à celle de quelques
espèces de Paléothérium, en particulier au *P. minus*,
dont Pomel a formé un genre séparé, le *Plagiolophus.*
Mais la dentition de l'Anchithérium s'éloigne du
type du Paléothérium, et se rapproche de celle du
cheval par le fait qu'il n'y a que six molaires de grandeur normale dans la mâchoire inférieure, la première prémolaire étant très petite ; que les molaires
antérieures sont aussi grandes, ou plutôt plus grandes,
que les postérieures ; que la seconde des prémolaires
a un prolongement antérieur, et que la molaire du
fond de la mâchoire inférieure a, ainsi que l'a fait
remarquer Cuvier, un lobe postérieur d'une taille
plus petite et d'une forme différente.

De plus, la charpente de l'Anchithérium est extrêmement chevaline. M. Christol va jusqu'à dire que la
description des os du cheval ou de l'âne, qui a cours
dans les ouvrages vétérinaires, conviendrait à ceux de
l'Anchithérium. Et, d'une manière générale, cela peut
être vrai, mais il y a des différences de la plus grande
importance qui sont, d'ailleurs, justement indiquées
par le même observateur attentif. Ainsi le cubitus est
complet dans toute sa longueur, et sa diaphyse n'est
pas un simple rudiment se confondant en un seul os
avec le radius. Il y a trois orteils, un grand au milieu
et un petit de chaque côté. Le fémur est tout semblable à celui d'un cheval, et a la fosse caractéristique

au-dessus du condyle externe. Il y a, au *British Museum*, une préparation des plus instructives d'os de jambe, montrant que le péroné était représenté par la malléole externe et par une languette osseuse aplatie s'étendant jusqu'au côté extérieur du tibia, et soudée avec ce dernier os [1]. Les orteils de derrière sont au nombre de trois, comme pour la jambe de devant, et·l'os métatarsien du milieu est beaucoup moins comprimé d'un côté à l'autre que celui du cheval.

Chez l'Hipparion les dents ressemblent de près à celles du cheval, bien que les couronnes des molaires ne soient pas aussi longues; de même que celles des chevaux, elles sont abondamment recouvertes d'émail. La diaphyse du cubitus est réduite à un simple style soudé dans presque toute sa longueur avec le radius, et ne paraissant guère plus qu'une sorte d'épine sur la surface de ce dernier os, si on ne l'examine de près. Les orteils de devant sont encore au nombre de trois, mais les externes sont plus grêles que chez l'Anchithérium, et leurs sabots plus petits en proportion que ceux de l'orteil médian; ils sont, en réalité, réduits à de simples ergots et ne touchent pas terre. Dans la jambe, l'extrémité distale du péroné est si complètement unie au tibia qu'elle semble n'être qu'un processus de ce dernier os, comme chez les chevaux.

Chez l'*Equus* enfin, les couronnes des dents mo-

[1] Je suis redevable à M. Gervais d'un échantillon qui indique que le péroné était complet, en tous cas, chez quelques-uns; et d'un fragment très intéressant de mâchoire qui montre que, de même que chez les Paléothérium, la dernière molaire de lait de la mâchoire inférieure était privée du lobe postérieur qui existe dans la dernière vraie molaire.

laires deviennent plus longues, et leur forme se modifie légèrement; le milieu de la diaphyse du cubitus disparaît habituellement, et ses extrémités distale et proximale se soudent avec le radius. Les phalanges des deux doigts extérieurs de chaque pied disparaissent, les os correspondants du métacarpe et du métatarse persistant comme « suros ».

L'Hipparion a de grandes dépressions sur la face, devant les orbites, comme celles des « larmiers » de beaucoup de Ruminants; mais on peut voir les semblables sur quelques-uns des chevaux fossiles des collines de Siwalik; et, ainsi que le montrent les récentes recherches de Leidy, les dépressions se retrouvent dans l'Anchithérium.

En considérant ces faits, et en outre la circonstance que les Hipparions dont les restes ont été recueillis en nombre immense, étaient sujets, ainsi que M. Gaudry et d'autres l'ont indiqué, à une grande variabilité, il me paraît impossible de ne pas conclure que les types de l'Anchithérium, de l'Hipparion et des anciens chevaux constituent la lignée des chevaux modernes, l'Hipparion étant la phase intermédiaire entre les deux autres, et correspondant au B de mon exemple précédent.

Le processus par lequel l'Anchithérium a été converti en *Equus* est celui de la spécialisation ou d'une déviation plus ou moins complète de ce qu'on pourrait appeler la forme moyenne d'un mammifère ongulé. Chez les chevaux, la réduction de quelques parties des membres, et la modification spéciale de celles qui restent sont portées plus loin que dans tout autre mammifère à sabot. La réduction et la spécialisation sont moindres chez l'Hipparion, et encore moindres chez l'Anchithérium; cependant, comparées à celles d'autres mammifères, la réduction et la spécialisation des parties chez l'Anchithérium restent grandes.

N'est-il donc pas probable, que, tout comme dans l'époque Miocène, nous trouvons une forme équine ancestrale moins modifiée que l'*Equus*, de même, si nous remontions jusqu'à la période Eocène, nous trouverions quelque quadrupède allié à l'Anchithérium, comme l'Hipparion l'est à l'*Equus*, et qui s'éloigne par conséquent moins de la forme moyenne?

Je pense que ce désideratum est très près d'être rempli, s'il ne l'est tout à fait, par le Plagiolophus dont d'abondants restes se trouvent en quelques parties des formations Eocènes supérieure et moyenne. Les dessins des molaires du Plagiolophus sont semblables à celles de l'Anchithérium, et leurs couronnes sont aussi couvertes d'une mince couche d'émail; mais les molaires diminuent de grandeur sur le devant, et la dernière molaire du bas a un grand lobe postérieur, convexe en dehors et concave en dedans, comme chez le Paléothérium. Le cubitus est complet, et beaucoup plus grand que dans aucun des Equidés, tout en étant plus mince que chez la plupart des vrais Paléothériums; il est uni d'une manière fixe au radius, mais sans être soudé. Il y a trois doigts au pied de devant, les extérieurs étant minces mais moins atténués que chez les Equidés. Le fémur ressemble plus à celui des Paléothériums qu'à celui du cheval, et n'a qu'une petite dépression au-dessus du condyle extérieur au lieu de la grande fosse si visible chez les Equidés. Le péroné est distinct, mais très mince, et son extrémité distale est soudée avec le tibia. Il y a trois orteils au pied de derrière ayant les mêmes proportions que ceux du pied de devant. Les os principaux du métacarpe et du métatarse sont plus plats que dans aucun des Equidés ; et les os du métacarpe sont plus longs que ceux du métatarse, ainsi que cela est chez les Paléothériums.

Dans sa forme générale, le Plagiolophus ressemble à un cheval très petit et mince [1], et n'a rien de commun avec la créature hésitante, se rapprochant du Cochon, que Cuvier a décrite dans sa restitution du Paléothérium (*P. minus*) dans son ouvrage des *Ossements fossiles*.

Il serait téméraire d'affirmer que le Plagiolophus est la forme radicale exacte du quadrupède équin, mais je ne pense pas qu'on puisse raisonnablement douter que ces derniers animaux soient le résultat de la modification de quelque quadrupède semblable au Plagiolophus.

Nous voici donc arrivés à l'Eocène moyen, et nous n'avons encore pu faire remonter le cheval qu'à une race à trois orteils ; mais ces formes à trois orteils, non moins que les quadrupèdes équins eux-mêmes, présentent des rudiments des deux autres doigts qui appartiennent à ce que j'ai appelé le quadrupède « moyen ». Si l'idée éveillée par les saillies osseuses sur les orteils des chevaux que, chez quelqu'un de leurs ancêtres ces saillies se trouveraient être des doigts com-

---

[1] Telle est du moins la conclusion suggérée par les proportions du squelette représenté par Cuvier et de Blainville ; mais peut-être que quelque chose entre un cheval et un agouti serait plus près de la vérité.

plets, a été justifiée, nous possédons de très fortes raisons d'attendre une justification non moins complète de l'attente que l' « avus » à trois orteils et ressemblant au Plagiolophus, de notre cheval, doit avoir eu un « atavus » à cinq doigts à une période plus reculée.

Aucun « atavus » à cinq orteils, de ce genre, n'a toutefois encore fait son apparition parmi les quelques Mammifères de l'Eocène, moyen ou inférieur, que l'on connaisse.

Une autre série de formes unies de très près, bien que le témoignage qu'elles offrent soit peut-être moins complet que celui de la série équine, nous est présenté par les Dichobunés de l'époque Eocène, les Caïnothérium du Miocène, et les Tragulidés, ou soi-disant « cerfs musqués » de nos jours.

Les Tragulidés n'ont pas d'incisives à la mâchoire supérieure, et n'ont que six molaires de chaque côté de chaque mâchoire ; tandis que la canine est placée à côté de l'incisive extérieure, et qu'il y a un vide dans la mâchoire inférieure. Il y a quatre orteils complets au pied de derrière, mais, d'ordinaire, les métatarsiens médians se soudent, tôt ou tard, en un boulet. Le naviculaire et le cuboïde s'unissent, et le bout distal du péroné se soude avec le tibia.

Chez le Caïnothérium et *Dichobune* les incisives supérieures sont entièrement développées. Il y a sept molaires, les dents formant une série continue sans diastème. Les métatarsiens, le naviculaire et le cuboïde, et l'extrémité distale du péroné restent libres. Chez le Caïnothérium, aussi, le second métacarpien est développé, mais est bien plus court que le troi-

sième, tandis que le cinquième est absent ou rudimentaire. A cet égard il ressemble à l'*Anoplotherium
secundarium*. Cette circonstance et le dessin particulier des molaires supérieures chez le Caïnothérium me
font hésiter à le considérer comme le véritable ancêtre
des Tragulidés modernes. Si le *Dichobune* a un pied
de devant à quatre orteils (bien que j'incline à croire
qu'il ressemble au Caïnothérium) il sera un meilleur
représentant des plus anciennes formes de la série
Traguline ; mais le Dichobune se trouve dans l'Eocène
moyen et, en réalité, il est le mammifère artiodactyle
le plus ancien que l'on connaisse. Où donc devons-
nous chercher son ancêtre à cinq orteils ?

Si nous suivons d'autres lignes d'*Ongulés* récents et
tertiaires, la même question se présente. On peut
suivre les Porcins en remontant de l'époque Miocène
jusqu'à l'Éocène supérieur, où ils apparaissent sous
les deux formes bien marquées d'Hippopotames et de
Chœropotames ; mais l'Hippopotame ne semble avoir
eu que deux orteils.

De plus, tous les grands groupes des Ruminants, les
Bovidés, les Antilopidés, les Camélopardalidés, et les
Cervidés, sont représentés dans l'époque Miocène ainsi
que les Chameaux. L'Anoplothérium de l'Éocène
supérieur, qui est intercalaire entre les Porcins
et les Tragulidés, n'a que deux, ou, au plus, trois
orteils. Parmi les rares Mammifères de la formation
Eocène inférieure, nous avons les *Ongulés* périssodactyles représentés par le Coryphodon, l'Hyracothé-
rium et le Pliolophus. Supposons un moment, pour
suivre notre raisonnement, que le Pliolophus repré-

sente la race primitive des Périssodactyles, et le *Dichobune* celle des Artiodactyles (bien que je sois loin de dire que tel est le cas), nous trouvons alors dans la faune la plus ancienne de l'époque Éocène où nous mènent nos recherches, les deux divisions des Ongulés complètement différenciées, sans aucune trace d'aucune souche commune aux deux, ou de prédécesseurs à cinq orteils pour l'une ni pour l'autre. Avec le précédent des chevaux, qui justifie la croyance en la production de nouvelles formes animales par la modification des anciennes, je ne vois pas qu'on puisse échapper à la nécessité de chercher ces ancêtres des Ongulés au-delà des limites des formations tertiaires.

Je pourrais tout aussi bien admettre une création spéciale que de supposer que les Périssodactyles et les Artiodactyles n'avaient pas d'ancêtres à cinq orteils. Et, si nous prenons en considération la grande durée de la période tertiaire qui s'est écoulée avant que l'Anchithérium ne fut transformé en *Equus*, il est difficile de se soustraire à la conclusion qu'une grande proportion du temps antérieur à la période tertiaire doit avoir été passée à convertir la race commune des Ongulés en Périssodactyles et en Artiodactyles.

· On peut tirer la même moralité de l'étude de chaque autre ordre de Mammifères monodelphes de l'époque Tertiaire. Chacun de ces ordres se trouve représenté dans l'époque Miocène; l'Éocène, ainsi que je l'ai déjà dit, contient des Chéiroptères, des Insectivores, des Rongeurs, des Ongulés, des Carnivores et des Cétacés. Mais les Chéiroptères sont d'extrêmes modifications des Insectivores, tout comme les Cétacés sont des modifications extrêmes du type carnivore, et par conséquent il me semble incroyable que des Insectivores et Carnivores monodelphes ne soient pas abondamment développés, à côté des Ongulés, dans l'époque Mésozoïque. Mais, s'il en est ainsi, combien plus loin nous faut-il remonter en arrière pour trouver la race commune à tous les Mammifères monodelphes ? Quant aux Didelphes, si nous devons en croire le témoignage que semblent offrir leurs restes très rares, une forme Hypsiprymnoïde existait à l'époque du Trias, en même temps qu'une forme carnivore. A l'époque Triasique, par conséquent, les Marsupiaux doivent avoir existé depuis assez longtemps déjà pour s'être différenciés en formes carnivores et herbivores. Mais les Monotrèmes sont des formes inférieures aux Didelphes, lesquels sont intercalaires entre les Ornithodelphes et les Monodelphes. A quel point de l'époque paléozoïque, alors, devons-nous, d'après une estimation rationnelle, fixer l'origine des Monotrèmes ?

L'investigation de l'occurrence des classes et des ordres des Sauropsidés, dans le temps, indique exactement la même direction. Si, comme on a lieu de le croire, de véritables oiseaux existaient à l'époque Triasique, les formes ornithoscélidiennes par lesquelles les Reptiles sont devenus Oiseaux doivent les avoir précédés. En réalité, il y a, dès à présent, des raisons considérables de soupçonner l'existence des Dinosaures dans le Permien, mais, en ce cas, les Lézards doivent dater d'encore plus loin. Et, si les très petites différences observables entre les Crocodiles des formations mésozoïques anciennes et ceux de nos jours

peuvent fournir une estimation approximative du taux
moyen du changement chez les Sauropsidés, il est
presque effrayant de réfléchir à la distance dans des
temps paléozoïques, où il nous faut remonter avant
d'espérer parvenir à cette race commune d'où ont dû
dériver les Crocodiliens, les Lacertiliens, les Ornithoscélidés et les Plésiosaures qui avaient atteint un développement si grand à l'époque Triasique.

Les Amphibiens et les Poissons racontent la même
histoire. Il n'y a pas une seule classe d'animaux vertébrés qui, à sa première apparition, ne soit représentée par des êtres analogues aux membres inférieurs connus de la même classe. Donc s'il y a
quelque chose de vrai dans la théorie évolutionniste,
chaque classe doit être infiniment plus ancienne que
les individus les plus anciens qu'on puisse signaler
sur la surface terrestre. Mais, si des considérations
de ce genre nous forcent à placer l'origine des animaux vertébrés à une période assez éloignée du
Silurien supérieur, où se produisent les premiers Elasmobranches et Ganoïdes, et à croire au développement de poissons semblables à ceux-là, hors d'un vertébré aussi simple que l'*Amphioxus*, je ne puis que
répéter qu'il est effrayant de réfléchir combien cette
origine a dû précéder l'époque où des restes vertébrés
sont enregistrés pour la première fois sur le globe.

Tel est le commentaire que je puis offrir sur le récit
des résultats principaux de la paléontologie que j'ai
autrefois entrepris de vous exposer.

Mais l'accroissement de la connaissance, durant cet
intervalle, me fait apercevoir d'une omission d'une

portée considérable, dans cet exposé; c'est qu'il ne dit rien des rapports de la paléontologie avec la théorie de la distribution de la vie, et ne tient pas note non plus, de la manière remarquable dont les faits de distribution, dans les temps actuels et dans les temps passés, s'accordent avec la théorie évolutionniste, surtout en ce qui concerne les animaux terrestres.

Le rapport entre la paléontologie et la géologie et la distribution actuelle des animaux terrestres qui frappa assez vivement Darwin, il y a trente ans, pour qu'il fût amené à parler d'une « loi de succession des types », et de l'étonnante parenté sur le même continent, entre les morts et les vivants, a récemment reçu beaucoup d'éclaircissements des recherches de Gaudry, de Rütimeyer, de Leidy et d'Alphonse Milne-Edwards, ainsi que des travaux, plus anciens, de feu notre collègue Falconer, et a été discuté d'une façon instructive dans l'ouvrage profond et ingénieux de M. Andrew Murray : *On the geographical Distribution of Mammals* [1].

Je me propose de vous exposer, aussi brièvement que je le pourrai, les idées que de longues réflexions à ce sujet ont fait naître dans mon esprit.

Si la théorie de l'évolution est vraie, une de ses conséquences immédiates est, évidemment, que la distribution actuelle de la vie sur le globe est le produit de

---

[1] L'article *On the Form and Distribution of the Land-Tracts during the Secondary and Tertiary Periods respectively and on the Effect upon Animal Life which great Changes in Geographical Configuration have probably produced* par M. Searles V. Wood, jun. qui a été publié dans le *Philosophical Magazine*, en 1862, m'était inconnu quand cet Essai a été écrit. Il mérite une étude très attentive.

deux facteurs, l'un étant la distribution qui régnait à l'époque immédiatement précédente, et l'autre, le caractère et l'étendue des changements qui ont eu lieu dans la géographie physique entre une époque et l'autre, ou bien, pour exprimer la chose en d'autres termes, la faune et la flore d'un territoire donné, à une époque donnée, ne peut consister qu'en des formes de vie descendues en ligne directe de celles qui constituaient la Faune et la Flore de ce même territoire dans l'époque qui précédait immédiatement à moins que la géographie physique (sous laquelle je comprends les conditions de climat) de ce territoire n'ait été changée de manière à donner lieu à l'immigration de formes vivantes de quelque autre territoire.

L'évolutionniste, donc, est tenu de résoudre le problème suivant quand il est posé clairement devant lui : — Voici les faunes du même territoire durant des époques successives. Montrez-nous vos raisons de croire, soit que ces faunes ont été dérivées l'une de l'autre par une modification graduelle, soit que les faunes ont atteint le territoire en question par une migration de quelque territoire où ils auraient subi leur développement.

Je me propose d'essayer de traiter ce problème, en tant qu'il se pose dans la distribution des vertébrés terrestres, et je m'efforcerai de montrer qu'on peut le résoudre dans un sens entièrement favorable à la théorie de l'évolution.

J'ai, ailleurs[1], longuement exposé les raisons qui me

[1] *On the Classification and Distribution of the Alectromorphæ;* (*Proceedings of the Zoological Society*, 1868).

font reconnaître quatre provinces primaires de distribution pour les Vertébrés terrestres du monde actuel, savoir : d'abord, la province de la Nouvelle-Zélande, ou *Néozélandaise;* secondement, la province *Australienne*, comprenant l'Australie, la Tasmanie et les Iles des Négritos; troisièmement, l'*Austro-Colombie*, ou l'Amérique du Sud, plus l'Amérique du Nord jusqu'au Mexique; et quatrièmement, le reste du monde, ou *Arctogea*, dans laquelle l'Amérique au nord du Mexique constitue une sous-province, l'Afrique au sud du Sahara une seconde, l'Hindoustan une troisième, et le reste du vieux monde une quatrième sous-province.

Le principe que Darwin reconnut et promulga comme « la loi de la succession des types » est que, dans toutes ces provinces, les animaux trouvés dans des dépôts Pliocènes ou plus récents ont une affinité étroite avec ceux qui habitent maintenant les mêmes provinces ; et que, réciproquement, les formes caractéristiques des autres provinces sont absentes. L'Amérique du Nord et celle du Sud, peut-être, présentent une ou deux exceptions à la dernière règle, mais celles-ci sont faciles à expliquer. Ainsi, en Australie, les derniers Mammifères Tertiaires sont des Marsupiaux (peut-être à l'exception du chien et d'un ou deux rongeurs, comme de nos jours). Dans l'Austro-Colombie la faune tertiaire récente présente des formes nombreuses et variées de singes platyrrhiniens, de rongeurs, de chats, de chiens, de cerfs, d'Edentés et de sarigues ; mais, comme de nos jours, ni singes catarrhiniens, ni Lémuriens, ni Insectivores, ni bœufs, ni antilopes, ni Rhinocéros, ni Didelphes, sauf les sarigues.

Et, dans la vaste province arctogéale, les mammifères
du pliocène et de dépôts plus récents appartiennent aux
mêmes groupes que ceux qui existent maintenant dans
la province. La loi de la succession des types, par conséquent, est exacte pour l'époque présente comparée à
celle qui l'a précédée. S'applique-t-elle également bien
à la faune pliocène quand nous la comparons à celle
de l'époque miocène? Par grand bonheur, une faune
mammifère très étendue de cette dernière époque est
maintenant connue en quatre parties très éloignées
de la province arctogéale qui ne diffèrent pas grandement en latitude. Ainsi Falconer et Cautley ont fait
connaître la faune des sous-Himalayas et les Iles
Périm ; Gaudry celle de l'Attique ; beaucoup d'obser-
vateurs celle de l'Europe centrale et de la France, et
Leidy celle du Nebraska sur le flanc oriental des montagnes Rocheuses. Les résultats sont très frappants. La
faune Miocène totale comprend beaucoup de genres
et d'espèces de singes catarrhiniens, de chauves-souris,
d'Insectivores; de types arctogéaux des Rongeurs; des
Proboscidiens; des quadrupèdes du genre des chevaux,
des rhinocéros et des tapirs ; des ruminants se rapprochant des chameaux, des bœufs, des antilopes, des cerfs,
de cochons et d'hippopotames ; des Vivérridés et des
Hyénides parmi d'autres Carnivores, avec des Edentés
alliés à l'Orycteropus et au *Manis* de l'Arctogée et non
aux Edentés d'Austro-Colombie. Le seul type présent
dans la faune Miocène de l'Arctogée orientale, mais
absent dans celle de nos jours, est celui des Didelphes
qui, cependant, subsiste dans l'Amérique du Nord.

Mais il est très remarquable que, tandis que la faune

miocène de la province d'Arctogée, prise dans son
ensemble, est du même caractère que la faune actuelle
de la même province, prise dans son ensemble, les
éléments constituant cette faune étaient associés d'une
manière différente. A l'époque miocène, l'Amérique
du Nord possédait des éléphants, des chevaux, des
rhinocéros, et un grand nombre et une grande variété
de ruminants et de porcins qui sont absents dans la
faune indigène actuelle ; l'Europe avait ses singes, ses
éléphants, ses rhinocéros, des tapirs, des chevrotains
porte-musc, des girafes, des hyènes, de grands chats,
des edentés et des marsupiaux ressemblant à des
sarigues, qui ont tous également disparu de la faune
actuelle ; et, dans le nord de l'Inde, les types africains
des hippopotames, des girafes et des éléphants étaient
mêlés à ce qui est maintenant le type asiatique de
ces derniers, ainsi qu'à des chameaux et des singes
Semnopithéciens et Pithéciens de formes non moins
distinctement asiatiques.

En réalité la faune mammifère Miocène de l'Europe
et des régions de l'Himalaya contiennent, réunis, les
types qui sont actuellement établis séparément dans
les sous-provinces de l'Afrique méridionale et de
l'Inde de l'Arctogée. Il y a tout lieu de croire, d'après
d'autres renseignements, que l'Indoustan au sud du
Gange, et l'Afrique au sud du Sahara étaient séparés
de l'Europe et de l'Asie du Nord par une vaste mer,
durant l'époque Éocène moyenne et l'Éocène supérieur. D'où il suit que, très probablement, les ressemblances bien connues et les différences non moins
remarquables entre les faunes actuelles de l'Inde et

de l'Afrique méridionale ont dû naître de la façon suivante. A quelque moment de la période Miocène, peut-être lorsque la chaîne de l'Himalaya s'éleva, le fond de la mer se souleva et fut converti en terre ferme, dans la direction d'une ligne s'étendant de l'Abyssinie jusqu'à l'embouchure du Gange. Par ce moyen, le Dekkan, d'un côté, et l'Afrique du Sud, de l'autre, furent reliés à la terre ferme du Miocène, et entre eux. Les Mammifères miocènes se répandirent, par degrés, sur cette terre ferme intermédiaire ; et, si l'état de ses extrémités orientale et occidentale offrait des contrastes aussi marqués que le font les vallées du Gange et de l'Arabie maintenant, beaucoup de formes qui sont parvenues en Afrique doivent avoir été différentes de celles qui ont atteint le Dekkan, tandis que d'autres ont pu passer dans les deux sous-provinces.

Le fait d'une continuité de terre ferme entre l'Europe et l'Amérique du Nord, pendant l'époque Miocène, me semble être une conséquence nécessaire des nombreux genres de Mammifères terrestres, tels que le *Castor*, l'*Hystrix*, l'*Elephas*, le Mastodonte, l'*Equus*, l'Hipparion, l'Anchithérium, le Rhinocéros, le Cerf, l'Amphicyon, l'Hyænarctos, et le Machairodus qui sont communs au Miocène des deux territoires, et n'ont été trouvés jusqu'ici (sauf peut-être l'Anchithérium) dans aucun dépôt plus ancien. Il n'y a maintenant aucune preuve certaine que cette continuité ait eu lieu à l'est, ou à l'ouest, ou des deux côtés de l'ancien monde, et la question importe peu dans le cas actuel ; mais, comme il y a tout lieu de croire que la province Australienne et les sous-provinces de l'Inde et de l'Afrique méridionale étaient séparées par la mer du reste de l'Arctogée avant l'époque Miocène, de même il est devenu non moins probable, d'après les recherches de M. Carrick Moore et du professeur Duncan, que l'Austro-Colombie était séparée de l'Amérique du Nord par la mer pendant une grande partie de l'époque Miocène.

Il est malheureux que nous n'ayons aucune connaissance de la faune mammifère Miocène des provinces Australienne et Austro-colombienne ; mais, étant donné que l'on n'a pas encore trouvé de traces d'un Singe platyrrhinien, d'un Carnivore procyonien, d'un Rongeur Sud-Américain caractérisé, d'un Paresseux, d'un Tatou, d'un Fourmilier, dans les dépôts Miocènes de l'Arctogée, je ne puis douter qu'ils existassent déjà dans la province Austro-Colombienne du Miocène.

Il n'est pas moins probable que les types caractéristiques des Mammifères australiens étaient déjà développés dans cette région dans les temps Miocènes.

Mais l'Austro-Colombie présente des difficultés que n'a point l'Australie ; les Camélidés et les Tapiridés sont maintenant indigènes au Sud-Amérique comme en Arctogée, et, parmi les Mammifères Austro-colombiens de l'époque Pliocène, les genres arctogéaux Equus, Mastodonte et Machairodus sont comptés. Sont-ce là des immigrants post-miocènes, ou des indigènes prèmiocènes ?

Plus embarrassantes encore sont les formes étranges et intéressantes du Toxodon, du Macrauchenia, du Typothérium, et un nouveau mammifère Anoplothérioïde (Homalodothérium) que le D\u02b3 Cunningham m'envoya, il y a quelque temps, de Patagonie. J'avoue que j'incline fort à soupçonner que ces derniers, en tout cas, sont des restes d'une population Austro-colombienne antérieure à l'époque Miocène, qui ne dérivait point de l'Arctogée du côté du nord et de l'est.

Le fait que cette immense faune miocène de l'Arctogée n'est maintenant complètement et richement représentée que dans l'Inde et le sud de l'Afrique, tandis qu'elle est diminuée et appauvrie dans le nord de l'Asie, l'Europe et le nord de l'Amérique, devient de suite intelligible si nous supposons que l'Inde et le Sud-Amérique n'avaient qu'une maigre population de Mammifères avant l'immigration Miocène, tandis que les conditions de vie étaient éminemment favorables aux nouveaux venus. Il est à supposer que ces nouvelles régions s'offrirent aux Ongulés Miocènes, comme l'Amérique du Sud et l'Australie s'offrirent au bétail, aux Moutons et aux Chevaux des colons modernes. Mais, après que ces grands territoires furent ainsi peuplés, l'époque glaciaire arriva, pendant laquelle le froid excessif, sans parler de la dépression, et de la glace qui recouvrit tout, doit avoir dépeuplé presque toutes les parties septentrionales de l'Arctogée, détruisant toutes les formes mammifères supérieures, sauf celles qui, comme l'Eléphant et le Rhinocéros, pouvaient adapter leur vêtement aux conditions changées. Ceux-là même doivent avoir été chassés de la plus grande partie du territoire. Les mammifères Miocènes qui avaient passé en Hindoustan et dans l'Afrique du Sud purent seuls échapper à la décimation par ces changements dans la géographie physique de l'Arctogée. Et, quand l'hémisphère nord passa dans son état actuel, ces tribus perdues de la faune miocène furent limitées par les Himalayas, le Sahara, la mer Rouge, et les déserts de l'Arabie, qui sont leurs bornes actuelles.

Dans l'hypothèse évolutionniste, il n'y a aucune difficulté à admettre que les différences entre les formes Miocènes de la faune mammifère, et celles qui existent maintenant, sont les résultats de modifications graduelles; et puisque de telles différences dans la distribution présente sont aisément expliquées par les changements qui ont eu lieu dans la géographie physique du monde depuis l'époque Miocène, il est évident que le résultat de la comparaison des faunes Miocène et actuelle est décidément en faveur de l'évolution. Je puis même aller plus loin. Je puis dire que l'hypothèse de l'évolution explique les faits des distributions Miocène, Pliocène et Récente, et qu'aucune autre supposition n'aurait même la prétention de ce faire. Il est, en effet, concevable que chaque espèce de Rhinocéros, et chaque espèce d'Hyène, dans la longue succession de formes entre espèces Miocènes et celles de nos jours, a été créée séparément avec de la boue ou hors de rien par une puissance surnaturelle; mais, tant que je n'aurai pas reçu la preuve décisive de ce fait, je me refuse à courir le risque d'insulter un homme doué de raison en supposant qu'il envisage sérieusement cette idée.

Remontons maintenant d'un pas plus loin en arrière, et examinons les rapports entre la faune Miocène et celle qui l'a précédée dans l'Eocène supérieur.

Il est à regretter ici que nos matériaux pour former notre jugement ne soient pas à comparer, comme étendue ou variété à ceux que nous ont livrés les couches de l'époque Miocène. Toutefois, ce que nous savons de cette faune miocène d'Europe nous fournit des renseignements assez positifs pour nous mettre à même de tirer des conclusions assez justes. Elle a donné des représentants des Insectivores, des Chéiroptères, des Rongeurs, des Carnivores, d'Ongulés artiodactyles et périssodactyles, et de Marsupiaux du genre des Sarigues. Aucun type australien de Marsupiaux n'a été découvert dans les couches de l'Eocène supérieur, non plus qu'aucun Mammifère édenté. Les genres (sauf peut-être pour quelques Insectivores, Chéiroptères et Rongeurs), sont différents de ceux de l'époque Miocène, mais présentent une ressemblance générale remarquable avec les genres du Miocène et du Récent. En plusieurs cas, ainsi que je l'ai déjà montré, on a reconnu clairement, maintenant, que le rapport entre les formes Eocène et Miocène consiste en ce que la forme Eocène est moins spécialisée, tandis que son alliée Miocène l'est davantage, et que la spécialisation atteint le maximum dans les formes récentes du même type.

Dans la mesure où l'on peut comparer les faunes mammifères de l'Eocène supérieur et du Miocène, leurs rapports ne contredisent aucunement l'hypothèse que les plus anciennes sont les ancêtres des formes les plus récentes, tandis que, en quelques cas, ils la soutiennent d'une façon décisive. La période de temps et les changements dans la géographie physique représentés par les dépôts mummulitiques sont sans doute très grands, tandis que les restes des Mammifères de l'Eocène le plus ancien et de l'Eocène moyen sont comparativement en petit nombre. L'aspect général de la faune de l'Eocène moyen est, toutefois, tout à fait celui de l'Eocène supérieur. La faune mammifère pré-nummulitique de l'ancien Eocène contient des Chauves-Souris, deux genres de Carnivores, trois genres d'Ongulés (probablement tous périssodactyles) et un Didelphide marsupial ; toutes ces formes, excepté peut-être la Chauve-Souris et la Sarigue appartiennent à des genres qu'on sait ne pas se produire en dehors de l'Eocène inférieur. Le Coryphodon semble avoir été allié aux Tapirs Miocènes et récents, tandis que le Pliolophus, dans son crâne et sa dentition, participe singulièrement, à la fois, des caractères artiodactyles et périssodactyles ; le troisième trochanter sur son fémur, et son pied de derrière à trois orteils, cependant, semblent fixer définitivement sa position dans la dernière division.

Il n'y a donc rien dans ce qu'on sait des mammifères de l'Eocène inférieur de la province de l'Arctogée qui empêche de supposer qu'ils ont été les ancêtres de ceux du calcaire grossier et du gypse de Paris, et que notre faune actuelle, par conséquent, dérive directement de celle qui existait déjà dans l'Arctogée au commencement de la période tertiaire. Mais si, maintenant, nous traversons la frontière entre les faunes caïnozoïque et mésozoïque, telles que les conservent le territoire de l'Arctogée, nous trouvons un changement étonnant, et ce qui parait une lacune complète et incontestable dans la ligne de continuité biologique.

Parmi les douze ou quatorze espèces de Mammifères qu'on dit avoir trouvées dans le Purbeck, il n'y a pas un seul membre des ordres des Chéiroptères, Rongeurs, Ongulés ou Carnivores, qui sont si bien représentés dans le Tertiaire. Ni les Insectivores, ni les Marsupiaux ressemblant à la Sarigue ne sont connus d'une manière certaine. Il y a donc une grande différence négative entre les faunes mammifères caïnozoïque et mésozoïque d'Europe. Mais il y a une différence positive plus importante encore en ce que tous ces mammifères semblent être des Marsupiaux appartenant à des groupes australiens, et ressortir à une autre province de distribution que les Marsupiaux de l'Eocène et du Miocène, qui sont Austro-colombiens. Autant que permet d'en juger l'imperfection des matériaux, la même loi semble avoir prévalu pour tous les Mammifères du plus ancien Mésozoïque. Des mammifères des ardoisières de Stonesfield, l'un, l'Amphithérium, a un caractère australien défini ; un autre, le Phascolothérium, peut être Dasyuride ou Didelphin ; on ne peut rien dire encore du troisième, le Stéréognathe. Les deux mammifères du Trias semblent aussi appartenir à des groupes Australiens.

Chacun connaît les nombreux et curieux points de ressemblance entre la faune marine des roches mésozoïques européennes et celle qui existe maintenant en Australie. Mais, s'il y a cet aspect australien à la fois dans la faune terrestre et dans la faune marine de l'Europe mésozoïque, et s'il y a cette lacune immense et inexplicable entre la faune de l'Europe mésozoïque et celle de l'Europe tertiaire, la suggestion ne s'impose-t-elle point que, à l'époque mésozoïque, la province Australienne comprenait l'Europe, et que l'Arctogée était renfermée dans d'autres limites ? La province de l'Arctogée est maintenant énorme, tandis que l'Australienne est relativement petite. Pourquoi ces proportions n'auraient-elles pu être différentes pendant l'époque mésozoïque ?

Je suis donc amené à penser que le mode le plus rationnel et le plus simple, de beaucoup, d'expliquer le grand changement qui eut lieu chez les habitants vivant en Europe à la fin de l'époque mésozoïque, est de supposer qu'il fut produit par une grande modification de la géographie physique du globe, modification qui mit un territoire longtemps habité par des formes caïnozoïques en rapport avec le territoire européen, de telle sorte que la migration de l'un à l'autre devint possible, et eut lieu sur une grande échelle.

Cette supposition nous affranchit, du coup, de l'embarras où nous avaient laissés, il y a quelque temps, les arguments que j'employais pour démontrer la nécessité de l'existence de tous les grands types de l'époque Eocène à quelque période précédente.

C'est ce continent mésozoïque (qui peut bien avoir été dans le voisinage de ce qui forme maintenant les rives de l'Océan Pacifique du Nord) que je suppose avoir été occupé par les Monodelphes mésozoïques ; et c'est dans cette région que je conçois qu'ils doivent avoir traversé la longue série de changements par lesquels ils ont été spécialisés en formes se rattachant aux différents ordres. Je considère comme très probable que ce qui est l'Amérique du Sud peut avoir reçu les éléments caractéristiques de sa faune mammifère pendant l'époque mésozoïque, et il n'est guère douteux que la nature générale du changement qui s'effectua à la fin de l'époque mésozoïque en Europe fut le soulèvement des régions orientale et septentrionale du fond de la mer mésozoïque, étendant vers l'ouest le continent mésozoïque, sur lequel la faune mammifère, par laquelle il était déjà peuplé, se répandit graduellement. Cette invasion de la terre eut pour prologue une invasion de la mer crétacée par des formes modernes de Mollusques et de Poissons.

Il est facile d'imaginer comment un changement analogue pourrait se produire dans le monde actuel. Il y a, présentement, une grande différence entre la faune de Iles Polynésiennes et celle de la côte ouest d'Amérique. Les animaux qui laissent leurs dépouilles dans les dépôts qui se forment dans ces localités, diffèrent grandement. D'où il suit que, si un déplacement graduel de la mer profonde, qui en ce moment empêche la migration entre les plus orientales de ces îles et l'Amérique, venait à se produire vers l'ouest, tandis que le côté américain du fond de la mer serait graduellement soulevé. le paléontologiste de l'avenir trouverait, sur le territoire du Pacifique, exactement le changement que je suppose s'être produit dans le territoire de l'Atlantique du Nord vers la fin de l'époque mésozoïque. On trouverait une faune Australienne au-dessous d'une faune Américaine, et la transition de l'une à l'autre serait aussi abrupte que celle qui existe entre la Craie et le Tertiaire inférieur ; et, de même que le territoire de drainage de l'extension nouvelle du continent américain fit naître des rivières et des lacs, les mammifères enlisés dans leurs boues différeraient de ceux des dépôts semblables du côté Australien, tout comme les mammifères Éocènes diffèrent de ceux du Purbeck

Comment de semblables raisonnements s'appliquent-ils à l'autre grand changement de vie, à celui qui eut lieu à la fin de la période Paléozoïque ?

Pendant l'époque Triasique, la distribution de la terre ferme et de la vie vertébrée terrestre semble avoir été, en général, semblable à celle qui existait à l'époque Mésozoïque, de sorte que les continents triasiques et leurs faunes semblent être alliés aux terres Mésozoïques et à leurs faunes, tout comme ceux de l'époque Miocène sont alliés à ceux de notre temps. En réalité, ainsi que j'ai dernièrement essayé de le prouver à la Société, il y avait un continent Arctogéal, et une province de distribution Arctogéale dans les temps Triasiques comme maintenant, et les *Sauropsidés* et les *Marsupiaux* qui formaient cette faune, étaient, je n'en doute pas, les ancêtres des *Sauropsidés* et des *Marsupiaux* de toute l'époque Mésozoïque.

En examinant la faune terrestre actuelle d'Australie, il me semble très probable qu'elle est essentiellement un reste de la faune du Trias, ou même d'une époque plus ancienne [1], auquel cas l'Australie doit avoir été, en ce temps, en continuité avec le continent Arctogéal.

Mais ici se présente la question : où était la faune

---

[1] Depuis que ce discours a été prononcé, M Krefft nous a envoyé la nouvelle de la découverte, en Australie, d'un poisson d'eau douce, d'un étrange aspect paléozoïque, et constituant en apparence un ganoïde intermédiaire entre le *Diptère* et le *Lépidosiren*.

Sauropsidée grandement différenciée du Trias, dans les temps Paléozoïques ? La supposition que les types des Dinosaures, des Crocodiles, des Dicynodontes et des Plésiosaures furent créés subitement à la fin de l'époque Permienne peut être bannie, sans autre examen, comme étant une affirmation monstrueuse que rien n'autorise. Celle que tous ces types auraient été rapidement différenciés hors des *Lacertiliens*, dans le temps représenté par le passage de la formation Paléozoïque à la Mésozoïque, me semble à peine plus croyable, pour ne rien dire des indications, qu'on a déjà obtenues, de l'existence de formes dinosauriennes dans les roches Permiennes.

Quant à moi, je ne doute nullement que les reptiles, les oiseaux et les mammifères du Trias ne soient les descendants, en ligne directe, des reptiles, des oiseaux et des mammifères qui existaient dans la dernière partie de l'époque Paléozoïque, mais non dans aucun territoire de la terre ferme actuelle qui ait encore été exploré par les géologues.

Ceci peut sembler une affirmation hardie, mais elle ne paraîtra point injustifiable pour ceux qui réfléchissent à la très petite étendue de surface terrestre qui a jusqu'ici présenté des restes de la grande faune mammifère des temps Eocènes. A cet égard, la forme vertébrée terrestre Permienne me semble alliée d'aussi près à l'époque Triasique que l'Eocène l'est au Miocène. Des reptiles terrestres ont été trouvés dans des roches Permiennes en trois localités seulement ; en quelques endroits. en France et, récemment, en Angleterre, et, sur un territoire plus étendu, en Allemagne. Qui peut supposer que les quelques fossiles trouvés en ces régions donnent une représentation suffisante de la faune Permienne ?

On peut dire que les couches Carbonifères démontrent l'existence d'une grande étendue de terre ferme, dans le territoire actuel de la terre ferme, et que la faune terrestre vertébrée paléozoïque supposée devrait avoir laissé ses débris dans les formations houillères, surtout puisque l'on a lieu de croire qu'une grande partie du charbon a été formée par l'accumulation de spores et de sporanges sur la terre sèche ; mais cette objection apparente perd sa force lorsqu'on considère le sujet de plus près. Il est évident que, pendant l'époque Carbonifère, le vaste territoire qui est maintenant couvert par des formations houillères, doit avoir subi un affaissement graduel. La terre ferme ainsi affaissée doit, par conséquent, avoir existé, comme telle, pendant l'époque Carbonifère, en d'autres termes, pendant la période Dévonienne, et sa population terrestre peut n'avoir jamais été autre que celle qui existait pendant cette période Dévonienne, ou quelque autre période qui l'avait précédée, quoique bien des formes supérieures aient pu être développées ailleurs.

Encore une fois, laissez-moi dire que je n'affirme point gratuitement des changements impossibles à concevoir. Il est évident que l'énorme territoire de la Polynésie est, somme toute, un territoire sur lequel l'affaissement s'est produit dans une étendue immense ; conséquemment, il a dû exister un grand continent, ou une réunion de masses de sub-continentales, à quelque temps passé, et même à une période récente, géologiquement parlant, dans l'aire du Pacifique. Mais, si ce continent avait contenu des mammifères, il en serait resté quelques-uns pour raconter cette histoire, et, comme on sait que ces îles n'avaient aucun Mammifère indigène, on peut en toute sécurité affirmer qu'il n'en existait pas ; ainsi, à mi-chemin entre l'Australie et l'Amérique du Sud, dont chacune possède une faune mammifère abondante et variée, une masse de terre qui peut avoir été aussi grande que les deux réunies, doit avoir existé sans un seul habitant mammifère. Supposez que les bords de cette grande terre fussent frangés, comme le sont, maintenant, ceux de l'Australie tropicale, avec des ceintures de mangliers s'étendant sur la terre d'un côté, et se trouvent, de l'autre, ensevelis sous les dépôts du littoral à mesure que l'affaissement se produisait. De grandes couches de lignite de manglier s'accumuleraient sur la terre qui s'enfonce. Si maintenant un soulèvement du tout avait lieu, de manière à amener la terre qui émergerait en continuité avec le continent du Sud-Amérique ou celui de l'Australie, au cours de quelque temps, il serait peuplé par une extension de la faune d'une de ces deux régions, tout comme j'imagine que la terre ferme européenne du Permien a dû être peuplée.

Je ne vois rien qui contredise la supposition que les provinces de distribution de vie terrestre existaient à l'époque Dévonienne, puisque M. Barrande a prouvé qu'elles existaient bien avant. Je ne connais aucune raison de douter que, en ce qui regarde les degrés de vie terrestre qui y sont contenus, une de celles-ci peut avoir eu des relations avec une autre, comme la Nouvelle-Zélande avec l'Australie, ou l'Australie avec l'Inde, de nos jours. L'analogie me semble plutôt pour que contre la supposition que tandis que des Poissons ganoïdes seuls habitaient les eaux douces de notre terre Dévonienne, les Amphibiens et les Reptiles, ou même des formes supérieures peuvent avoir existé, bien que nous ne les ayons point'encore trouvées.

Les plus anciens Amphibiens Carbonifères que l'on connaisse, tels que l'Anthracosaure, sont si fort spécialisés que je ne saurais aucunement concevoir qu'ils aient été développés hors des Poissons dans l'intervalle écoulé entre les périodes Dévonienne et Carbonifère, si considérable qu'il soit. Et je me réfugie dans une des deux alternatives suivantes : ou elles existaient dans notre propre territoire, et nous ne les avons pas encore découvertes ; ou elles faisaient partie de la population de quelque autre province de distribution de cette même époque, et n'entrèrent dans notre territoire, par migration, qu'à la fin de l'époque Dévonienne. La question de savoir si les Reptiles et les Mammifères y existaient à leurs côtés me semble avoir autant de chance d'être résolue négativement qu'affirmativement par les investigateurs de l'avenir.

Il me faut maintenant réunir mes raisonnements sous forme d'une vue hypothétique de la manière dont la distribution des animaux vivants et éteints a été amenée.

Je crois que des provinces distinctes de distribution de vie terrestre ont existé dès les périodes les plus reculées où les annales ont constaté la vie, et je suppose, avec Darwin, que le progrès de la modification des formes terrestres est plus rapide dans les territoires d'élévation que dans les régions d'affaissement. Je tiens pour certain que les Amphibiens labyrinthodontes existaient dans la province de distribution comprenant la terre ferme affaissée pendant l'époque Carbonifère, et je crois que dans quelques autres provinces de distribution de ce temps-là, qui existaient à l'état de terre ferme stationnaire ou s'accroissant, les types variés des Sauropsidés terrestres et des Mammifères se développaient graduellement.

L'époque Permienne marque le commencement d'un nouveau mouvement de soulèvement dans notre territoire, mouvement qui atteignit le maximum dans l'époque Triasique, quand la terre ferme existait dans l'Amérique du Nord, l'Europe, l'Asie et l'Afrique telle qu'elle existe maintenant. Dans cette grande et nouvelle aire continentale, les Mammifères, les Oiseaux et les Reptiles se développèrent pendant l'époque Paléozoïque, se répandirent, et formèrent la grande province Triasique de l'Arctogée. Mais, à la fin de la période Triasique, le mouvement d'affaissement recommença dans notre territoire, bien que sans doute compensé ailleurs, par un exhaussement ; la modification et le développement, arrêtés dans une province, continuèrent dans cet « ailleurs », et les formes principales de Mammifères, d'Oiseaux et de Reptiles, telles que nous les connaissons, furent développées par l'évolution, et peuplèrent le continent mésozoïque. Je crois que l'Australie fut séparée du continent dès la fin de l'époque Triasique, ou peu après. Je place le continent Mésozoïque à l'est, vers les rivages des Océans Pacifique du Nord, et Indien, et j'incline à croire qu'il continuait, le long du côté oriental du territoire Pacifique, jusqu'à ce qui est maintenant la province d'Austro-Colombie, dont la faune caractéristique est probablement un reste de la population de la dernière partie de cette période.

Vers la fin de la période Mésozoïque, le mouvement de soulèvement autour des rivages de l'Atlantique recommença et fut très probablement accompagné d'un affaissement autour de ceux du Pacifique. La faune vertébrée, élaborée dans le continent Mésozoïque se dirigea vers l'ouest, et prit possession des nouvelles terres, qui graduellement s'étendirent jusqu'à l'époque Miocène, et dans quelques autres directions, après cette époque.

On peut dire en faveur de cette hypothèse qu'elle s'accorde avec la persistance d'une uniformité générale dans les positions des grandes masses de terre et d'eau. Depuis la période Dévonienne, ou plutôt jusqu'à nos jours, les quatre grands océans Atlantique, Pacifique, Arctique et Antarctique peuvent avoir occupé leurs positions actuelles, et leurs côtes et leurs canaux de communication avoir seuls subi un changement incessant. Et, finalement, l'hypothèse que je vous ai soumise n'exige aucune supposition que le taux du changement dans la vie organique ait été plus grand ou moindre dans les temps anciens qu'il ne l'est maintenant, ni aucune affirmation physique ou biologique qui ne soit justifiée par des phénomènes analogues dans la nature actuelle.

IX

APPLICATION DES LOIS DE L'ÉVOLUTION A LA CLASSIFICATION DES VERTÉBRÉS ET PLUS PARTICULIÈREMENT DES MAMMIFÈRES [1].

S'il est une assertion dont l'évidence n'a pas été contestée, et c'est ce qui équivaut pour moi à une preuve, c'est qu'entre le commencement de l'époque tertiaire et les temps actuels le groupe des *Equidés* a été représenté par une série de formes dont la plus ancienne est celle qui s'éloigne le moins du type général de structure des mammifères supérieurs, tandis que la plus récente est celle qui diffère le plus de ce type.

En fait, le premier animal connu du groupe des chevaux possédait (fig. 26) quatre doigts complets et subégaux aux pieds de devant, trois doigts aux pieds de derrière; le cubitus était complet et distinct du radius, le péroné également complet et distinct du tibia ; il y avait quarante-quatre dents, les canines étant toutes présentes, et les molaires étaient à courte couronne avec un dessin peu compliqué et des racines développées de bonne heure. — Le dernier, au contraire, n'a qu'un seul doigt complet à chaque pied, les autres étant

---

[1] Traduction publiée dans la *Revue scientifique*, 5 août 1882, et reproduite avec l'autorisation de M. le professeur Richet.

representés par des rudiments plus ou moins atrophiés, le cubitus est petit et soudé au radius, le péroné est

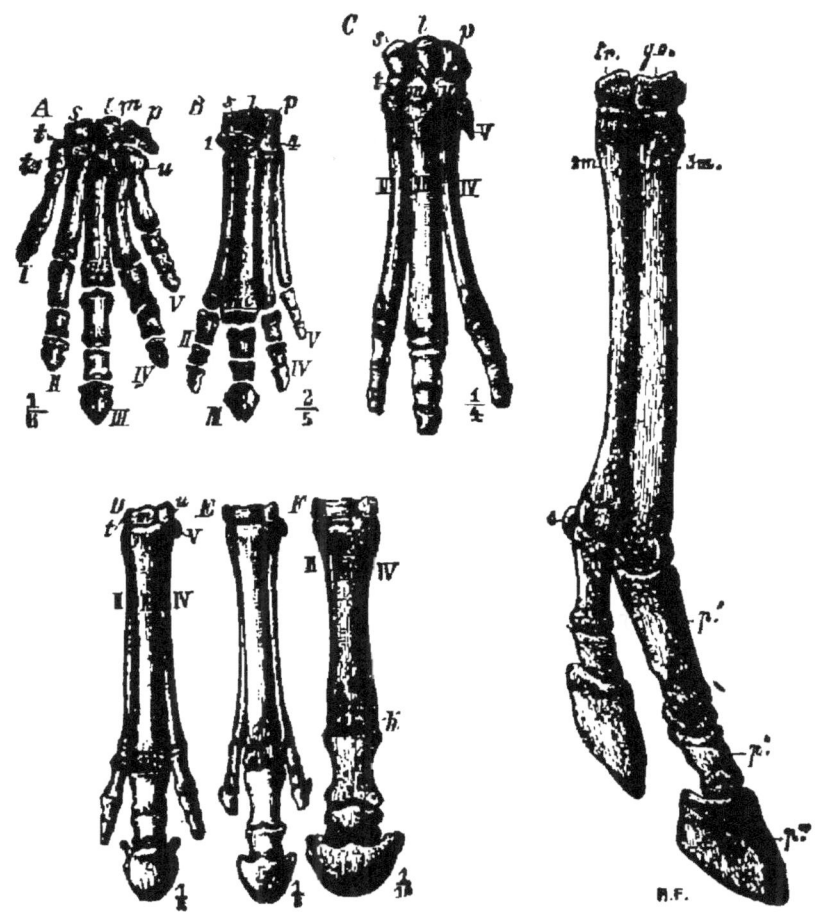

FIG. 26. — Pattes de devant gauche. *A. Phenacodus primævus*; *B. Hyracoterium venticulum*; *C. Palætherium magnum* du gypse. *D. Auchitherium aurelianum*; *E. Hipparion gracile*. *F.* Cheval (*Equus caballus*).

FIG. 26. — Pattes de devant gauche d'un Poulain monstrueux né en Normandie [1].

[1] Les figures 26 et 27 sont empruntées aux livres de M. Albert Gaudry : *Les Enchaînements du monde animal* et *Les Ancêtres de nos animaux dans les temps géologiques*. Paris, 1887 (*Bibliothèque scientifique contemporaine*).

HUXLEY. Géol. et Paléont.

encore plus réduit et soudé en partie au tibia, les canines disparaissent plus ou moins complètement chez la femelle, les prémolaires ne se développent pas d'ordinaire ou restent petites, les vraies molaires ont une couronne allongée, à dessin très compliqué et des racines qui se développent tardivement. Les équidés des époques intermédiaires présentent des caractères de transition.

Si l'on cherche à interpréter ces faits, deux hypothèses, et deux seulement, sont admissibles. L'une suppose que ces formes successives de chevaux ont pris naissance indépendamment les unes des autres. L'autre admet qu'elles sont le résultat de modifications survenues chez les représentants successifs d'une lignée continue d'ancêtres.

Je ne sache pas qu'aucun zoologiste soutienne encore la première hypothèse : je crois donc inutile de la discuter ici. L'adoption de la seconde, cependant, équivaut à l'acceptation de la doctrine de l'évolution, autant du moins qu'elle est applicable aux chevaux. En l'absence de l'évidence du contraire, je dois supposer que cette opinion est acceptée.

Ainsi, depuis le commencement de l'époque éocène, les animaux constituant la famille des équidés ont éprouvé des modifications de trois sortes :

1° Il y a eu excès de développement de quelques parties par rapport à d'autres ;

2° Certaines parties ont subi une atrophie totale ou partielle ;

3° Certaines parties qui étaient primitivement distinctes se sont soudées :

Employant le mot *loi* simplement dans le sens de l'extension générale d'un fait établi par l'observation, je puis dire que ces trois *processus,* par lesquels la forme de l'*Eohippus* a passé à l'*Equus,* sont l'expression de la triple loi de l'évolution.

Il est d'un grand intérêt de remarquer que cette loi, ou expression générale de la nature de l'évolution ancestrale des chevaux, est précisément la même que celle suivant laquelle on formule le processus du développement individuel dans les animaux en général, depuis le moment où les caractères généraux du groupe auquel chacun d'eux appartient sont visibles dans l'embryon. Quand un embryon de mammifère, par exemple, a pris ses caractères généraux de mammifère, ses progrès ultérieurs vers une forme spécifique s'opèrent par la croissance excessive d'une partie relativement à une autre, par l'arrêt de développement ou la suppression de parties précédemment développées, ou par la soudure de parties primitivement distinctes.

Cette coïncidence des lois du développement généalogique et du développement individuel nous donne une grande confiance dans la valeur générale du premier; et je pense que l'on peut sûrement s'en servir pour raisonner par déduction du connu à l'inconnu. Les astronomes qui ont déterminé trois positions d'une nouvelle planète peuvent calculer sa position à n'importe quelle époque, si éloignée qu'elle soit : de même, si l'on peut avoir confiance dans les lois de l'évolution, les zoologistes qui connaissent une certaine étendue du cours de cette évolution, dans un certain nombre de cas, peuvent, avec une égale justice, raisonner en arrière jusqu'au point de départ encore inconnu.

Appliquant cette méthode au cas du cheval, je ne vois pas qu'il y ait aucune raison de douter que les équidés éocènes aient été précédés de formes mésozoïques qui différaient autant de l'*Eohippus* que l'*Eohippus* diffère du cheval (*Equus*). Ainsi nous sommes forcés de concevoir un premier terme de la série équine, qui, si la loi est générale, devait être pourvu de cinq doigts subégaux à chacun de ses pieds plantigrades, avec des os complets et subégaux aux avant-bras comme aux jambes, des clavicules, et au moins quarante-quatre dents, dont les molaires à couronne courte présentaient un dessin peu compliqué ou des tubercules. En outre, depuis que les recherches de Lartet et de Marsh ont prouvé que les plus anciennes formes de n'importe quel groupe de mammifères donné avaient les hémisphères cérébraux moins développés et que les plus récentes, il est probable *à priori* que cet hippoïde primitif avait une forme inférieure de cerveau. Enfin, puisque les chevaux actuels ont un placenta allantoïdien diffus, la forme primitive ne devait pas se trouver dans une condition supérieure par rapport au mode suivant lequel le fœtus emprunte sa nourriture à sa mère dans la série des vertébrés.

Un tel animal cependant ne trouverait place dans aucun de nos systèmes de classification des mammifères. Il se rapprocherait seulement des lémuriens et des insectivores, mais ses extrémités non conformées en forme de mains le sépareraient des premiers, et son mode de placentation des seconds.

Une classification naturelle est celle qui rapproche toutes les formes qui sont véritablement alliées entre elles et qui les sépare des autres. Or, que l'on prenne le terme d'*alliance* dans son sens littéral ordinaire, ou bien dans le sens purement morphologique, il est impossible d'imaginer un groupe d'animaux plus étroitement *alliés* que les hippoïdes primitifs et leurs descendants. Cependant, suivant les classifications actuelles, les ancêtres devraient être placés dans un ordre de la classe des mammifères et leurs descendants dans un autre.

On nous objectera peut-être qu'il serait à propos d'attendre que l'hippoïde primitif soit découvert avant de discuter les difficultés que doit soulever cette découverte. Mais la vérité est que le problème s'est déjà présenté sous une autre forme. De nombreux *Lémuroïdes* avec des caractères d'ongulés bien prononcés ont été découverts dans les plus anciennes couches tertiaires, aux États-Unis et en France, et personne ne peut étudier les plus anciens mammifères actuellement connus sans être constamment frappé des caractères d'insectivores qu'ils présentent. En fait, il n'y a rien dans la dentition des primates, des carnivores ou des ongulés qui ne se montre déjà par avance dans les insectivores ; et je ne sache pas qu'il y ait aucun moyen de décider, étant donné tel squelette fossile avec son crâne, ses dents et ses membres presque complets, si l'animal doit être rangé parmi les lémuriens, plutôt que parmi les insectivores, les carnivores ou les ongulés.

Dans tous les ordres de mammifères où une série

suffisamment nombreuse de formes fossiles nous est connue, ces formes illustrent la triple loi de l'évolution aussi clairement, sinon d'une manière aussi frappante, que dans la série des équidés. Carnivores, artiodactyles ou périssodactyles, tous tendent — aussi loin que nous trouvons leurs traces en arrière pendant la période tertiaire — vers des formes moins modifiées, qui ne peuvent entrer dans aucun des ordres connus, mais qui sont plus proches des insectivores que d'aucun autre. Il serait cependant très peu convenable et très inexact d'appeler *Insectivores* ces formes primitives, les mammifères que l'on désigne aujourd'hui sous ce nom étant eux-mêmes des modifications plus ou moins spécialisées du même type commun et n'étant que dans un sens partiel et limité les représentants de ce type.

Le nœud de la matière me semble être dans ceci : c'est que les documents paléontologiques qui ont été portés à la lumière dans le courant des dix ou quinze dernières années ont complètement bouleversé toutes les conceptions taxonomiques alors existantes, et que tous les efforts pour édifier de nouvelles classifications sur l'ancien modèle sont nécessairement futiles.

La méthode cuvierienne, que les classificateurs modernes ont suivie jusqu'à l'époque de l'apparition de la *Generelle Morphologie* d'Hæckel, a été d'une valeur immense en poussant à l'investigation la plus étroite et à l'établissement très net des caractères anatomiques des animaux. Mais, en principe, la construction de catégories, logiquement et nettement définies par de tels caractères, a été sapée par la base, lorsque Von Baer eut montré que, dans l'estimation du plus ou moins de ressemblance des êtres animés, le développement devait être pris, avant tout, en considération. Du moment que l'importance du développement individuel était admise, celle du développement ancestral n'en était qu'une conséquence nécessaire.

Si la fin de toute classification zoologique est l'expression claire et concise des ressemblances ou des différences morphologiques des animaux, il s'ensuit que toute ressemblance de cette nature doit avoir une valeur taxonomique. Mais ces ressemblances se rangent sous trois chefs : 1° celles de l'adulte ; 2° celles des phases successives du développement embryonnaire ou de l'évolution individuelle ; 3° celles des phases successives de l'évolution de l'espèce ou de l'évolution ancestrale.

Un arrangement n'est *naturel* (c'est-à-dire logiquement justifiable en vue de l'exemple de classification cité ci-dessus), qu'autant qu'il exprime exactement les rapports de ressemblances ou de différences énumérées sous chacun de ces chefs. Ainsi, en essayant de classer les mammifères, nous devons tenir compte non seulement de leurs caractères d'adulte et embryonnaires, mais aussi de leurs relations morphologiques, autant du moins que les divers groupes représentent des phases différentes de l'évolution. — Et, par suite, de même que l'opposition persistante de Cuvier et de son école contre la théorie de Lamarck — imparfaite sans doute et critiquable souvent dans ses exemples — a fini par devenir une erreur réactionnaire, de même la répudiation non moins formelle par Cuvier de l'*échelle des êtres* de Bonnet peut être considérée comme un autre effort malheureux tenté contre le développement de conceptions biologiques légitimes. Et, bien que personne ne songe plus aujourd'hui à défendre l'*échelle* de Bonnet, l'existence d'une *Scala animantium* n'en est pas moins une conséquence nécessaire à la doctrine de l'évolution, et son admission constitue, je pense, la base de la taxonomie scientifique.

Si tous les mammifères sont le résultat d'un processus d'évolution analogue à celui qui se présente dans le cas des équidés, et s'ils nous présentent les divers degrés de ce processus, une classification naturelle doit les ranger d'abord suivant la place qu'ils occupent dans l'échelle d'évolution du type mammalogique, ou sur l'échelon particulier de la *Scala animantium* au niveau duquel ils viennent se placer. La détermination de la position occupée ainsi par chaque groupe peut se déduire, je pense, de l'application des lois de l'évolution, c'est-à-dire que les groupes qui se rapprochent le plus des vertébrés non mammifères et qui présentent moins d'inégalités de développement, moins de suppressions et de coalescences des parties fondamentales du type, doivent appartenir aux phases les plus récentes.

A ce point de vue, il ne peut y avoir de doute que les monotrèmes représentent ce type de structure qui est comme la phase primitive de l'organisation du mammifère. En effet :

1° Les glandes mammaires sont dépourvues de mamelon, de sorte que le caractère essentiel du mammifère peut à peine se présenter sous une forme plus simple ;

2° Il y a un cloaque complet et profond comme dans les vertébrés les plus inférieurs de l'échelle ;

3° L'ouverture des uretères est *hypocystique*, c'est-à-dire qu'ils ne s'ouvrent pas dans la vessie, mais derrière elle, dans la paroi dorsale du conduit génito-urinaire. Comme celui-ci correspond au col de l'allantoïde, les uretères des monotrèmes ont donc gardé leur position embryonnaire primitive ;

4° Il n'y a pas de vagin distinct du conduit génito-urinaire, et les oviductes ne se divisent pas nettement en deux régions séparées, l'une utérine, l'autre fallopienne ;

5° Le pénis et le clitoris sont attachés à la paroi ventrale du cloaque ;

6° Les épiphyses des vertèbres sont peu ou point développées [1] ;

7° Le *marteau* (*malleus*) est relativement très large et son *manche* (*processus gracilis*), qui est singulièrement long et fort, passe entre les os tympanique et périotique pour aller s'insérer au ptérygoïde avec lequel il est fermement uni ; de sorte que l'appareil ptérygo-palatin est directement relié au périotique par un *suspenseur* comme chez les amphibiens et les sau-

---

[1] Le Dr Albrecht (*Die Epiphysen und die Amphiomphalie der Saügethier-Wirbelkörper*, in *Zoologischer Anzeiger*, 1879, n° 18), bien qu'il admette que l'échidné n'a pas d'épiphyses, en décrit d'incomplètes entre les douze vertèbres caudales postérieures de l'ornithorhynque. Autant que je sache, le mémoire dont le Dr Albrecht a donné une note préliminaire n'est pas encore publié ; mais je dois dire que mes propres observations sont d'accord avec les siennes.

ropsides. Comme chez ces derniers, le représentant de l'*enclume* (*incus*) est très petit, et celui de l'*étrier* (*stapes*) est columelliforme ;

8° L'os coracoïde est complet, distinct et articulé avec le sternum ;

9° Le bassin est muni de grands épipubis, et l'axe iliaque est incliné sur l'axe du sacrum suivant un angle très ouvert ;

10° Le corps calleux est très petit ;

11° Il paraît ne pas y avoir de placenta allantoïdien, bien que, d'après les restes évidents du conduit artériel (*ductus arteriosus*) et de l'artère hypogastrique, on ne puisse douter que le fœtus soit pourvu d'un large allantoïde respiratoire. Il est bien possible qu'avec un large sac ombilical il ait une placentation *ombilicale* imparfaite.

Mais, tout en admettant que les ornithorynques et les échidnés sont ainsi les représentants de la phase la plus inférieure de l'évolution des mammifères, je crois qu'il est également hors de doute, comme Hæckel l'a déjà suggéré, que ce sont des formes profondément modifiées de cette phase, — l'échidné, du reste, présentant un écart plus grand, et l'ornithorynque un écart moins considérable de ce type général. L'absence de vraies dents dans les deux genres est un signe évident de modification extrême. La langue allongée, les conduits auditifs externes d'une forme extraordinaire et le cerveau relativement grand et pourvu de circonvolutions de l'echidné — les abajoues et les plaques cornées de la bouche de l'ornithorynque sont d'autres preuves du même genre.

Ainsi donc les mammifères primitifs les moins modifiés, dont l'existence est un *postulatum* nécessaire de la conception de l'évolution du groupe entier, ne peuvent être, sans risques et sans confusions, appelés des *monotrèmes* ou des *ornithodelphes,* puisque selon toute probabilité ils étaient aussi différents des ornithorynques et des échidnés que les insectivores le sont des édentés, ou les ongulés des Rhytines. Par suite, il sera convenable d'avoir un nom distinct, celui de PROTOTHERIA, pour le groupe qui renferme les formes hypothétiques de cette phase inférieure du type mammifère dont les monotrèmes actuels sont les seuls représentants connus.

Le même raisonnement s'applique aux marsupiaux. Par leurs caractères essentiels et fondamentaux, ils occupent une position intermédiaire entre les *Prototheria* et les mammifères supérieurs :

1° Les glandes mammaires ont des mamelons ;

2° Le cloaque est tellement réduit que l'on peut dire souvent qu'il a disparu ;

3° L'ouverture des uretères est *entocystique,* c'est-à-dire que ces conduits s'ouvrent dans ce qu'on appelle la base de la vessie, en avant du col étroit par lequel elle communique avec le canal de l'urèthre. De manière que, dans ma façon de voir, la vessie du marsupial représente la vessie du monotrème, plus la partie antérieure du canal génito-urinaire, — le *trigône,* tout au moins, de la vessie du marsupial étant l'homologue de ce segment antérieur du conduit génito-urinaire des monotrèmes ;

4° Il y a un vagin distinct, allongé et tout à fait

séparé de l'urèthre cystique, chez la femelle : les oviductes se différencient en portion utérine et portion
fallopienne ;

5° Le pénis est grand et les corps caverneux sont
rattachés au pelvis par du tissu fibreux et des muscles.
Le corps spongieux a un grand bulbe bifurqué : les
glandes de Cowper sont très développées ;

6° Les vertèbres ont des épiphyses distinctes ;

7° Le marteau (*malleus*) est petit et ses connexions
sont semblables à celles qu'il présente chez les mammifères les plus élevés. L'enclume (*incus*) est relativement plus grande et le *stapes* plus ou moins en forme
d'étrier ;

8° L'os coracoïde est court, ne s'articule pas avec le
sternum et s'ankylose avec l'omoplate ;

9° Le bassin est muni d'épipubis habituellement
grands et bien ossifiés ; l'axe iliaque est incliné à angle
aigu sur l'axe sacré ;

10° Le corps calleux est petit ;

11° Dans le petit nombre de formes où le fœtus est
connu, il n'y a pas de placenta allantoïdien ; tandis
que le sac ombilical est si grand que la possibilité de
l'existence d'une placentation ombilicale transitoire
doit être prise en considération.

On doit remarquer que, par les caractères inscrits
sous les nos 1, 2, 3, 4, 5, 6, 7, 8 et la dernière partie
du 9°, les marsupiaux ressemblent aux mammifères
supérieurs, tandis que la première partie du 9°, le 10°
et le 11° reproduisent des caractères propres aux *Prototheria*. Ils constituent dans tous les cas un type
intermédiaire entre ceux-ci et les mammifères supé-

rieurs, type que l'on peut désigner sous le nom de
MÉTATHERIA. Et si nous connaissions un animal présentant cette combinaison de caractères et possédant, en
outre, une dentition double et complète, une main et
un pied pentadactyles non modifiés et une utéro-
gestation (gestation utérine normale), il se montrerait
à nous comme l'exacte transition entre les *Prototheria*
et les mammifères supérieurs. Or ce type de transition
a dû exister, si la loi de l'évolution est exacte.

Aucun marsupial connu, cependant, ne possède ces
caractères additionnels. Aucun n'a plus d'une dent de
remplacement de chaque côté à chaque mâchoire ; et
comme le professeur Flower (à qui nous devons la
très importante démonstration de ce fait) l'a fait
remarquer, la question qui se pose est de savoir si
nous avons là une première dentition avec seulement
une dent de remplacement, ou bien une seconde dentition avec seulement une dent de reste de la première.
Je ne doute pas que l'opinion du professeur Flower
sur ce point soit correcte, et que ce ne soit la dentition de lait dont il reste seulement un vestige chez les
marsupiaux. — En fait, parmi les rongeurs actuels
toutes les conditions de la dentition de lait existent,
depuis ceux où les premières dents sont en nombre
égal à celui des incisives et des prémolaires perma-
nentes — comme chez les lapins [1] — jusqu'à ceux qui
n'en ont pas du tout.

---

[1] Les molaires caduques et les incisives supérieures postérieures
caduques du lapin sont connues depuis longtemps. Mais j'ai trouvé
récemment que le lapin, avant sa naissance, possède en outre deux
incisives supérieures antérieures et deux incisives inférieures

Le même fait s'observe chez les insectivores : les hérissons et probablement les tanrecs (*Centetes*) ont une bonne série de dents de lait, tandis qu'on n'en a pas encore trouvé chez les musaraignes. Dans ces divers cas, il est évident que la dentition de lait a été graduellement supprimée dans les formes les plus modifiées ; et je pense qu'il n'y a pas de doute raisonnable que les marsupiaux actuels ont éprouvé une semblable suppression des dents caduques dans le cours de leur dérivation d'ancêtres qui en possédaient une longue série.

En outre, aucun marsupial actuel ne possède un pied pentadactyle non modifié. Si le pouce est présent, il présente un mouvement étendu d'adduction et d'abduction : en fait, le pied est préhensile. Tel est le cas chez les *Phascolomidæ*, *Phalangistidæ*, *Phascolarctidæ* et *Didelphidæ*. Les *Dasyuridæ* présentent le même type de pied avec le pouce réduit ou nul. De plus, si l'on considère les relations des *Macropodidæ* et des *Peramelidæ* avec les phalangers, il semble également que dans ces deux groupes le pied de derrière est un pied préhensile réduit ; dans ce cas, cette modification particulière du pied serait caractéristique de la totalité des marsupiaux actuels.

Troisièmement, les particularités et le processus que nous offrent les organes reproducteurs des mar-

caduques. Ce sont de simples dents coniques dont le sac est complètement caché dans la gencive. La supérieure n'a pas plus d'un centième de pouce de long, l'inférieure est à peine plus grande. Il serait intéressant d'examiner à ce point de vue le fœtus du cochon d'Inde : actuellement on sait seulement qu'il possède les dernières molaires caduques et se rapproche sous ce rapport des marsupiaux.

supiaux ne sont nullement transitionnels, mais sont des caractères singulièrement spécialisés. La suspension du scrotum en avant de la racine du pénis est différente de tout ce qu'on connaît chez les mammifères supérieurs : le développement du bulbe et des glandes de Cowper dépasse tout ce que l'on peut observer chez ces derniers. Chez la femelle, l'urèthre cystique est complètement séparé du vagin, comme chez les mammifères supérieurs, tandis que le dédoublement du vagin peut, à mon avis, être considéré comme une particularité spéciale qui les éloigne plus qu'elle ne les rapproche de ces derniers. Dans un monotrème, en fait, l'extrémité antérieure du conduit génito-urinaire montre deux très courtes dilatations ou *cornes*, une de chaque côté. Sur la ligne médiane, à une faible distance derrière elle, les urétères s'ouvrent dans une papille en forme de sillon. L'ouverture de la vessie est située en avant et au-dessous des cornes génitales. Maintenant, si l'on compare cet arrangement avec celui qui s'observe dans les formes inférieures des mammifères placentaires, on trouve que les papilles urétériques se séparent latéralement et se portent en arrière, de manière à venir aboutir à la base de la vessie, et les cornes génitales viennent se placer derrière et un peu au-dessus d'elles. En même temps, une séparation longitudinale s'accuse entre ce qu'on peut appeler la région *urétérique* du conduit génito-urinaire et la *région génitale*. La première est renfermée dans la vessie et se relie par un urèthre cystique plus ou moins long avec la seconde, qui est transformée en un vagin plus ou moins allongé. Dans

les marsupiaux, la même modification générale se
présente : mais les cornes génitales s'allongent énormément et donnent naissance à ce qu'on appelle un
double vagin.

Enfin, la poche (*marsupium*), quand elle existe est
une particularité non moins spéciale des marsupiaux,
et, comme celle de l'organe génital femelle, paraît se
rattacher à la naissance anormalement prématurée du
fœtus. — Chez les mammifères supérieurs on sait que
le fœtus naît dans un état relativement plus précoce
dans certains cas que dans d'autres, même parmi des
espèces très proches alliées. Ainsi le lapin naît sans
poils et aveugle, tandis que le lièvre naît couvert de
poils et les yeux ouverts. Je crois probable, d'après le
caractère des pieds, que les formes primitives, dont
les marsupiaux actuels sont les dérivés, avaient des
mœurs arboricoles ; et il n'est pas difficile, à mon
sens, de voir qu'avec de telles habitudes il a dû être
extrêmement avantageux, pour des animaux de ce
genre, de mettre bas à une époque aussi précoce que
possible, et de nourrir les petits à l'aide d'une gestation mammaire plutôt qu'à l'aide d'une forme incomplète de placenta.

En d'autres termes, les caractères des marsupiaux
actuels ne me permettent pas de les considérer autrement que comme des membres très modifiés du type
métathérial primitif, et je soupçonne que beaucoup,
sinon toutes les formes australiennes, sont d'une origine relativement récente. Je crois probable que la
grande majorité des METATHÉRIA — dont je ne
doute pas qu'on ne découvre bientôt une grande

quantité de formes dans les couches mésozoïques — différait beaucoup des marsupiaux actuels, non seulement par le manque de poche (comme quelques marsupiaux vivants), mais encore par un vagin indivis, et vraisemblement ils mettaient bas leurs petits plus tôt que les carnivores et les rongeurs actuels, la nutrition du fœtus durant une gestation prolongée s'opérant selon toute probabilité, par un placenta ombilical, et sa respiration par un allantoïde non placentaire.

Dans les groupes restants des mammifères désignés précédemment sous le nom de mammifères supérieurs :

1° Les glandes mammaires sont pourvues de mamelons [1] ;

2° Le cloaque a généralement disparu. Quelquefois cependant (castor, paresseux, etc.), un court cloaque est présent spécialement chez la femelle ;

3° L'ouverture des uretères est toujours entocystique ; mais leur position varie considérablement, depuis les formes où elle est près du col (par exemple, *Sorex*), jusqu'à celles où on la trouve à l'extrémité antérieure de la vessie (par exemple *Hyrax*) ;

4° Il y a un vagin distinct, presque toujours indivis. Les oviductes sont divisés en deux portions, l'une utérine, l'autre fallopienne ;

5° Le pénis est habituellement grand, la bulbe unique ou partiellement divisé, et les corps caverneux sont presque toujours directement attachés aux ischions ;

---

[1] La seule exception que je connaisse serait la *taupe du Cap* (*Chrysochloris*) qui, d'après M. Pertes. n'en a pas.

6° Les vertèbres ont des épiphyses ;

7° Le *malleus* est habituellement petit ; l'*incus*, relativement grand ; le *stapes*, en forme d'étrier ;

8° L'os coracoïde est presque toujours très réduit et soudé à l'omoplate ;

9° L'axe iliaque fait un angle aigu avec l'axe sacré, et il n'y a pas d'épipubis, ou seulement un vestige fibreux de cet os ;

10° Le corps calleux la commissure antérieure du cerveau varient beaucoup. Chez certaines formes, comme *Erinaceus* et *Dasypus*, ces parties sont presque semblables à celles des monotrèmes ;

11° Le fœtus est attaché à l'utérus de la mère par un placenta allantoïdien. Le sac ombilical varie de taille, et dans quelques formes inférieures (par exemple, *Lepus*), il est d'abord largement vascularisé et peut-être joue un rôle quasi-placentaire pendant la première phase du développement.

Il est évident que, sous tous les rapports, nous avons ici le type mammifère dans une phase d'évolution plus élevée que celle présentée par les *Prototheria* et les *Metatheria*. On peut appliquer aux formes qui ont atteint cette phase le nom d'EUTHERIA.

C'est un fait remarquablement conforme à ce que l'on doit attendre des principes de l'évolution que, tandis que les membres existants des *Prototheria* et des *Metatheria* sont tous extrêmement modifiés, il y a certaines formes d'*Eutheria* vivants qui s'écartent peu du type général primitif. Par exemple, si le gymnure (*Gymnura*) possédait un placenta diffus, il serait un excellent exemple d'un euthérien non modifié. Il y a déjà plusieurs années, dans mes *lectures* au Collège royal des chirurgiens de Londres, j'ai insisté particulièrement sur la position centrale que les insectivores occupent parmi les mammifères supérieurs; une étude plus approfondie de cet ordre et de celui des rongeurs n'a fait que confirmer ma conviction, que celui qui connaîtrait tous les degrés de variations de structure qui peuvent exister dans ces deux groupes posséderait la clef de toutes les particularités que l'on observe chez les primates, les carnivores et les ongulés. Étant donné le plan commun des insectivores et des rongeurs, si l'on admet que les modifications de structure des membres, du cerveau, des organes de la digestion et de la reproduction que l'on trouve chez eux, peuvent exister et s'accumuler ailleurs, la dérivation de tous les *Eutheria* d'animaux qui, sauf par leur placentation plus simple, devaient être des insectivores, n'est plus qu'une simple déduction des lois de l'évolution.

Il n'y a pas de monotrème connu qui ne soit beaucoup plus différent du type protothérien, ni de marsupial qui ne s'éloigne davantage du type protothérien, que le gymnure et même le hérisson (*Erinaceus*) ne s'éloignent du type euthérien.

La plus grande distinction physiologique entre les protothériens, les métathériens et les euthériens tient aux différences du procédé destiné à prolonger la période de nutrition intra-utérine telle qu'on l'observe dans chacun de ces groupes. La possibilité d'une différenciation plus élevée des espèces est apparemment étroitement dépendante de la longueur de cette période. De même, la plus grande distinction morphologique que l'on puisse trouver parmi les *Eutheria* dépend de la placentation. Toutes les formes à placenta caduc commencent par avoir un placenta non caduc, et une connexion plus intime du fœtus avec les organes maternels et précédée d'une union plus lâche ; de sorte que les *Eutheria* à placenta caduc sont une phase de l'évolution plus élevée que ceux à placenta non caduc.

En discutant les relations des divers groupes de mammifères supérieurs actuels les uns avec les autres, ce serait une méprise d'essayer de tracer aucune connexion généalogique directe entre eux. Chacun, comme l'exemple des équidés l'indique, a probablement une lignée particulière d'ancêtres, et dans cette lignée les formes euthériennes à placenta caduc constituent le dernier terme, les formes euthériennes à placenta non caduc le terme précédent, les formes métathériennes un terme encore antérieur, et les formes protothériennes le terme primitif le plus ancien, — du moins parmi les animaux qui, d'après les définitions admises, doivent être considérés comme des mammifères.

Le tableau suivant présente, d'un seul coup d'œil, l'arrangement des mammifères conformément aux vues que j'ai cherché à faire comprendre ici. Le signe O marque dans le schéma la place occupée par des types de mammifères *connus ;* tandis que le signe X indique les types dont on ne connaît aucun représentant, mais dont l'existence antérieure se déduit des lois de l'évolution (*voyez le tableau*).

J'ai la plus grande confiance que l'investigation des faunes mammalogiques de l'époque mésozoïque viendra tôt ou tard remplir les vides qui subsistent encore dans ce tableau. Mais si les déductions des lois de l'évolution sont justifiées, non seulement en théorie, mais en fait, elles doivent se vérifier encore plus loin. S'il est vrai que l'on peut s'attendre à découvrir un jour l'ancêtre pentadactyle et claviculé de l'*Eohippus*, on peut s'attendre avec moins de confiance à ce que les *Prototheria* aient été précédés par des ancêtres qui n'étaient point mammifères, et dans ce fait que la mandibule, était articulée en *os carré*, dont le *malleus* des vrais mammifères est le représentant réduit. Probablement aussi, le corps calleux ne constituait pas chez eux un organe distinct.

Nos classifications actuelles n'ont pas de place pour cette phase *submammalienne* de l'évolution indiquée déjà par Hæckel sous le nom de PROMAMMALE. Ce type devait se séparer des *Sauropsida* par ses deux condyles et parce qu'il avait gardé l'arc aortique gauche comme tronc principal, tandis qu'il ne différait pas moins des amphibiens par la présence d'un amnios et l'absence de branchies à toutes les périodes de la vie. Je propose d'appeler les représentants de cette phase : HYPOTHÉRIA, et je ne doute pas que lorsque nous aurons une connaissance plus complète des vertébrés terrestres de la plus récente époque paléozïque, des formes appartenant à cette phase se trouveront parmi eux. Maintenant, si l'on enlève aux *Hypotheria* l'amnios et le corps calleux, et si on leur ajoute des branchies fonctionnelles — dont l'existence chez les ancêtres des mammifères est aussi clairement indiquée par la présence des *arcs viscéraux* et des *fentes branchiales* que l'existence de clavicules complètes chez les ancêtres des canidés l'est par leurs vestiges chez le chien — les *hypothéria* ainsi réduits prennent place alors parmi les amphibiens. Or la présence de branchies implique celle d'un ventricule incomplètement divisé et de nombreux arcs aortiques tels qu'ils existent dans l'embryon des mammifères, bien qu'ils soient plus ou moins complètement supprimés dans le cours du développement ultérieur.

Ainsi je considère le type amphibien comme le représentant de la phase la plus inférieure du développement des vertébrés; et il extrêmement intéressant de remarquer que les amphibiens actuels nous présentent encore presque tous les degrés de modification du type depuis les formes ovipares à branchies et membres courts, comme *Siredon* et *Menobranchus* (qui présentent les mêmes relations avec les autres amphibiens que le *Gymnure* avec les *Eutheria*), jusqu'aux salamandres et aux grenouilles à respiration exclusivement aérienne, chez lesquelles la période du développement intra-ovulaire, soit dans l'utérus même soit dans un réceptacle spécial, peut être aussi prolongée que chez les mammifères.

Une étude attentive, faite sur des matériaux complets, du développement du jeune dans certaines formes telles qu'*Hylodes*, jetterait probablement une grande lumière sur la nature des changements qui se terminent par la suppression des branchies et par le développement de l'amnios et des parties extra-abdominales de l'allantoïde dans le fœtus des vertébrés supérieurs.

Les récentes recherches de Boas [1] sur la structure du cœur et l'origine des artères pulmonaires du *Ceratodus* tombèrent sous mes yeux au moment où je m'occupais de nouveau de ce sujet : ces recherches sont arrivées, en ce qui a rapport au cœur, à des résultats qui sont la confirmation complète des miennes. Cet animal étrange (le *Ceratodus*) semble inventé pour illustrer la doctrine de l'évolution. Des arguments égaux peuvent être avancés en faveur de l'opinion que c'est un amphibien ou un poisson, ou les deux à la fois, ou ni l'un ni l'autre. La raison de cette incertitude est, ce me semble, que le *Ceratodus* est un représentant extraordinairement peu modifié de cette phase particulière de l'évolution des vertébrés dont les poissons typiques aussi bien que les amphibiens typiques, sont des modifications spéciales. Je pense qu'il convient d'avoir un nom pour désigner les représentants de cette phase, et je propose de les appeler HERPETICHTHYENS.

Si nous enlevons au *Ceratodus* les os membraneux de la tête et le *pneumatocèle* et si nous simplifions la structure du cœur le résultat sera un animal que l'on devra certainement classer parmi les chimérides. Et, si, chez un animal comme les chimérides, les cloisons lamelleuses des branchies n'étaient pas réduites comme elles le sont et le pli operculaire si peu développé, le résultat serait un représentant peu modifié du groupe

[1] Boas, *Ueber Herz und Arterienbogen bei* Ceratodus *und* Protopterus (*Morphol. Jahrbuch*, 1880).

MAMMALIA.

PHASES D'ÉVOLUTION.	Caractères.	PRIMATES.	RODENTIA.	PROBOSCIDEA.	HYRACOIDEA.	INSECTIVORA.	CARNIVORA.	CHIROPTERA.	EDENTATA.
Eutheria...	1. Des mamelons. ⟩ caduc	O	O	O	O	O	O	O	O Orycteropus. Myrmecophaga. O
	2. Placenta allantoïdien.								
	3. Ouverture des uretères entocystiques.								
	4. Marteau petit.								
	5. Coracoïde réduit.								
	6. Epipubis rudimentaire ou nul.								
	7. Deux condyles occipitaux et un basi-occipital osseux.								
	8. Un amnios.								
	9. Un corps calleux.		LEMUROIDEA.	SIRENIA. UNGULATA.		CETACEA.		Manis.	
	10. Pas de branchies. ⟩ non caduc	X	O	O O		O		O	

(Placenta)

PHASES D'ÉVOLUTION.	Caractères.	PRIMATES.	LEMUROIDEA.	RODENTIA.	PROBOSCIDEA.	SIRENIA.	UNGULATA.	HYRACOIDEA.	INSECTIVORA.	CARNIVORA.	CETACEA.	CHIROPTERA.	EDENTATA. Manis.
Metatheria.	{ 1, 3, 4, 5, 7, 8, 9, 10, comme ci-dessus. / II et IV, comme ci-dessous.	X MARSUPIALIA.	O	X	X	X	X	X	X	X	X	X	X
Protheria.	{ 7, 8, 9, 10. comme ci-dessus. / I. Pas de mamelons. / II. Pas de placenta allantoïdien. / III. Ouverture des uretères hypocystiques. / IV. Un grand marteau. / V. Coracoïde complet. / VI. Epipubis grands.	X	X	X	X	X	X	X	X	X	X	X	X MONOTREMATA. O
Hypotheria.	{ 7, 8, I, II, III, IV, V, VI, comme ci-dessus. / a. Pas de glandes mammaires. / b. Mandibule s'articulant avec l'os carré. / c. Pas de corps calleux.	X	X	X	X	X	X	X	X	X	X	X	X

des sélaciens dont, parmi les formes actuelles, les *Heptanchus* et *Cestracion* sont celles qui s'en rapprochent le plus. Les animaux vertébrés de cette phase de l'évolution peuvent être appelés des CHONDRICHTHYENS.

Supposons que les membres et les conduits génitaux du type *Chondrichthyen* ne se soient pas développés et que les deux sacs nasaux soient représentés par un sac partiellement divisé, avec une seule ouverture externe, le résultat sera un degré plus inférieur encore de l'organisation des vertébrés que l'on peut appeler MYZICHTHYENS, et qui n'est plus représenté que par les lamproies très modifiées et par les *Myxines* de la faune actuelle.

Enfin, que la tête conserve sa segmentation primitive et le cœur son caractère rudimentaire de tube contractile, et nous avons dans les HYPICHTHYENS une phase de simplification du type vertébré, à laquelle il serait difficile d'enlever aucune particularité essentielle sans arriver au point où l'on pourrait se demander si l'animal a droit réellement au titre de « vertébrés ». Cette phase n'est plus actuellement représentée que par une forme singulièrement modifiée, l'*Amphioxus*.

Ainsi, dans l'ordre de l'évolution, tous les vertébrés considérés jusqu'ici peuvent être rangés sous neuf états ou phases, qui sont :

1. — Celle des *Hypichthyens*,
2. — — des *Myzichthyens*,
3. — — des *Chondrichthyens*,
4. — — des *Herpetichthyens*,

5. — — des *Amphibiens*,
6. — — des *Hypothériens*,
7. — — des *Prothothériens*,
8. — — des *Métathériens*,
9. — — des *Euthériens*.

Toutes ces phases, excepté celle des *Hypothériens*, sont représentées par des groupes existants de vertébrés, qui, dans beaucoup de cas, renferment des formes très modifiées du type auquel elles appartiennent, les seuls amphibiens et euthériens se rapprochant plus que tous les autres du type qui est resté sans modifications dans quelques-uns de leurs membres actuels.

On remarquera que j'ai omis de mentionner les poissons *Ganoïdes* et *Téléostéens*, ainsi que les *Sauropsida*. C'est qu'il me semble que ces types sont en dehors de la ligne directe de l'évolution et représentent vraisemblablement des branches latérales qui s'écartent à certains points de cette ligne. A ce point de vue, je conçois que les ganoïdes et les téléostéens correspondent à la phase des herpetichthyens, et les sauropsides à celle des amphibiens.

Il n'y a rien, autant que je sache, dans l'organisation des ganoïdes et de stéléostéens qui ne soit aisément explicable par l'application des lois de l'évolution aux herpetichthyens. Tous les faits peuvent être interprétés comme le résultat du développement excessif, de la réduction ou de la soudure des parties que l'on trouve chez les herpetichtyens [1].

[1] Le cœur du *Butirinus* présente une complète transition entre le cœur caractéristique des ganoïdes et celui des téléostéens

Phases d'évolution.	*Groupes représentants.*				
9. EUTHERIA........................	Monodelphia.				
	O				
8. METATHERIA......................	Marsupialia.				
	O				
7. PHOTOTHERIA.....................	Monotremata.				
	O				
6. HYPOTHERIA.	X	Sauropsida.	Aves.		
		O	Reptilia.		
5. AMPHIBIA.	Amphibia.				
	O	X			
4. HERPETICHTHYES	Dipnoi.		Osteichthyes.	Ganoïdei.	
	O	X	O	Teleostei.	
3. CHONDRICHTHYES.	Selachii.				
	O	X	X		
	Chimæroidei.				
	O	X	X		
2. MYZICHTHYES......................	Marsipobranchii.				
	O	X	X		
1. HYPICHTHYES.....................	Pharyngobranchii.				
	O	X	X		

De même, la suppression des branchies, le développement d'un amnios et d'un allantoïde respiratoire extra-abdominal, enfin cet élargissement du basi-occipital relativement à l'exoccipital, qui donne naissance à un seul condyle crânien, voilà tout le changement nécessaire pour transformer un amphibien modèle urodèle en un lézard (saurien). Il est inutile d'insister sur l'évidence de la transition du type reptilien au type oiseau, évidence que l'étude des restes d'animaux éteints a suffisamment mise en lumière (*Archæopteryx*).

Le schéma de l'arrangement des vertébrés, qui découle naturellement des considérations précédentes, peut être présenté sous la forme suivante :

Je pense que tous les faits actuellement connus relativement aux vertébrés des époques antérieures s'accordent avec l'opinion que les lois qui expriment le processus de l'évolution ancestrale chez les mammifères supérieurs sont d'une application générale à tous les vertébrés. Ceci admis, je crois qu'il s'ensuit nécessairement que les vertébrés ont dû passer successivement par toutes les phases que nous avons indiquées ici, et je pense que le progrès des découvertes ultérieures, en même temps qu'il viendra combler la ligne de démarcation qui sépare chacune de ces phases successives et les convertir en une série continue, sauf de légères différences, ne nous révèlera plus aucune forme de vertébrés dont la place ne soit fixée d'avance dans le plan général.

comme l'a montré récemment Boas (*Morphol. Jahrb., loc. cit.*); ainsi s'évanouit le dernier reste de l'hiatus supposé entre les *Ganoïdes* et les *Téléostéens*.

X

LA FORMATION DE LA HOUILLE [1]

Les morceaux de houille dans un seau à charbon ont souvent une forme cubique grossière. Si l'on en choisit un pour l'examiner avec soin, on trouvera que ses six côtés ne sont pas exactement pareils. Deux côtés opposés sont relativement lisses et brillants, tandis que les quatre autres sont plus raboteux et marqués de lignes qui courent parallèlement aux côtés lisses. La houille se fend aisément selon ces lignes, et les surfaces ainsi formées sont parallèles aux faces lisses. En d'autres termes, il existe une sorte de stratification grossière et incomplète dans le bloc de charbon, comme si c'était un livre dont les feuillets auraient adhéré ensemble très fortement.

Parfois les faces le long desquelles le charbon se fend ne sont pas lisses, mais présentent une couche mince de substance terne, en apparence carbonisée, qui est connue sous le nom de « houille minérale ».

Il arrive quelquefois qu'une des faces d'un bloc de charbon présente des empreintes, qui sont, évidemment, celles de la tige ou des feuilles d'une plante;

[1] Conférence faite devant les membres de l'Institut Philosophique de Bradford, et publiée dans le *Contemporary Review*.

mais, quoique des masses minérales dures de pyrites, et même de boue fine, puissent se rencontrer ici ou là, ni le sable ni les cailloux ne s'y trouvent.

Quand le charbon brûle, les produits principaux ultimes de sa combustion sont l'acide carbonique, l'eau, et des produits ammoniacaux qui s'échappent dans la cheminée, et une quantité plus ou moins grande de résidu de sels de terre qui prennent la forme de cendres. Ces produits sont, dans une grande mesure, ceux qui résulteraient de la combustion d'une quantité égale de bois.

Ces propriétés de la houille peuvent être reconnues sans appareils très compliqués, mais le microscope révèle quelque chose de plus. Quelque noir et opaque que soit le charbon commun, on peut en rendre des coupes transparentes en les cimentant dans du baume du Canada, et les frottant jusqu'à ce qu'elles soient très peu épaisses, de la manière dont on fait des sections minces de corps non transparents. Mais, comme les tranches minces ainsi produites sont très sujettes à se fêler et se briser en fragments, il vaut mieux employer de la colle marine comme ciment. A l'aide de cette substance on obtient des tranches d'une grandeur considérable et d'une minceur et d'une transparence extrêmes [1].

Supposons maintenant que deux tranches semblables soient préparées dans notre bloc de charbon : l'une parallèle à la stratification, l'autre perpendiculaire à

[1] Mon aide au Muséum de Géologie pratique, M. Newton, a inventé cette excellente méthode pour obtenir de minces tranches de charbon.

celle-ci, et appelons la première, section horizontale, et la seconde, section verticale. La section horizontale présentera des taches et des raies jaunes plus ou moins arrondies, éparses d'une façon irrégulière sur la substance du fond, brun foncé ou noirâtre, tandis que la section verticale présentera des barres et granules plus allongés des mêmes matériaux jaunes, disposés en lignes qui correspondent grossièrement avec la direction générale de la couche carbonifère.

C'est là la structure microscopique d'un morceau ordinaire de houille. Mais, si l'on examine une grande série de charbons de localités et de mines différentes, ou même de parties différentes d'une même mine, on voit que cette structure varie en deux directions. Chez l'anthracite ou charbon de pierre, brûlant comme le coke, la matière jaune diminue, et la substance du fond devient plus prédominante, plus noire, plus opaque, jusqu'à ce qu'il devienne impossible de rendre une coupe assez mince pour être transparente ; tandis que, d'autre part, là où comme dans le charbon « Better Bed » des environs de Bradford qui brûle avec une forte flamme, le charbon est de couleur bien plus claire, et des coupes transparentes sont très facilement obtenues. Dans les parties les plus brunes de ce charbon, des yeux perçants découvriront aisément des multitudes de curieux petits corps en forme de monnaie, d'une couleur brun jaunâtre, incrustés dans la substance brun foncé du fond. En moyenne, ces petits corps bruns peuvent avoir un diamètre d'un millimètre environ. Leurs surfaces plates sont à peu près parallèles aux deux faces lisses du bloc qui les contient, et, sur un côté de chacune, on peut discerner une figure qui consiste en trois marques linéaires droites, qui rayonnent du centre du disque, mais n'atteignent pas tout à fait sa circonférence. Dans la section horizontale, ces disques sont souvent transformés en anneaux plus ou moins complets, tandis que dans les sections verticales ils paraissent semblables à des cercles épais, dont les côtés auraient été pressés enesmble. Les disques sont, par conséquent, des sacs aplatis ; et de bonnes coupes montrent que la marque à trois raies indique trois fentes qui pénètrent dans une des parois du sac.

Les côtés des sacs sont souvent très rapprochés ; mais, quand les sacs sont moins aplatis, leurs cavités sont d'ordinaire remplies de corps nombreux irrégulièrement arrondis, qui ont la même sorte de paroi que les grands, mais n'ont pas plus de trois centièmes de millimètre de diamètre.

Dans les bons échantillons, aussi, presque toute la substance du fond semble composée de corps semblables — plus ou moins carbonisés ou noircis — et, chez ceux-ci, il ne peut y avoir de doute que, sauf quelques fragments de charbon minéral, ici et là, toute la masse de houille est composée d'une accumulation de ces sacs grands et petits.

Mais, dans une même coupe, il est possible d'observer comment s'opère la transition de cette structure à celle qu'on a décrite comme caractéristique du charbon ordinaire. Ce dernier paraît tenir du premier, par la rupture et la carbonisation croissante des sacs les plus grands et les plus petits. Et, dans l'anthracite, ce processus paraît avoir été poussé si loin qu'il a détruit la structure primitive entièrement et l'a remplacée par une substance complètement carbonisée.

Ainsi le charbon peut être défini, d'une manière générale, comme composé de deux éléments : 1° le charbon de terre minéral ; 2° le charbon proprement dit. On a déterminé depuis longtemps la nature du charbon minéral. Sa structure montre qu'il est composé des restes de tiges et de feuilles de plantes réduites à peu près à leur carbone. Puis, une partie du charbon est faite de l'écorce écrasée ou aplatie, ou de l'enveloppe externe des tiges de plantes, dont le bois intérieur est complètement détruit. Mais ce que j'appellerai la « matière sacculaire » de la houille, celle qui, soit dans sa forme primaire, soit dans sa forme dégradée, constitue de beaucoup la plus grande partie de tous les charbons bitumineux que j'ai examinés, n'est certainement pas du charbon minéral ; sa structure n'est pas, non plus, celle d'aucune tige ou feuille. D'où il suit que sa vraie nature ne se montre pas tout d'abord, et celle-ci a fait l'objet de nombreuses discussions.

C'est le professeur Morris, le géologue bien connu, qui a été le premier, à ma connaissance, à éclaircir ce problème. Il y a maintenant trente-quatre ans qu'il a décrit avec soin et dessiné les corps en forme de disque ou de sac les plus grands, dans une note ajoutée au fameux article *On the Coalbrookdale Coal-Field* publié par M. Prestwich, alors président de la Société Géologique. Le professeur Morris, avec une grande sagacité, devina la vraie nature de ces corps et

affirma hardiment que c'étaient les enveloppes des
spores d'une plante alliée aux Lycopodes actuels.

Mais l'esprit de découverte fait parfois de longues
haltes ; et ce n'est que depuis quelques années que
M. Carruthers a déterminé la plante (ou plutôt une
des plantes) produisant ces enveloppes de spores, en

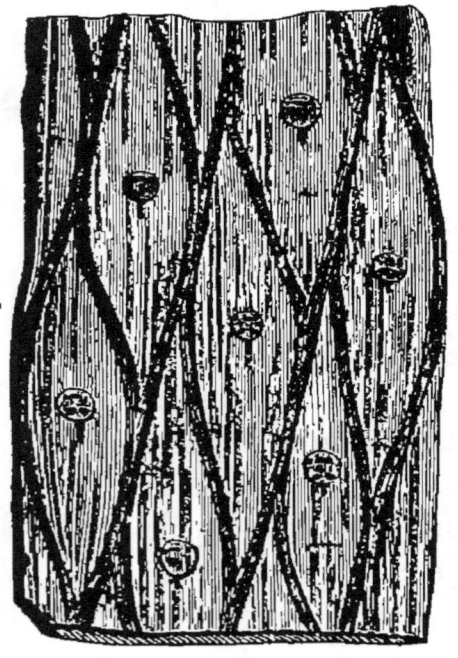

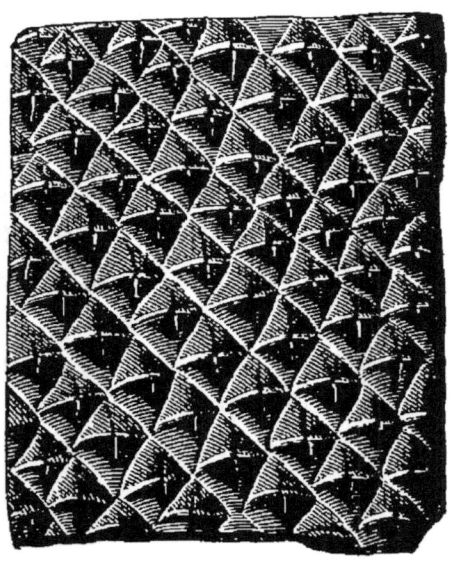

FIG. 28. — *Lepidodendron aculeatum*
décortiqué.

FIG. 29. — *Lepidodendron
quadratum.*

trouvant les sacs en forme de disque adhérant encore
aux feuilles du còne fossile qui les a produits. Il
donna le nom de *Flemingites gracilis* à la plante dont
les cònes forment une partie. Les branches et la tige
de cette plante ne sont pas encore connus d'une
manière certaine, mais il n'est pas douteux qu'elle ne

soit une alliée proche du *Lepidodendron* (fig. 28 et 29) dont les restes abondent dans la formation houillère. Les Lepidodendrées étaient des arbustes et des arbres rappelant plus l'*Araucaria* que toute autre des plantes qui nous sont familières, et les extrémités des branches à fruit se terminaient par des cônes ou des chatons, quelque peu comme ce qu'on appelle de ces noms chez le Sapin ou le Saule. Ces fruits coniques, cependant, ne produisaient pas de graines, mais les feuilles qui les composaient portaient sur leurs surfaces des sacs pleins de spores, ou sporanges, tels qu'on en voit à la surface inférieure d'une feuille de fougère femelle. Les sporanges du *Flemingites* ont été identifiés par M. Carruthers avec les sporanges libres décrits par le professeur Morris, qui sont ceux des grands sacs dont j'ai parlé. Et, en outre, il n'y a pas de doute que les petits sacs ne soient des spores, primitivement contenues dans les sporanges.

Les Lycopodes actuels sont, pour la plupart, des herbes insignifiantes qui rampent sur le sol, et, superficiellement, ressemblent de très près à de véritables mousses, et aucune d'elles n'atteint plus de 60 ou 90 centimètres de haut. Mais, dans leur structure essentielle, elles ressemblent de très près aux plus anciens Lépidodendroïdes de la houille ; leurs tiges et leurs feuilles sont semblables ainsi que leurs cônes ; et leurs sporanges et spores ne le sont pas moins ; tandis, que, même au point de vue de la grandeur, les spores du Lépidodendron et celles des Lycopodes actuels se rapprochent beaucoup les unes des autres.

Ainsi la singulière conclusion s'impose à nous que

les plus grands et les plus petits sacs du « Better Bed »
et d'autres charbons, où la structure primitive est bien
conservée, sont simplement les sporanges et les spores
de certaines plantes dont beaucoup sont alliées de
près aux Lycopodes actuels. Et si, comme je le
crois, on peut démontrer que la houille ordinaire
n'est que du charbon « sacculaire » qui a subi un certain degré d'une altération qui, si elle se poursuivait,
le convertirait en anthracite, alors il est évident qu'il
faut conclure que la grande masse de la houille que
nous brûlons est le résultat de l'accumulation des
spores et des enveloppes de spores de plantes dont
d'autres parties ont fourni les tiges carbonisées et le
charbon minéral, ou ont laissé leurs empreintes sur
les surfaces de la couche.

De la multitude d'hypothèses qui, à diverses époques
ont été émises concernant l'origine et le mode de
formation de la houille, plusieurs ont été démenties
et mises hors de cours par les faits de structure que
je viens d'entreprendre d'expliquer : les faits, par
exemple, ne nous permettent plus de supposer, ainsi
qu'on l'a fait, que la houille est une accumulation de
matière tourbeuse.

Feu le professeur Quekett fut un des premiers obser-
vateurs qui donnèrent une description exacte de ce
que j'ai nommé la structure « sacculaire » du charbon ;
et, s'apercevant justement que cette structure différait
totalement de celle d'aucune plante connue, il ima-
gina qu'elle procédait de quelque organisme végétal
éteint qui étaient particulièrement abondant parmi les
plantes formant le charbon. Mais on voit vite que cette

explication ne saurait se soutenir puisque les plus petits et les plus grands sacs sont reconnus être des spores ou sporanges.

D'autres, encore, ont supposé que le charbon était d'origine sous-marine ; et, bien que l'idée soit déjà amplement et facilement réfutée par d'autres considérations, il vaut encore la peine de faire observer qu'il serait impossible de comprendre comment une masse de spores légères et résineuses aurait atteint le fond de la mer ou serait restée dans cette position, si elle y était parvenue.

En même temps, il convient de remarquer que je n'ai pas la présomption de suggérer que toute la houille doit avoir la même structure, ou qu'il n'y a pas de charbons chez lesquels les proportions de bois et de spores ou d'enveloppes de spores diffèrent beaucoup de celles des charbons que j'ai examinés.

Je répète seulement qu'aucun des charbons qui ont passé sous mes yeux ne m'a permis d'observer une semblable différence. Mais, suivant le Principal Dawson qui a examiné si minutieusement les restes fosssiles de plantes, dans l'Amérique du Nord, il en est autrement dans les vastes accumulations de houille de ce pays.

« La véritable houille, dit M. Dawson, se compose surtout d'écorce aplatie de Sigillaires et autres arbres, entremêlée de feuilles de fougères et de Cordaites, et autres débris herbacés, et de fragments de bois pourri, constituant du « charbon minéral », tous ces matériaux ayant évidemment tous ensemble poussé et s'étant accumulés à l'endroit où nous les trouvons [1]. »

---

[1] Dawson, *Acadian Geology*. 2ᵉ édition, p. 138.

Quand j'eus le plaisir de voir le Principal Dawson à Londres, l'été dernier, je lui montrai mes coupes de houille, et le priai d'examiner de nouveau quelques-uns des charbons américains en retournant au Canada, en vue de la présence de spores et de sporanges, comme je lui en montrais dans nos houilles anglaises et écossaises. Il a eu la bonté de le faire, et, dans une lettre en date du 26 septembre 1870, il m'apprend que :

« Les indications d'enveloppes de spores sont rares, sauf dans certains charbons schisteux grossiers, ou parties de charbons, et dans les voûtes des mines. Le cas le plus marqué que j'aie encore rencontré est le charbon schisteux cité comme contenant des *Sporangites* dans mon article sur les conditions d'accumulation du charbon [1]. Les charbons les plus purs sont certainement composés principalement de tissus cubiques avec quelque vraie matière ligneuse, et les enveloppes de spores, etc., se trouvent principalement dans les couches schisteuses grossières. C'est là ma vieille théorie dans mes deux articles du *Journal of the Geological Society*, et je ne vois rien à y modifier. Vos observations, toutefois, rendent probable que les taches claires, fréquentes dans les charbons à longue flamme, sont des enveloppes de spores. »

Les résultats de M. Dawson sont d'autant plus remarquables que les nombreux échantillons de charbon anglais, de diverses localités, que j'ai examinés, racontent tous la même histoire quant à la prédominance des spores et des sporanges dans leur composition, et que c'est précisément dans les charbons les

---

[1] *Journal of the Geological Society*, vol. XXII, p. 115, 139 et 165.

plus beaux et les plus purs, tels que le *Better Bed* de Lowmoor, que les spores et les sporanges constituent évidemment presque toute la masse du dépôt.

La houille, telle que nous l'avons décrite, se trouve toujours en nappes ou « veines » qui varient en épaisseur, d'une fraction de centimètres jusqu'à plusieurs mètres, enfermée dans la substance terreuse à des profondeurs qui varient beaucoup, entre des couches de roches d'espèces différentes. En règle générale, chaque veine de houille repose sur une couche plus ou moins épaisse d'argile qui est connue sous le nom d' « argile inférieure ». Les couches alternées de houille, d'argile et de roches peuvent se répéter bien des fois et sont connues sous le nom de « formations houillères »; et, en quelques régions, telles que la Galle du Sud et la Nouvelle-Écosse, les formations houillères atteignent l'épaisseur de quatre et cinq mille mètres, et renferment de quatre-vingts à cent veines carbonifères, chacune avec son argile inférieure, et séparée de celle de dessus et de celle de dessous par des couches de grès et de schiste.

La position des couches qui composent les formations houillères est infiniment diverse. Quelquefois elles sont inclinées verticalement, quelquefois elles sont horizontales, quelquefois courbées en grands bassins, quelquefois elles arrivent à la surface, quelquefois elles sont recouvertes par des milliers de mètres de roche. Mais quelle que soit leur position actuelle, il y a des preuves abondantes et concluantes montrant que chaque argile inférieure a été autrefois un sol de surface. Non seulement des racines fibreuses carbonisées abondent souvent dans ces argiles inférieures, mais des tiges d'arbres, dont les troncs sont cassés et confondus avec la couche de houille, ont souvent été trouvées munies de leurs racines rayonnantes, encore incrustées dans l'argile inférieure. Sur beaucoup de points des côtes française et anglaise, on voit à marée basse communément ce qu'on appelle des « forêts sousmarines ». Elle se composent, en général, de courts pieds de chênes, de hêtres et de sapins, encore fixés par leurs longues racines dans la couche d'argile bleue où ils poussaient primitivement. Si une de ces forêts sous-marines s'affaissait graduellement et se trouvait couverte par de nouveaux dépôts, elle présenterait exactement les mêmes caractères qu'une argile encaissante de la houille si l'on substituait les Sigillaires et les Lépidodendron de l'ancien monde au Chêne ou au Hêtre de notre temps.

Dans une forêt tropicale, de nos jours, les troncs d'arbres tombés et les pieds des arbres qu'a pu briser la violence des orages, ne restent debout que peu de temps. Contrairement à ce qu'on pourrait attendre, le bois dense de l'arbre se pourrit et souffre des ravages des insectes beaucoup plus vite que l'écorce. Le voyageur, en posant le pied sur un tronc renversé, trouve que ce n'est qu'une sorte de coque, qui se brise sous son poids, et fait arriver son pied parmi des insectes ou des reptiles qui y avaient cherché la nourriture ou un refuge.

Les arbres des forêts houillères présentent des conditions analogues. Quand on peut identifier les troncs tombés qui sont entrés dans la composition du charbon, on ne trouve que deux enveloppes d'écorce aplaties ensemble par suite de la destruction de l'intérieur du cœur ligneux; et sir Charles Lyell et M. Dawson ont découvert, dans les creux de troncs d'arbres houillers de la Nouvelle-Écosse, des restes d'Escargots, de Myriapodes et d'animeaux du genre de la Salamandre, incrustés dans un dépôt d'un caractère différent de celui qui entourait l'extérieur des arbres. Ainsi, pour arriver à comprendre la formation d'une veine de houille, il faut essayer de nous représenter une forêt épaisse, formée en grande partie d'arbres tels que de gigantesques Lycopodes et des Fougères arborescentes, avec, par-ci par-là, quelque arbre ressemblant davantage à nos Ifs et Sapins actuels. Nous devons supposer, que, au cours des saisons, ces plantes poussaient, et que leurs spores et leurs graines se développaient; que ces dernières tombaient en énormes quantités, qui s'accumulaient sur la terre, au-dessous d'eux, et que, de temps en temps, il s'ajoutait à la masse une feuille morte, et, à de plus longs intervalles, une branche pourrie ou un tronc mort.

Nul doute qu'une certaine proportion des spores et des graines n'aient rempli leur fonction évidente, et, emportées par le vent dans des régions inoccupées, ne servissent à étendre les limites de la forêt ; beaucoup étaient entraînées par les pluies dans des torrents, et par suite perdues ; mais il devait en rester une grande partie, s'accumulant comme les faînes ou les glands, sous les arbres de nos forêts modernes.

Mais, dans ce cas, dira-t-on peut-être, pourquoi notre charbon anglais n'est-il pas composé de tiges et de feuilles dans une beaucoup plus grande mesure ? Quelle est la raison qui fait prédominer à tel point les spores et les enveloppes de spores ?

On trouvera à cette question une réponse toute prête en étudiant un Lycopode vivant à l'état adulte. Si vous le secouez sur une feuille de papier, il émettra un nuage de fine poussière qui se répandra sur le papier, et qui est la poudre de Lycopode, bien connue de tous. Cette poudre était, et est peut-être encore, employée à deux fins, qui semblent, au premier abord, n'avoir aucun rapport entre elles. Elle est, ou était employée, à produire des éclairs, et à faire des pilules. Les enveloppes des spores contiennent tant de matière résineuse qu'une pincée de poudre de Lycopode, jetée à travers la flamme d'une bougie, brûle avec une fulguration instantanée qui a longtemps représenté l'éclair sur la scène. Et ce même caractère en fait une excellente enveloppe pour les pilules ; car la poudre résineuse empêche la drogue d'être humectée par la salive et dérobe ainsi le goût nauséabond aux papilles impressionnables de la langue.

Mais cette substance résineuse, qui repose sur les parois des spores et des sporanges, est une substance que n'altèrent facilement ni l'air ni l'eau, et il s'ensuit qu'elle tend à conserver ces corps, tout comme les linges funéraires bitumés conservent les momies égyptiennes ; tandis que, d'autre part, la tige ligneuse et les feuilles tendent à pourrir aussi vite que le bois du cercueil de la momie pourrit. Ainsi le tas composé de spores, de feuilles et de tiges de la forêt houillère entremêlées serait constamment pénétré par l'action lon guement continuée de l'air et de la pluie ; les feuilles et les tiges seraient bientôt réduites à leur carbone, ou, en d'autres termes, à l'état de charbon minéral dans lequel nous les trouvons, tandis que les spores et les sporanges restaient comme résidu compact et relativement inaltéré.

Il y a, en réalité, d'assez claires preuves que la houille doit, dans certaines circonstances, avoir été convertie en une substance assez dure pour être roulée en gravier, lorsqu'elle était à la surface ; car, dans quelques veines de charbon, le cours de petits ruisseaux, qui doivent avoir été d'eau vive lorsque la couche qui les contenait était encore à la surface, se sont trouvés contenir des cailloux roulés du même charbon à travers lequel le torrent s'était frayé passage.

Les faits de structure sont de nature à ne nous laisser d'autre alternative que celle d'accepter la théorie de l'origine du charbon telle que je viens de l'exposer ; mais, par bonheur, ce processus a, de nos jours, son analogue. Je possède un échantillon de ce qu'on appelle « houille blanche » d'Australie. C'est une matière inflammable, brûlant d'une flamme brillante, et ayant l'apparence et la consistance d'un gâteau de farine d'avoine, qui recouvre, m'a-t-on dit, un territoire considérable. Cette houille est composée, presque en totalité, d'une masse agglomérée de spores et d'enveloppes de spores. Mais les fines parcelles de sable qui s'y trouvent éparses, montrent qu'elle a dû s'accumuler, sous l'influence de l'air, à la surface d'un sol couvert par une forêt de plantes cryptogames, probablement des fougères arborescentes. En ce qui concerne ce point important de la région sous-aérienne de la houille, je suis heureux de me trouver d'accord avec le Principal Dawson, qui soutient ses conclusions par des considérations autres, mais non moins pressantes. Il écrit, dans un passage faisant suite à celui que j'ai déjà cité :

« (3) La structure microscopique et la composition chimique des couches de charbon à longue flamme et de bitume terrestre, et des schistes encore plus bitumineux et carbonifères, montrent que cette houille a dû être de la nature de la fine boue végétale qui s'accumule dans les étangs et les lacs peu profonds de nos marécages modernes. Lorsqu'un sédiment végétal de cette finesse est mêlé, ainsi qu'il arrive souvent, avec de l'argile, il devient semblable à la pierre à chaux et aux schistes calcaires bitumineux des formations houillères.

(4) Quelques argiles encaissantes, qui soutiennent des couches de houille, sont de la nature de la boue végétale à laquelle il est fait allusion ci-dessus ; mais la plus grande partie est de composition argilo-sablonneuse, avec peu de matière végétale, et se trouve blanchie par le drainage des eaux contenant les produits de décomposition végétale. Ce sont, au fond, des sols glaiseux ou argileux, et ils doivent avoir été assez au-dessus de l'eau pour en permettre le drainage. L'absence de sulfate et la rencontre de carbonate de fer auprès d'eux prouvent que, lorsqu'ils existaient à l'état de sols, c'était de l'eau douce et non de l'eau salée qui filtrait à travers eux.

(5) La houille et les forêts fossiles présentent beaucoup de preuves de la condition sous-aérienne. La plupart des arbres, debout ou renversés, étaient devenus

des coques d'écorce vides, avant d'être finalement
ensevelis, et leur bois s'était brisé en morceaux cubiques de charbon minéral. Les Escargots terrestres et
les *Xylobius* s'y glissaient, et ils devenaient des nids
ou des pièges à reptiles. De grandes quantités de
houille minérale se trouvent à la surface de tous les
grands dépôts de charbon.

Aucune de ces apparences ne peut être attribuée à
une action sous-aquatique.

(6) Bien que les racines de Sigillaire ressemblent
plus aux rhizômes de certaines plantes aquatiques,
cependant, anatomiquement, elles sont absolument
identiques aux racines de Cycadées, auxquelles ressemble aussi leur tige. En outre, les Sigillariées
poussaient sur les sols où croissaient les Conifères,
Lépidodendron Cordaites et les Fougères, — plantes
qui n'auraient pu croitre dans l'eau. Puis, à l'exception peut-être de quelques Pinnulariées et Astéro-
phyllites, il y a une absence remarquable, dans les
formations houillères, de toute forme de végétation
aquatique proprement dite.

(7) L'occurrence d'animaux marins, ou d'animaux
d'eau saumâtre, dans la voùte des houillères, ou
même dans la houille elle-même, ne fournit aucune
preuve d'accumulation sous l'eau, puisque la même
chose se produit dans les forèts modernes sous-marines.
Pour ces raisons et d'autres encore, dont quelques-unes
sont plus complètement exposées dans les articles
auxquels il a été déjà fait allusion, tout en admettant
que les territoires d'accumulation carbonifère étaient
souvent submergés, je dois soutenir que la véritable
houille est une accumulation sous-aérienne de plantes
croissant sur des sols humides et marécageux, à la
vérité, mais point submergées. »

J'incline presque à douter qu'il soit nécessaire de

faire la concession d' « humides et marécageux » ;
il n'y a, autrement, rien à reprendre, que je sache, à
cet excellent coup d'œil d'ensemble sur les raisons de
croire à l'origine sous-aérienne du charbon.

Mais cette accumulation de houille sur l'espace
couvert par une des grandes forêts de l'époque carbonifère (fig. 30) eût été, au cours des siècles, dis-
persée par l'usure constante, quoique peu considérable, de la pluie et des torrents, si la terre qui la
supportait fût restée au même niveau, ou eût été élevée
graduellement à une plus grande hauteur. Et nul
doute qu'il ne se soit perdu, de cette façon, après sa
formation, autant de houille qu'il en existe maintenant. Ce qui est connu, maintenant, sous le nom de
districts houillers doit son importance au fait que
c'étaient des territoires de lent affaissement, pendant
une période plus ou moins grande de l'époque carbonifère ; et qu'en vertu de cette circonstance notre
mère, la terre, a pu recouvrir ses trésors végétaux, et
les préserver de la destruction.

Partout où se trouve, maintenant, une mine de
houille, on a dû pouvoir, autrefois, y accéder par
une grande rivière, ou un bras de mer peu profond,
avec sédiment de sable ou de boue. Lorsque la forêt
houillère s'affaissa lentement, les eaux ont dû la
recouvrir, et déposer leur fardeau sur la surface du
dépôt de charbon, en forme de couches qui sont
maintenant transformées en schistes ou en grès. Puis
vint une période de repos, dans laquelle les eaux
basses, superposées, se comblèrent complètement, et
furent finalement remplacées par une boue fine qui

se déposa en une nouvelle argile et fournit au sol un nouveau point de départ pour une forêt. Cette dernière prospéra et accumula des spores et du bois sous forme de charbon, jusqu'à ce que la phase d'affaissement lent recommençât. Et, dans quelques localités, ainsi que je l'ai dit, le processus fut répété jusqu'à ce que la première des couches alternantes ait été enfoncée à près de quatre kilomètres au-dessous de son niveau primitif à la surface de la terre.

En réfléchissant à l'exposé succinct, que nous venons d'achever, des faits principaux concernant l'origine du charbon formé pendant l'époque carbonifère, deux ou trois réflexions s'offrent à l'esprit.

En premier lieu, le grand fantôme des temps géologiques se lève devant celui qui étudie, soit ce fragment, soit d'autres fragments de l'histoire de notre terre, surgissant avec un élan irrésistible des faits, comme le Djin de la jarre que le pêcheur ouvrit si imprudemment; et, de même encore que le Djin, vaporeux, incertain, indéfinissable, mais à coup sûr gigantesque. Quelque modestes que puissent être les bases de nos calculs, le minimum du temps qu'on peut assigner à la période carbonifère reste quelque chose d'énorme.

Le Principal Dawson serait des derniers à se rendre coupable d'exagération en ces matières, et il sera bon de prendre note de ce qu'il en dit :

« Le taux de l'accumulation de la houille était très lent. Le climat de cette période, dans la zone tempérée du Nord, était d'un caractère tel que les vrais Conifères montrent des cercles de croissance qui ne

FIG. 30. — Paysage de l'époque houillière.

sont pas plus grands ni beaucoup moins distincts que
ceux de beaucoup de leurs congénères modernes. Les
Sigillaires (fig. 31 et 32) et les Calamites (fig. 33 et 34)
n'étaient point, comme on l'a souvent supposé, entièrement ni même principalement composées de tissus
lâches et mous, ou nécessairement de vie courte. Les
premières avaient, il est vrai, une écorce intérieure

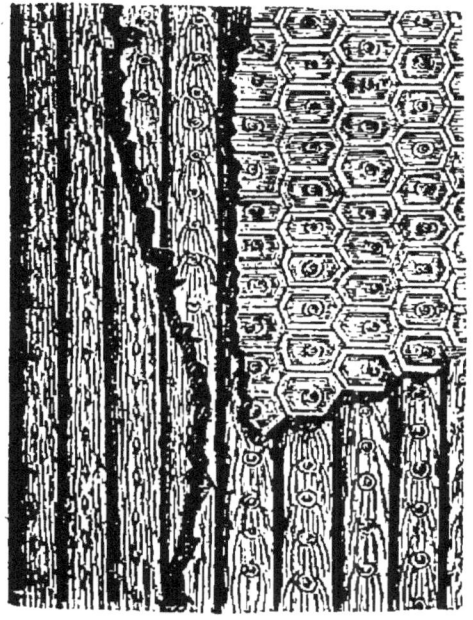

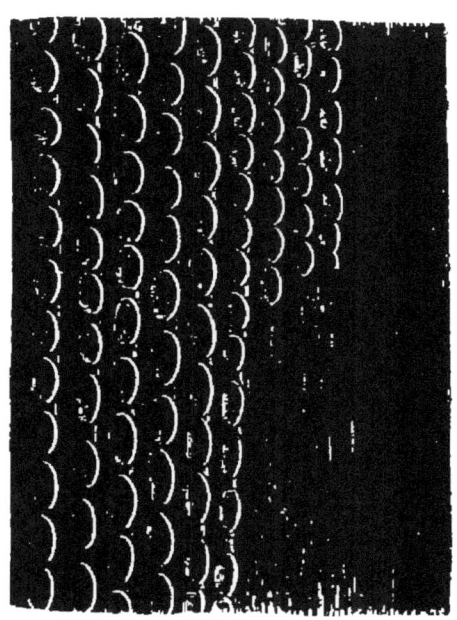

Fig. 31. — *Sigillaria tessellata.*
Brongn.

Fig. 32. — *Sigillaria Davreuxi.*
Brongn.

très épaisse, mais leur axe ligneux dense, leur écorce
extérieure grossière et presque indestructible, et leur
feuillage peu abondant et raide n'indiqueraient pas
une croissance ni une décadence très rapides. Dans le
cas de Sigillaires, les variations dans les cicatrices des
feuilles en différentes parties du tronc, l'intercalation
de nouveaux bords à la surface représentant de nou-

veaux coins ligneux dans l'axe, les marques transver-
sales laissées par les étapes de la croissance du haut,
tout indique qu'il a fallu plusieurs années pour le
développement de tiges d'une grandeur médiocre. Les
énormes racines de ces arbres, et l'état des marécages
carbonifères, doivent les avoir exemptés du danger
d'être renversés par la violence. Ils tombèrent probablement, en générations successives, par une décadence naturelle ; et, en faisant la part des autres matériaux, nous pouvons, en toute sécurité, affirmer que
chaque pied (30 centimètres) d'épaisseur de pure houille
bitumineuse implique la croissance et la décadence
d'au moins cinquante générations de Sigillaires, et par
conséquent un état non troublé de croissance forestière se prolongeant pendant beaucoup de siècles. En
outre, il y a des preuves qu'une immense quantité de
tissu parenchymateux lâche, et même de tissu ligneux,
a péri, et nous ne savons pas dans quelle mesure les
tissus les plus durables, eux-mêmes, peuvent avoir
ainsi disparu, de telle sorte qu'en beaucoup de veines,
nous pouvons n'avoir qu'une très faible partie de la
matière végétale produite. »

Nul doute que la force de ces réflexions ne soit
aucunement diminuée quand on trouve le charbon
bitumineux, comme en Angleterre, composé de spores
et enveloppé de spores accumulées plutôt que de tiges.
Mais, en supposant que nous adoptions l'assertion du
Principal Dawson qu'un pied de charbon représente
cinquante générations de plantes carbonifères, et, en
outre, si nous faisons la supposition modeste, que
chaque génération de plantes carbonifères a pris dix
ans pour parvenir à maturité, alors chaque pied d'épaisseur de houille représente cinq cents ans. Les couches

superposées dans une mine peuvent s'élever à cinquante ou soixante pieds (20 mètres) d'épaisseur et, par suite, la houille seule, dans cet espace, représente $500 \times 50 = 25,000$ années. Mais le vrai charbon actuel n'est qu'une partie insignifiante du dépôt total, qui, ainsi qu'on l'a vu, peut

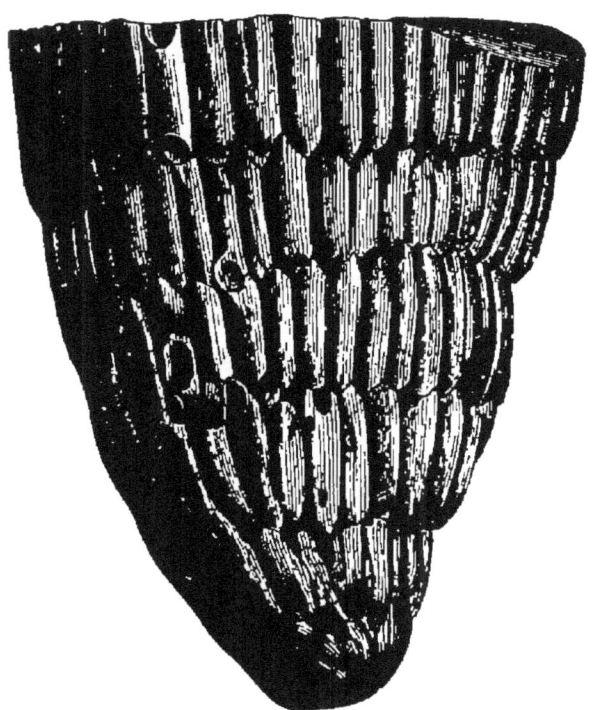

FIG. 33. — *Calamites Suckowi.*   FIG. 34. — *Arthropitus gigas.*

avoir trois ou quatre kilomètres d'épaisseur verticale. En supposant qu'il soit de 12,000 pieds (3,600 mètres) — ce qui est 240 fois l'épaisseur du charbon actuel — y a-t-il une raison qui empêche de croire qu'il a mis

240 fois autant de temps à se former ? Je n'en connais pas. Dans ce cas, le temps représenté par la mine serait $25,000 \times 240 = 6,000,000$ d'années. Ces calculs, comme chronologie définie, n'ont naturellement pas de valeur, mais ils sont d'une grande utilité pour fixer l'attention sur un minimum possible. Un homme peut se trouver embarrassé quand on lui demande combien il a fallu de temps pour bâtir Rome ; mais il est, proverbialement, sûr de son fait quand il répond qu'elle n'a pas été bâtie en un jour ; et nos calculs géologiques sont tous, pour le moment, logés à peu près à la même enseigne.

Une seconde réflexion que l'étude du charbon présente d'une manière évidente à l'esprit de quiconque s'occupe de paléontologie, c'est que la flore de la houille, considérée en rapport avec l'énorme période qu'elle a duré, et avec la période plus vaste encore qui s'est écoulée depuis, a subi peu de changements pendant sa durée, et diffère étonnamment peu dans ses caractères particuliers de celle qui existe maintenant.

On rencontre les mêmes espèces de plantes à travers toute l'épaisseur d'une mine, et les plus récentes ne diffèrent pas sensiblement des plus anciennes, Mais il y a plus. Bien que la période carbonifère soit séparée de nous par plus que tout le temps représenté par les formations Secondaires et Tertiaires, les grands types de végétation étaient aussi distincts alors qu'ils le sont maintenant.

La structure du Lycopode moderne fournit une explication complète des restes fossiles des Lépido-dendron, et la frondaison de quelques-unes des an-

ciennes fougères est difficile à distinguer de celle des
Fougères actuelles. En même temps, il ne faut pas
oublier que, nulle part en ce monde, maintenant, il
n'y a de forêt qui ait plus qu'une grossière analogie
avec une forêt houillière. Les types demeurent, mais
les détails de leurs formes, leurs proportions relatives,
leur milieu, sont tous changés. Et la forêt de Fougères arborescentes de la Tasmanie ou de la Nouvelle-
Zélande ne peut donner qu'une image effacée et éloignée de la végétation de l'ancien monde.

Une fois de plus, nous recevons cet enseignement
sans cesse renouvelé de l'histoire géologique, à quelque
point qu'on l'étudie ; la leçon de la lenteur presque
infinie des modifications des formes vivantes. Les
lignes des généalogies de choses vivantes se brisent
presque avant de commencer à converger.

Enfin, il reste une autre considération curieuse à
noter. Supposons qu'un des stupides Labyrinthodontes Salamandriformes qui circulaient, avec un gros
ventre et de petites pattes, comme Falstaff dans ses
vieux jours, dans les forêts houillères, eût eu assez
de puissance de réflexion dans sa petite cervelle
pour songer aux quantités de spores qui tombaient au
cours des années et des siècles, sans peut-être qu'il y
en eût une sur dix millions qui remplît son but apparent, et reproduisît l'organisme d'où il était issu : assurément il eût été excusable de moraliser sur l'extravagance inconsidérée et déréglée dont la nature
témoignait dans ses agissements.

Mais nous avons sur notre prédécesseur — ou
peut-être ancêtre — l'avantage d'apercevoir qu'une

certaine veine d'économie traverse cette prodigalité apparente. Le nature ne se hâte jamais, et semble avoir toujours eu pour règle l'adage : « si tu gardes une chose assez longtemps, tu en trouveras toujours l'emploi. » Elle a gardé ses couches de houille plusieurs millions d'années sans parvenir à les utiliser beaucoup ; elle les a envoyées sous la mer, et les animaux marins n'en avaient que faire ; elle les a élevées sur la terre ferme et a mis à nu leurs veines noires et, cependant, au cours de nombreux siècles, nul n'y a vu, à la surface terrestre, aucune espèce de valeur ; ce n'est, pour ainsi dire, que ces jours derniers qu'elle a réussi, dans son atelier, à créer une créature nouvelle ayant, par degrés, acquis assez de sagacité pour faire un feu et pour découvrir que la roche noire peut brûler.

Je suppose qu'il y a dix-neuf cents ans, quand Jules César eut la bonté de traiter la Grande-Bretagne comme nous avons traité la Nouvelle-Zélande, le Breton primitif, bleu de froid, a pu découvrir que la singulière pierre noire dont il trouvait des morceaux, en vagabondant çà et là, pouvait brûler, et l'aider à chauffer son corps et cuire sa nourriture. Les Saxons, les Danois, les Normands fourmillaient dans le pays. Le peuple anglais devint une forte nation, et la nature attendait encore la rentrée complète du capital qu'elle avait placé dans les anciens Lycopodes. Le xviiie siècle arriva, et James Watt avec lui. Le cerveau de cet homme fut la spore d'où se développa la machine à vapeur et le prodigieux essor de l'industrie moderne qui en sont sortis. Mais la houille est une condition aussi essentielle de cette croissance et de ce développement que l'acide carbonique l'est de ceux d'un Lycopode ; sans houille nous n'aurions pu fondre le fer nécessaire aux locomotives, ni faire marcher ces locomotives après les avoir eues. Mais ôtez les machines, et les grandes villes du Yorkshire et du Lancashire s'évanouissent comme un rêve. Les manufactures cèdent la place à l'agriculture et au pâturage, et il ne vit pas dix hommes là où maintenant dix mille sont amplement nourris.

Ainsi, toute cette abondance de fortune et de vie intense est l'intérêt que la nature retire de son placement en Lycopodes et autres du même genre, il y a tant d'années. Mais, qu'advient-il du charbon consommé en rendant cet intérêt ? Il en sort de la chaleur, de la lumière et, si nous pouvions recueillir tout ce qui monte dans la cheminée et tout ce qui reste dans la grille d'un feu de houille complètement brûlé, nous nous trouverions posséder une quantité d'acide carbonique, d'eau, d'ammoniaque et de matières minérales ayant exactement le poids du charbon. Mais ce sont là les mêmes matières que la nature a fournies aux Lycopodes qui ont formé la houille. On lui paie donc l'intérêt et le principal en même temps, et elle place de nouveau, immédiatement, l'acide carbonique, l'eau, les sels ammoniacaux en nouvelles formes de vie, les nourrissant avec les plantes existant actuellement. Nature économe, tu n'es point une prodigue, certes mais la plus ingénieuse des ménagères !1 1.

FIN

Tours, imp. Deslis Frères, rue Gambetta, 6.